TRANSGRESSIONS

VAIJU NARAVANE

TRANSGRESSIONS

roman

TRADUIT DE L'ANGLAIS (INDE)
PAR DOMINIQUE VITALYOS

ÉDITIONS DU SEUIL
25, bd Romain-Rolland, Paris XIVe

Ce livre est édité par Anne Freyer-Mauthner

Titre original : *Transgressions*
Éditeur original : HarperCollins Publishers, India, 2014

ISBN original : 978-93-5029-651-6

ISBN 978-2-02-117346-8

www.seuil.com

à mon fils, Sanjay d'Humières
à ma mère, la grand-mère qu'il n'a jamais connue
et à Rajni Kumar, enseignante et amie

La tombe de Balthazar est creusée,
Son règne est révolu,
Sur le plateau de la pesée,
Il n'est plus qu'argile ténue ;
Pour habit royal, un linceul,
Pour dais, la pierre de Babylone ;
Le Mède a franchi son seuil !
Le Perse est sur son trône !

Lord BYRON,
« Vision de Balthazar », 1881

Prologue

Paris, août 2007

Kranti considère son appartement d'un regard satisfait. Ces divans cerise font parfaitement l'affaire. Elle aime la façon dont ils rehaussent le cramoisi de la draperie tissée d'or qui, sur l'ancien portrait de famille de Nana Phadnavis, habille l'homme d'État et le rouge plus sombre de l'Arbre de Vie, sur fond jaune pâle, de son tapis.

Le tableau, qu'elle tient de son grand-père, est la première chose que l'on voit en passant le seuil. L'œil vif et pénétrant, les traits émaciés d'aristocrate, le front fièrement barré du signe de la caste, le turban surmonté d'une émeraude et d'un diamant dissimulant à peine le crâne rasé de brahmane – c'est un véritable choc, indéniablement. Poète, mais aussi coupable d'attouchements sur des enfants – un de ses nombreux ancêtres imparfaits.

Tout au fond du salon en courbe, la fenêtre ouverte laisse entrer une lumière limpide de soir d'été. C'est une pièce double, tout en longueur, qui déborde de plantes vertes, de tapis, de tableaux, de meubles et n'en dispense pas moins une impression d'espace aéré, de raffinement.

Elle a tout épousseté et nettoyé avec une vigueur qu'elle ne se connaissait plus. Ses narines la chatouillent, un éternuement couve quelque part entre son nez et sa gorge. Kranti renifle sans élégance, s'essuie les narines d'une petite main rêche, s'assurant de l'index qu'aucune goutte ne s'attarde aux orifices. « Des mains de cuisinière », aurait dit sa belle-mère, laides et rouges à force de récurer – et, aujourd'hui, d'avoir écossé des graines vénéneuses à l'enveloppe hérissée de piquants.

De la chaise pivotante ancienne placée devant la fenêtre qui donne sur la rue Chardon-Lagache, elle a une vue dégagée sur l'avenue de Versailles aux abords de la place de la Porte-de-Saint-Cloud. Elle se retourne, et la lumière orange du soir capte le rouge du henné dans ses cheveux sombres. Il est difficile de lui donner un âge. Entre quarante (à son avantage, pomponnée, vêtue d'un sari) et quarante-cinq ans (les mauvais jours, ceux aux yeux de panda), estime-t-on en général. En fait, elle a passé la cinquantaine, comme le trahissent parfois les fines lignes sèches qui se creusent à la base de son cou, les jours panda.

Au-dessus de la cheminée, le miroir andalou au cadre doré et noir lui renvoie sa propre image. Une silhouette brune, distante, un contour flou dans le paysage est en train de cocher la liste des tâches à accomplir. Elle n'aura pas trimé en vain tout l'après-midi : les lieux reflétés sont un modèle d'harmonie, de beauté, d'ordre et de calme. C'est très précisément ce dont elle a besoin aujourd'hui.

Elle prend sa douche, passe la longue robe violette de satin gratté qu'elle n'a portée qu'à deux reprises, chaque fois pour un spectacle à l'Opéra – une production russe sublime de *L'Ange de feu* de Prokofiev à la Scala, et un lamentable *Madame Butterfly* au Staatsoper de Vienne. Elle a choisi cette tenue à cause des pantoufles assorties. « Me voilà propre comme un sou neuf, dedans et dehors », se dit-elle en s'imprégnant les mains de crème avant d'étaler sur ses ongles un vernis rouge très foncé.

– Et voilà, ma p'tite Kranti, vous avez des mains de duchesse à présent, dit-elle à voix haute en imitant les tonalités vibrantes et emphatiques de son ex-belle-mère.

Ex ? Non, pas tout à fait, car aux yeux de l'Église elle est toujours unie par les liens du mariage à Guillaume de Lorel, n'est-ce pas ?

Il y a bien longtemps, à Milan, elle avait été convoquée au tribunal ecclésiastique pour discuter d'une annulation éventuelle. Célestine, la nouvelle promise de Guillaume, fervente catholique, voulait à tout prix se marier à l'église, mais son futur conjoint était déjà passé par là. Les Lorel avaient dû faire jouer toutes leurs relations pour que l'Église consente au moins à examiner la situation.

Était-elle ou n'était-elle pas baptisée ? Toute la question était là, bien sûr. Le Saint-Père, évêque de Rome, pouvait certes annuler à sa guise un mariage célébré entre un catholique et une païenne sur dispense papale, rattrapant ainsi une faveur accordée dans un moment de clémence (ou était-ce de faiblesse ?) à une mécréante. Mais qu'en était-il si, entre-temps, les eaux du baptême avaient apporté la rédemption à cette âme perdue ? Le Saint-Père pouvait-il décemment répudier une de ses ouailles ?

« *Lei è stata battezzata o non battezzata ?* » ne cessait de lui demander le prêtre hostile chargé d'examiner son cas. C'était tout ce qu'il voulait savoir. Kranti cachait habilement son jeu, détournait ses questions avec rouerie, le laissant frustré et furieux.

« Quand j'ai accepté d'épouser Guillaume, on m'a prévenue que divorcer serait impossible. Se peut-il que le Saint-Père ait modifié ses propres règles ? avait-elle demandé, le regard innocent, les yeux écarquillés.

– On ne pose pas ce genre de questions au sujet de Sa Sainteté », avait coupé l'ecclésiastique.

À la fin de l'entrevue, il ne savait toujours pas si elle avait été *battezzata*, mais elle lui avait laissé entendre que c'était bien possible, étant donné la fièvre de conversion qui frappait régulièrement les sœurs catholiques en charge de la pension où elle avait étudié en Inde. Le vieux prêtre l'avait trouvée obstinée, bornée, impolie et affligeante de stupidité. Au bout de trois heures d'un témoignage embrouillé et déroutant, il lui avait fait signer un document et l'avait raccompagnée jusqu'à la porte, visiblement heureux de la voir partir. Elle n'avait plus jamais entendu parler du tribunal ecclésiastique. Guillaume et Célestine non plus, qui, jubile-t-elle en secret, ont continué à vivre dans le péché.

Kranti se tourne vers la petite commode qui jouxte son bureau, en sort des enveloppes superposées en une pile bien nette et barre la ligne « voir photos de famille » de sa liste des tâches à accomplir.

Une bonne dizaine de tirages immortalisent le jour de ses noces, il y a vingt ans. Elle doit reconnaître qu'ils forment un beau couple, Guillaume et elle. Avec ce mariage, Kranti avait réussi un coup fantastique et savoure, encore aujourd'hui, le triomphe qui avait été le sien, nuancé toutefois de regret et d'un soupçon d'amertume. Amertume liée à la cruauté, intentionnelle ou non, qui l'avait accompagné. Regret de n'avoir pas su résister et dire non, d'avoir été la bru indienne docile qui acquiesce à tout ce qu'on lui demande. « Un mariage religieux ? Oui, si vous y tenez, pourquoi pas, d'autant que le Saint-Père accepte de bénir notre union. »

Que pouvaient-ils souhaiter de plus ? Après cela, ils n'auraient rien à redire. La mariée était vêtue non pas du blanc virginal, mais de soie écarlate filetée d'or et parée de lourds bijoux indiens. Et ce ne fut pas du Debussy que déversèrent les haut-parleurs, mais la musique de la rencontre « Orient-Occident » entre Ravi Shankar et Jean-Pierre Rampal. Quant aux textes qu'elle lut, ils étaient tirés de l'*Ashtavakra Gita*, chapitre 20, qui définit Dieu par la négation: « Je suis Shiva, l'inconditionnel, le Bien absolu. Je ne suis ni maître, ni disciple. Que dire de plus ? Existence, non-existence, rien n'émane de moi. Je n'héberge en moi ni unité, ni dualité. » Énoncées en français, ces paroles paraissaient sacrilèges, blasphématoires, même, tandis qu'elles résonnaient le long des murs caverneux de l'église pour ricocher sur les tuyaux d'orgue polis, derrière l'autel.

Une divorcée de couleur sans le sou se mariait dans l'aristocratie française à la chapelle de Versailles. C'était en effet « madame » et non « mademoiselle » Goray qui avait pris place à côté du comte Guillaume-Marie Jean-Jacques de Lorel pour dire « oui ». Son effronterie leur avait cloué le bec. Ils avaient été assez bêtes pour exiger un mariage religieux. Elle avait riposté avec une précision infaillible, celle du missile guidé par la source de chaleur puissante que constitue sa cible.

« C'est une divorcée. » Trois petits mots qui avaient fait le tour du clan bien soudé des Lorel, et seuls quelques-uns d'entre eux s'étaient déplacés pour les noces. La branche maternelle de la famille de Guillaume, de moins haute noblesse (car mâtinée d'une pointe non négligeable de sang suisse), formait le gros de l'assemblée.

Une fois la cérémonie accomplie, l'énormité de ce qu'elle venait de faire lui était apparue, et Kranti avait eu un élan de tendresse vers la vaillante vieille comtesse et son pieux et affable époux. Certes, ils ne lui avaient pas laissé le choix et sa réaction n'avait rien de magnanime, mais ils avaient accusé le coup sans ciller, avec un calme stoïque. Sang bleu, noblesse oblige, ils ne parleraient plus jamais de ce mariage.

Kranti extrait deux photographies d'une grande enveloppe en papier kraft et les pose côte à côte sur la table. La première, un agrandissement d'aspect brouillé, semble gommée par le temps. Elle représente les parents de Guillaume debout dans l'allée de tilleuls devant leur château de famille auvergnat, campés sur un tapis de feuilles jaunissantes. Ils ont tout du couple de militaires retraités, le général et la comtesse, lui avec sa moustache en brosse, elle avec sa mise en plis laquée, jamais un cheveu de travers.

L'autre photo, très nette, prise en studio, a plus d'un demi-siècle. Elle représente un couple indien regardant délibérément l'objectif d'un air très sérieux. L'homme, dont rien ne trahit la légère projection des dents vers l'avant et la taille médiocre, est d'une beauté remarquable. Il sait évidemment se mettre à son avantage et offre son meilleur profil à l'appareil. Ses yeux clairs séduisent. Regardez, dit-il, voyez ma forte mâchoire, mes longs cils recourbés, le creux parfait de mes fossettes. Venez glisser les doigts dans mes cheveux noirs ondulés, admirez la façon dont ils tombent sur mon front haut, frôlez mes lèvres sensuelles. Désirez-moi et vous serez exaucé.

La femme est manifestement mal à l'aise et porte l'angoisse sur son visage. En dépit de traits hautains et ciselés, d'un petit nez bien dessiné, elle est passée à côté de la beauté, non seulement parce que ce nez est légèrement de travers, quoique de façon presque imperceptible, mais parce que sa physionomie est curieusement simiesque, comme déformée dans les premiers mois de sa vie par une violente coqueluche. Il émane d'elle une impression d'absence déconcertante, un vide minéral. Sous des cils rares, ses yeux, petits, opaques, donneraient presque le sentiment qu'ils ne voient rien. Kranti les a un jour comparés à des yeux de mouton mort.

Au verso, un tampon appliqué à l'encre violette : « Prabhat Studios, Deccan Gymkhana, Poona. » La date, « 18 mai 1950 », a été inscrite à la main à l'encre sépia aujourd'hui délavée. C'est le jour de leur mariage. Ayi a vingt-quatre ans, Baba, vingt-sept. Bien que la photo soit en noir et blanc, Kranti n'a aucune peine à imaginer les yeux noisette de son père, les couleurs du vêtement de sa mère, qui porte un sari de soie jaune. La bordure vert bouteille est rehaussée de broderies en relief dorées à motifs de dahlias. L'encolure carrée du corsage à manches bouffantes dégage la cruauté des clavicules saillantes.

D'autres photos s'échappent de l'enveloppe. Kranti en bébé rond et souriant. Avec Ayi et Taï, sa sœur aînée, dans le jardin de leur grand-père à Poona : Ayi fière, élancée, et les filles, agrippées au sari de leur mère, habillées en jumelles – Tweedledum et Tweedledee – de longues jupes tombant aux chevilles, les cheveux ramenés identiquement en rouleaux sur le dessus de la tête. Kranti dans les bras de son père, brandissant sa poupée favorite. Habillée en danseuse de *bharata natyam*, un anneau ornant sa narine, des roses par dizaines dans les cheveux. Puis ce sont des photos d'elle plus récentes, prises peut-être il y a dix ans. Nue sur les rochers près de Stromboli, ses petits seins ronds pointés vers le ciel. Mangeant une pizza sur le Zodiac, un pied traînant dans l'eau, son sexe dénudé reposant sans complexe sur le revêtement en caoutchouc gris du bateau, fixant l'objectif d'un œil caressant, un peu comme Baba il y a plus de cinquante ans.

La vue de la pizza réveille son ventre au repos qui émet aussitôt un gargouillis, car elle n'a rien mangé depuis le matin. C'est une journée de jeûne, de purification et de retraite, qui a débuté par la purge de l'estomac et des boyaux. Huile de ricin et « douche intestinale » – plus prosaïquement, un lavement.

Kranti ne veut pas que sa dépouille laisse échapper une puanteur embarrassante quand on la trouvera. « Si le corps est méticuleusement préparé, nettoyé au-dedans comme au-dehors, avant de passer dans l'autre monde, la putréfaction s'en trouvera diminuée et l'on évitera les gaz malséants qui pourraient venir gâcher les ultimes moments », déclare son *Guide de l'autotranscendance*.

« N'entreprenez ce dernier voyage que si vous savez sans le moindre doute le moment venu de rompre vos liens avec le présent. La mort que l'on se donne doit advenir dans un état de détachement paisible. Assurez-vous de ne rien laisser d'inachevé derrière vous. Écrivez des lettres à vos proches pour leur expliquer votre geste. N'omettez pas de prévenir les agents du gaz, du téléphone et de l'électricité afin qu'ils résilient votre abonnement. Rédigez votre testament. Ne laissez rien au hasard. Regardez vos photos de famille. Enregistrez les traits de ceux que vous aimez dans votre mémoire. Vous aurez besoin d'eux durant votre voyage à travers les mondes. Vous ne devez pas quitter cette terre l'esprit troublé… »

Il y a quelques semaines, elle a cherché à se procurer un exemplaire de *Suicide, mode d'emploi*. Elle a écumé les bouquinistes des quais de la Seine, appelé ses amis journalistes et fashionistas. Mais le guide banni, qui avait provoqué un tollé en France, a disparu du marché et Kranti a dû se contenter d'un volume écrit par un soi-disant professeur indien, moralisateur, irritant à souhait, un certain Acharya Zen Mahalingam.

Kranti a passé la matinée à extraire les quatre-vingts gouttes de liquide transparent qui reposent bien au chaud entre ses seins. La minuscule éprouvette de moins de cinq centimètres de long, hermétiquement fermée par un bouchon de liège, se balance délicatement à son cou au bout d'une fine chaîne en or.

Jadis, le tube était rempli de poudre d'or rapportée de Somalie par un de ses amants journaliste, et Kranti le portait sur elle en toute circonstance, de jour comme de nuit, en manière de talisman. Un beau matin, à son réveil, elle avait constaté que son amant était parti et que le bouchon de liège de la fiole s'était détaché. Elle était vide. La poudre d'or répandue sur l'oreiller s'accrochait à ses cheveux et collait à sa joue. Ce jour-là, la chance l'avait quittée. Le réceptacle, le bouchon fautif et la chaîne, remisés dans sa boîte à bijoux, y traînaient depuis lors, mais aujourd'hui elle leur a trouvé un nouvel usage. Elle sent contre sa peau la chaîne propre et fraîche, rincée à l'eau de *Sapindus*. Le poids du liquide lui rappelle en permanence ce qui l'attend.

Herbe aux fous, chasse-taupe, pomme épineuse,
Fais-moi passer le fleuve et tiens-moi fermement.
Donne à fumer au diable la part qui lui revient,
Emporte-moi voguant vers un nouveau matin.
Dragon vert, offre-moi le sommeil, endormeuse,
Sonne, trompette des anges, plus fort que mon chagrin…

Kranti, une main posée sur la chaîne autour de son cou, chante dans un souffle, doucement et faux. Tout en préparant la décoction ce matin, elle a mis en paroles une vieille ballade irlandaise que lui ont apprise les sœurs quand elle était enfant. « Tamti tam, tam tam, tamti tam, tamti tamti tam, tamti tam… » Et maintenant elle ne peut plus se défaire de cet air idiot.

Les petites cosses étaient d'un vert éclatant et couvertes de piquants lorsqu'elle les avait détachées d'un taillis du bord de la route en lacets qui mène à Munnar, une ville du Kerala installée au cœur des collines plantées de thé. Elle avait ordonné d'un ton sans réplique au chauffeur stupéfait d'arrêter la voiture. Sitôt les branches à l'odeur nauséabonde déposées sur le siège, les fleurs blanches translucides aux pétales soudés s'étaient fanées, telles des méduses échouées par un jour d'été torride. Les cosses, elles, avaient pris leur temps. Leur vert s'était peu à peu éteint, leurs épines avaient durci, puis s'étaient scindées à mesure que des taches brunes creusaient et recroquevillaient les intervalles qui les séparaient. « Elles ressemblent aux mini-bombes tueuses d'Antonio Prohias dans sa bande dessinée *Espion contre Espion* », s'était-elle dit.

C'était il y a plusieurs mois, lors de son dernier voyage en Inde. Depuis, les graines vénéneuses contenant des doses mortelles d'atropine, de hyoscyamine et de scopolamine attendaient patiemment le grand jour, enfermées dans un pot de confiture en verre.

Le *Datura stramonium L.*, ou stramoine, est communément appelé pomme épineuse, herbe du diable, herbe aux fous, herbe aux sorcières, trompette des anges, dragon vert, pomme-poison, chasse-taupe, endormeuse, herbe de Jimson, *toluguacha*, pomme du Pérou ou datura sacré. C'est un des poisons les plus anciennement connus de l'humanité, réputé pour ses propriétés aphrodisiaques, hallucinogènes, médicinales, ainsi que pour sa capacité infaillible à tuer.

Le bout des doigts de Kranti, rugueux à force d'avoir été en contact avec les épines ce matin, présente autant d'égratignures et de piqûres que si elle venait de broder sans dé des mètres entiers de tissu. Quand elle a ouvert les premières cosses, leur contenu lui a évoqué celui d'une grenade séchée ou d'une gousse de cardamome géante. Une membrane jaunâtre et craquelée séparait les quatre alvéoles où se pressaient les graines, parfois noires, parfois brunes. Mais, à bien y regarder, elles ne ressemblaient en rien au contenu délicieusement parfumé de la gousse de cardamome. Elles offraient une texture curieusement mate, irrégulière, et leur forme de haricot lui a fait penser à des corps difformes. Elles ont produit environ six cents graines, de quoi tuer un cheval de bonne taille.

Puis il a fallu les écraser pour les faire bouillir. « Quel mortier utiliser ? » s'est demandé Kranti, tambourinant des doigts sur le plan de travail de sa cuisine. L'ustensile en cuivre dont elle se servait pour concasser les épices du *khada masala* ou le petit récipient en bois, fissuré sur un côté, qu'elle réservait à l'ail ? Non, l'un et l'autre ayant déjà servi, ils ne pouvaient faire l'affaire. Elle s'est finalement décidée en faveur du mortier en marbre lisse et blanc qu'elle avait acquis – des siècles plus tôt, lui semblait-il – chez l'apothicaire le plus ancien de Budapest.

Elle a écrasé les graines à petits coups mesurés de pilon, les respirant de temps à autre tandis qu'elles se désagrégeaient en poudre grossière mouchetée de brun. Puis elle a versé une demi-tasse d'eau dans une casserole, ajouté la poudre et laissé réduire le mélange à feu doux. Dix minutes plus tard, il ne restait plus que quelques cuillerées au fond de la casserole. Elle a filtré la précieuse décoction dans une tasse à café avant de la transférer avec précaution dans l'éprouvette à l'aide d'une pipette en plastique, comptant les gouttes à mesure qu'elles s'y déposaient. « Il y en a largement assez », s'est-elle dit en tenant la fiole bouchée dans la lumière. Elle l'a d'abord laissée se balancer librement à son cou tandis qu'elle se penchait, vaquant à ses occupations, puis, voyant qu'elle risquait de se briser, elle l'a glissée sous sa robe, entre ses seins, goûtant un instant la fraîcheur du verre contre sa peau.

Sur sa liste, il ne reste plus désormais qu'une tâche à accomplir, inscrite en français : « passer à l'acte ».

Des fleurs fraîches ont été disposées dans chacune des pièces. L'appartement est imprégné de l'odeur entêtante d'un salon funéraire à l'air confiné. Le mortier a été replacé avec son pilon dans le tiroir, les ordures descendues, la poubelle garnie d'un nouveau sac en plastique, la lessive faite, le linge propre rangé. Elle a glissé sa lettre, une fois écrite, dans une enveloppe épaisse de couleur ivoire et l'a posée debout près du miroir du salon.

Les derniers mots du professeur Mahalingam résonnent à ses oreilles : « Vous devez vous préoccuper de l'apparence que vous offrirez lorsqu'on vous découvrira. Rappelez-vous que vous recherchez la mort dans la sérénité et le détachement. Inutile d'impressionner ou d'effrayer ceux qui trouveront votre dépouille. Choisissez une position propre à vous rassurer dans vos derniers instants, qui vous permettra de quitter ce monde dans la paix et convaincra vos proches que la mort a bien été pour vous un départ joyeux, le rejet délibéré de votre enveloppe mortelle. »

Kranti a opté pour la posture de gisant des rois, reines et ecclésiastiques de haut rang tels qu'on en trouve à travers toute l'Europe dans les églises petites ou grandes : étendus sur le dos, mains croisées sur la poitrine, vêtus d'une robe dont la belle fluidité révèle autant qu'elle dissimule, chaussés de poulaines en soie, un sourire de félicité, mieux, de béatitude, sur les lèvres.

Elle souligne sa bouche de rouge et ajuste sur son crâne une perruque qui s'y adapte comme une calotte. La frange épaisse met en valeur ses grands yeux chocolat et donne à son visage un arrondi charmant. Le poids de la chevelure noire, serpentine, qui cascade dans son dos redresse fièrement sa tête sur son axe. Elle éteint la lumière dans la salle de bains et gagne sa chambre où brûlent trois bougies aux senteurs de lys.

Kranti hésite devant les pantoufles de satin spécialement fabriquées pour l'occasion, puis décide de ne pas y renoncer. Sa robe longue, au décolleté découvrant les épaules, est prolongée par une traîne richement brodée. Un tailleur débrouillard de Bombay l'a confectionnée dans un sari *jamavar* en copiant un modèle tiré de *Dépêche Mode*. Elle s'étend sur le lit, arrange gracieusement les plis du tissu autour de son corps, dispose la traîne en éventail à côté d'elle. Le résultat est spectaculaire. Elle plonge la main dans son décolleté en quête du tube de verre, le débouche, porte un toast à un interlocuteur invisible.

Les larmes lui montent aux yeux. Son sourire vacille, sa voix est tremblante mais résolue :

– Si ce n'était qu'une coïncidence, ceux qui sont dans le secret parleraient sans doute de justice immanente. Mais nous savons, toi et moi, que cela n'a rien d'accidentel, n'est-ce pas, mon beau philtre ? À nous, Baba. À toi, mon père, mon tortionnaire. À ta magie vénéneuse, et à moi, ta Révolution chérie, déclame-t-elle.

Puis elle avale le breuvage d'un coup, en une seule gorgée.

Sous l'amertume extrême du liquide, un frisson parcourt tout son corps. Brusquement, elle se sent la bouche sèche, privée de salive. Elle se renverse sur le lit, le souffle court.

– Sèche comme un os, marmonne-t-elle, essayant de se remémorer la formule des médecins sur les effets de l'empoisonnement au datura : « Aveugle comme une roussette, fou comme un lapin, rouge comme une betterave, chaud comme une caille, sec comme un os, la vessie se relâche ainsi que les boyaux, le cœur part tout seul au galop. »

Son cœur, en effet, bat comme un tambour. Elle pose une main à son endroit pour tenter de l'apaiser. Un nuage de couleurs stupéfiant surgit devant ses yeux, un feu d'artifice de Diwali tel qu'elle n'en a jamais vu. Des voix enchevêtrées lui parviennent, se heurtent, résonnent dans une cacophonie générale tandis que des centaines de visages, certains connus, d'autres non, envahissent sa vision. Elle a les yeux écarquillés, ses pupilles dilatées luisent comme l'obsidienne, son sourire figé décroche légèrement d'un côté. Avec ses pantoufles de satin pointées vers le ciel et ses mains frémissantes posées sur la poitrine, elle ressemble vraiment à une reine défunte de jadis sculptée dans la pierre sur le couvercle de son tombeau.

Un brouillard dense lui obscurcit l'esprit. Elle flotte sur une rivière. Ophélie ? La dame de Shallot ? La sirène lointaine d'une ambulance perce l'épais rideau neigeux qui la prive de toute sensibilité. C'est le sifflet d'un train, et la voilà avec sa famille, Baba, Ayi et Taï, en route pour Aurangabad dans un petit compartiment privé, des mangues, des melons et des cocos verts au frais dans une glacière. Le martèlement de son cœur épouse le rythme des roues de la locomotive. « *Kasha sathi, pota sathi, Khandalyacha ghata sati... Kasha sathi, pota sathi, Khandalyacha ghata sathi...* » Des enfants braillent en chœur, tout excités, le vieux couple de vers marathi dénué de sens.

Elle sait à présent ce qu'elle a voulu dire à ses parents durant toutes ces années. Cette vérité si longtemps cachée entre les plis de son cerveau, et qui pourtant ne cessait de chercher à se faire jour, voilà qu'elle fait surface telle la crème sur le lait, telle la lune dans sa lente ascension au ciel nocturne. Oh, comment a-t-elle pu être aussi stupide ! Cette vérité qui a la clarté du cristal, il faut qu'elle la révèle maintenant, tout de suite, avant qu'elle n'en perde de nouveau la trace !

« Ayi, Baba, Taï... »

Du labyrinthe abyssal où il avait sombré, son désir de vie jaillit, tel un plongeur sans bouteille qui remonte vers la surface pour reprendre de l'air. Sa main cherche à tâtons le téléphone posé près du lit. Ses doigts effleurent le clavier, cherchant les bonnes touches. Elle se tourne sur le côté, mais déjà les muscles de ses doigts ont cessé de répondre. Pelotonnée dans la position du fœtus, les yeux brillants mais vides, elle s'est absentée, étreignant contre son ventre le combiné dont le fil s'étire comme un cordon ombilical.

1

La famille Savić découvre un cadavre

Août 2007

Olga Savić mit quatre bonnes minutes à grimper les soixante-sept marches qui menaient à son appartement parisien. Son cœur battait la chamade et elle était essoufflée.

– Ces gosses ! Un de ces jours, ils vont me tuer, grommela-t-elle, le souffle encore plus court sous l'effet de la colère.

Ils étaient pourtant assez polis, ces enfants. Si elle montait deux étages plus haut pour leur signaler qu'ils avaient une fois de plus laissé la porte de l'ascenseur ouverte, ils marmonneraient des excuses et promettraient de faire attention dorénavant. Mais elle savait qu'ils recommenceraient.

– Et un jeudi, de préférence !

L'ascension en elle-même n'était pas si pénible, mais le jeudi était jour de soupe. Et bien qu'août ne fût pas le mois idéal pour se procurer poireaux et navets, Ivan, intraitable, exigeait son potage. Les cabas d'Olga étaient donc remplis de poireaux, carottes, céleri, tomates, fenouil, persil, thym et de deux morceaux de bœuf, achetés pour le pot-au-feu au marché hebdomadaire de la rue voisine.

Le seul café du coin ouvert en cette saison était si bondé qu'elle avait dû renoncer à sa halte habituelle et rentrer sans attendre. Mais déjà son corps tremblait, réclamant la cigarette et la tasse de café qu'elle n'était pas autorisée à s'offrir chez elle. Elle montait l'escalier avec effort, s'arrêtant et déposant son chargement à chaque palier pour reprendre son souffle. Tout en jurant en serbo-croate, elle regardait machinalement par la croisée de la cage d'escalier la fenêtre qui lui faisait face, surplombant la cour pavée à l'ancienne avec son local à bicyclettes et ses poubelles amovibles aux couvercles vert pour les déchets ménagers, blanc pour le verre, jaune pour le plastique et le papier, dispositif dont on devait la mise en place discutable au maire de Paris.

– Croissez et multipliez-vous, ironisa-t-elle à la pensée de devoir trier ses ordures.

C'était une matinée à la chaleur lourde, éprouvante, et le soleil, déjà haut dans le ciel, éclairait les vitres de l'appartement d'en face – des vitres qui n'avaient pas été nettoyées depuis un moment. Ivan n'aurait pas toléré cela, pas plus qu'elle, se dit Olga Savić en pensant à ses carreaux étincelants surplombant l'avenue de Versailles.

Vêtue d'une veste bleu clair et d'un imperméable beige, elle sentait les gouttes de sueur ruisseler des poils de ses aisselles le long de ses bras et tomber une à une en succession rapide sur les collants en nylon et les chaussures fermées qu'elle portait sous une robe de coton pastel.

Jadis, avant la guerre, dans sa Croatie natale, elle avait couru, l'été, jambes et pieds nus dans des sandales en compagnie de ses sœurs et de ses cousines, la bouche et les mains délicieusement parfumées, rougies et collantes après la cueillette des baies sauvages. La guerre terminée, la jeune réfugiée d'Europe de l'Est, désespérément pauvre et passablement jolie, s'était mise à porter des bas en tricot rugueux pour dissimuler ses jambes velues et se donner un air mystérieux. À se poudrer le visage en couche épaisse et à le barrer d'une coupure sanglante de rouge à lèvres. À se vêtir de noir. Invariablement.

Ivan avait été intrigué. Il la croyait « en poste » à l'époque, entendant par là qu'elle était une espionne ou quelque chose du genre. Quand il avait eu connaissance de son emploi de sténo à Dubrovnik, il était trop tard. Ils étaient mariés et Peter n'allait pas tarder à entrer en scène.

Certes, elle avait abandonné le code vestimentaire du noir intégral, mais elle se serait sentie nue et mal à l'aise sans ses collants et ses manches longues. Elle ne quittait ses vêtements épais que le soir, pour passer une de ces chemises de nuit en flanelle blanche qu'elle se confectionnait à la va-vite, comme au bon vieux temps, sur son antique Pfaff.

Le mystère s'était depuis longtemps évaporé. Son curieux visage aux traits anguleux s'était émacié et ses cheveux striés de gris, quoique encore abondants, étaient devenus raides et gras. « Je suis comme un vieux poulet racorni. Fibreuse. Pas même bonne à cuire en ragoût dans mon propre faitout », se dit-elle tout à trac. Cette pensée lui venait à l'esprit avec une régularité suspecte, les jours de soupe.

Olga Savić posa ses cabas par terre et farfouilla dans le petit sac qu'elle portait en bandoulière à la recherche de ses clés enfouies quelque part entre le paquet de Marlboro, le briquet, le tube de rouge à lèvres, les kleenex, la monnaie, les listes de courses, le bonbon et l'assortiment de petits objets disparates qu'il contenait.

– Olga, c'est toi ?

La voix contrariée d'Ivan lui parvint à travers le couloir avant même qu'elle ait ouvert la porte en grand.

– Il traîne une drôle d'odeur, ici. Je suis sûr qu'il y a un pigeon mort ou je ne sais quoi sur le balcon.

– Je vais voir, Ivan.

Elle empoigna ses sacs et les traîna jusqu'à la cuisine. Il était presque onze heures et, sans écouter l'envie de café qui la tenaillait, elle prépara deux tasses de chocolat chaud. Depuis qu'Ivan était malade, le café lui était interdit et l'arôme répandu par le breuvage, lorsqu'elle en faisait pour elle, exaspérait encore sa tendance aux excès de langage.

Assis dans son lit en pyjama, la barbe hirsute, Ivan Savić fronça les sourcils à la vue de sa femme. L'attaque avait beau l'avoir condamné au repos, il dirigeait son petit monde avec autant de poigne que son état le lui permettait. Dans l'appartement, on suffoquait, mais il n'était pas question d'ouvrir les fenêtres : trop de bruit, trop de poussière.

Le lundi précédent, deux semaines après son retour de l'hôpital, il avait passé une heure à expliquer en détail à Olga le système de classement de ses dossiers. Elle avait secoué la tête avec force « oui, oui », lui assurant qu'elle avait compris ce qu'il fallait faire. L'effort lui bleuissait les lèvres et Olga avait insisté pour qu'il arrête. Parce qu'elle était inquiète pour lui, mais aussi, soupçonnait-il, parce que ses propos l'ennuyaient. Depuis, elle écartait toutes les discussions amorcées au sujet de son travail.

« Sois tranquille, nous n'avons pas à nous en faire. Peter vient d'envoyer un gros chèque à la banque. Nous sommes à l'abri du besoin, avait-elle dit à Ivan.

– Je ne veux pas de l'argent de ce petit pédé. Je l'ai élevé, nourri, éduqué. Je suis un homme, moi, je suis capable de pourvoir à mes besoins dans mes vieux jours », avait-il fulminé.

Il n'ignorait pas, cependant, que ses affaires battaient de l'aile, qu'il n'avait plus la force ni – pire encore – la volonté de continuer à livrer une bataille qu'il savait perdue d'avance. Comment une entreprise surannée de vente par correspondance de colifichets d'Europe de l'Est aurait-elle pu se maintenir à flot à une époque où l'internet vous mettait en concurrence avec des millions de petits hommes jaunes et bruns ?

Lorsque Olga était partie au marché, il avait gagné son bureau exigu. Un accès de fureur impuissante avait failli l'emporter devant l'énorme pile brouillonne de factures, relevés bancaires, livrets publicitaires, revues professionnelles et bordereaux de crédit qui se dressait sur sa table. À l'évidence, elle n'avait rien fait.

Peter. Il y avait des photos de lui partout : dans sa maison de Californie, avec son partenaire actuel – un Roumain –, devant sa Porsche, dans sa Ferrari, habillé de vêtements excentriques. Elle avait fait de la chambre de leur fils un fichu sanctuaire ! Elle conservait dans un classeur les photos de lui bébé, ses boucles duveteuses de petit garçon, ses lettres à l'écriture d'abord ronde qui s'était émancipée au fil des ans et des articles de presse à scandale le montrant en compagnie de vedettes de cinéma. Un album entier était consacré au lancement de PeterS, sa marque de produits de beauté, avec des photos de réceptions données à Los Angeles et à New York, des interviews accordées à *Vanity Fair*, *Cosmopolitan* et autres magazines de luxe, et même des publicités parues dans des revues de mode. Il avait souvent entendu sa femme les commenter en riant avec leur voisine, cette étrange Indienne qu'Ivan ne parvenait pas à saisir. « Un maquilleur de Hollywood, qui s'affiche partout avec des actrices et des prostitués aux mines affectées, voilà ce qu'Olga a mis au monde », se dit Ivan.

Un jour, alors que son fils passait quelques jours chez eux, Ivan avait farfouillé dans son « équipement professionnel ». Il avait trouvé une valise remplie de produits destinés à ce qu'il appelait avec dédain le « ravalement » : poudre, fond de teint, crèmes, huiles, faux ongles, faux cils, crayons, pinceaux, masques faciaux en caoutchouc, colle, barbes, moustaches et artifices variés. Mais c'était l'autre, la mallette cloutée Louis Vuitton, qui lui avait arraché un glapissement de dégoût. Elle était pleine à ras bord de perruques de toutes les couleurs, bleues, blondes, noires, rouges, dorées, paille, châtaines. Des masses mortes répugnantes de cheveux de femme.

Toute l'affection de Peter allait, bien entendu, à Olga, sa Mamimou adorée. Elle l'avait emmené visiter des galeries, des musées, lui avait présenté ses amis bohèmes, lui avait payé des cours de piano et d'arts plastiques. Rien d'étonnant à ce que le garçon soit devenu un homosexuel sans complexes. Ivan sentit la bile lui monter à la gorge.

Sa femme entra, apportant sur un petit plateau d'argent des mini-gaufrettes à la noix de coco et une tasse du chocolat viennois, épais et sombre, qu'elle préparait à la perfection. En la voyant, Ivan se retint à grand-peine d'exploser. Sa main se mit à trembler et une nouvelle bouffée de colère lui monta à la tête devant le sourire de sollicitude d'Olga. « Si seulement elle pouvait cesser de me traiter comme un infirme ou un idiot, abandonner cet air béat, arrêter de jouer constamment les martyres. Pour qui se prend-elle, bon sang ? Pour une sainte ? »

Soudain, l'odeur revint lui assaillir les narines. Écœurante et vaguement sucrée, comme celle d'une charogne.

– Je croyais t'avoir dit d'aller voir d'où venait cette puanteur ! grogna-t-il.

Sans un mot, Olga gagna la fenêtre, tira le léger voilage blanc qui adoucissait la lumière agressive d'août et ouvrit la croisée hermétique à double vitrage. Elle fut assaillie par une bouffée d'air torride et des bruits de voitures. Rien. Le rebord du balcon était vide et encore relativement propre après le vigoureux coup de balai qu'elle avait donné la semaine précédente.

Elle se tourna vers Ivan, un léger sourire de commisération aux lèvres.

– Il n'y a rien, c'est dans ta tête. Je ne sens rien, dit-elle.

À présent, la vie était faite de ce genre de petites victoires ; c'était bien triste.

– Je te dis que c'est vrai. J'ai cette odeur dans le nez et elle ne me quitte pas.

« Les voies de la nature sont impénétrables », se dit Olga. L'attaque qui avait rendu asymétrique le visage de ce pauvre Ivan, le gratifiant d'une lèvre pendante, avait en même temps développé miraculeusement son sens de l'odorat. Il détectait le moindre effluve, minéral ou végétal, cru ou cuit, vivant ou mort, mieux que Bijou, le caniche malodorant de la concierge qui inspectait ses cabas de sa truffe humide chaque fois qu'elle rentrait. « Je croyais t'avoir dit de saler seulement à la fin ! Le sel augmente le temps de cuisson ! » lui avait-il crié l'autre jour depuis les toilettes. Quelques minutes plus tôt, elle avait sans faire attention ajouté du sel à la potée qu'elle venait de mettre à cuire.

Il se leva en titubant et se dirigea vers la cuisine sur ses jambes flageolantes.

– Ça vient de cette pièce, l'odeur est plus forte par ici. Tu es sûre de ne pas avoir laissé la fenêtre ouverte ? Peut-être qu'une souris est entrée dans la maison et qu'elle est restée coincée derrière la cuisinière.

– Ivan, Ivan, retourne au lit ! s'écria Olga, saisie d'angoisse. Tu ne dois pas marcher comme ça, tu vas avoir une nouvelle attaque ! Je vais regarder, je te promets. Allez, reviens, dit-elle en le guidant le long du couloir.

Furieuse, elle passa tout l'après-midi à traquer la mystérieuse odeur. Elle déplaça la cuisinière, le réfrigérateur, l'armoire. Rien. Pourtant, l'insistance d'Ivan avait quelque chose d'effrayant, et quand il fut pris de haut-le-cœur les commentaires ironiques d'Olga sur le fait qu'il y avait quelque chose de pourri au royaume de Savić moururent sur ses lèvres. La puanteur était insupportable, se plaignait-il, et ne cessait de croître. « Est-ce qu'il est fou ? Est-ce moi ? Est-ce l'odeur de sa propre mort qui commence à le hanter ? » se demandait-elle.

Lorsqu'elle vit Ivan penché au-dessus de la lunette des W-C en proie à des vomissements, elle téléphona à l'hôpital, lui administra deux généreuses cuillerées de Primpéran et le reconduisit jusqu'à son lit avant d'aller nettoyer les toilettes. « Si ça continue, il va falloir que j'appelle Mme Benoît », se dit-elle sans enthousiasme à l'idée d'affronter le regard dédaigneux de la concierge. Pour avoir sonné chez Kranti la veille, et encore une fois ce matin-là, elle savait sa voisine absente.

Le 100, rue Chardon-Lagache était un immeuble haussmannien impeccablement tenu dont l'ascenseur et les rampes d'escalier fleuraient bon la cire d'abeille. Dans le vaste hall du rez-de-chaussée, un Cupidon angélique, debout, se tenait prêt à tirer une flèche de pierre inflexible sur une future amante qui ne se doutait de rien. Jadis, il urinait gracieusement dans la fontaine de marbre qu'il dominait de son espièglerie, mais on avait fermé le robinet quelques années auparavant et Mme Benoît, la concierge entre deux âges, fausse blonde débraillée aux racines grisâtres, prodiguait désormais son affection à trois grands ficus au feuillage fourni, d'un vert intense, qui prospéraient sous ses doigts noueux.

Mme Benoît travaillait dans l'immeuble depuis près de quarante ans. Elle en connaissait chaque recoin aussi bien que les poches de sa blouse bleu marine boutonnée jusqu'au cou. Elle y avait été témoin de naissances, de décès, de mariages, de divorces, d'aventures clandestines et de mille péripéties plus ou moins croustillantes. Les Yougos du troisième, par exemple, tenaient une entreprise clandestine de vente par correspondance – dans un immeuble résidentiel, vous vous rendez compte ! Elle les aurait volontiers dénoncés à la police ou au gérant pour commerce illégal si les Savić n'avaient déposé chaque année un chèque substantiel d'étrennes dans sa main résignée.

Elle avait dû faire appel aux pompiers par deux fois : le jour où les caves avaient pris feu, et lorsque Mme de Saint-Jacob, frissonnant dans sa chemise de nuit au plus froid de l'hiver, s'était jetée du balcon de son appartement du cinquième. Elle était morte après sept longs jours d'agonie. Mme Benoît avait envoyé des fleurs mais n'avait pas assisté à l'enterrement, qui avait rassemblé les seuls proches de la défunte. C'était un suicide, après tout.

L'immeuble comptait dix grands appartements, deux par palier, occupés en majorité par leurs propriétaires et dotés, au sixième étage, de chambres de bonne accessibles par l'escalier de service qui débouchait dans la cour. Il n'y demeurait plus à présent que des personnes âgées. Leurs enfants et leurs petits-enfants vivaient ailleurs.

« Je me demande ce qui arrivera quand j'aurai pris ma retraite, quand ils mourront. Ces appartements sont conçus pour des familles nombreuses et pour y donner des réceptions. Ils seront sûrement divisés en deux ou trois lots avant d'être vendus », avait-elle dit à Bernard, le boucher, son meilleur ami.

Celui-ci n'avait rien contre ce changement probable. Les résidents du numéro 100 ne comptaient plus depuis longtemps parmi ses meilleurs clients ; leur fréquentation de sa boucherie avait diminué à mesure que les jeunes s'en allaient. Les vieux avaient tendance à manger de moins en moins de viande et l'âge les rendait radins. Mme Lavergne, qui lui prenait auparavant deux poulets, un bon rosbif, des chapelets entiers de saucisses de Lyon bien grasses et plusieurs sortes de pâtés chaque semaine, ne lui achetait plus qu'un peu de viande hachée et quelques escalopes de veau tranchées fin. « Nous mangeons surtout du poisson, maintenant », lui avait-elle dit comme pour s'excuser quelques jours plus tôt. Tout en sachant qu'il n'en était rien, il la traitait toujours avec une déférence courtoise et lui faisait des compliments, comme au bon vieux temps où il badinait galamment avec cette femme encore très attirante en dépit de son âge.

La dame indienne était la seule à continuer de se fournir chez lui sans regarder à la dépense. Elle donnait des dîners au champagne pour toutes sortes de personnes étranges, du moins était-ce ce que Mme Benoît disait d'elle. Elle demandait toujours le meilleur – le plus souvent de l'agneau, ou des poulets de Bresse élevés en plein air. Elle ne semblait pas avoir de problèmes d'argent.

« C'est vraiment un drôle d'oiseau », songeait Bernard. Elle ne ressemblait en rien aux épouses du personnel des ambassades qui passaient de temps à autre à sa boutique quand leurs domestiques étaient en congé. Ces femmes parlaient rarement français, ou bien avec un accent étranger détestable. Dans leur arrogance, elles garaient leur 4 × 4 devant sa vitrine pendant qu'à l'arrière leurs rejetons gâtés se disputaient l'usage de coûteuses consoles vidéo.

Ce n'était pas le genre de l'Indienne. Elle venait seule, un panier en paille à la mode ancienne au bras, aux heures creuses de la matinée pour éviter la ruée des ménagères. Le soir, même chose, pour ne pas faire la queue parmi les mères soucieuses passant au retour du travail se fournir en steaks pour le dîner. Elle portait des pantalons près du corps en coton épais – généralement en gabardine –, jamais de jeans. Elle couvrait sa silhouette dégingandée de pulls vagues, en cachemire, et jetait négligemment une longue écharpe indienne sur ses épaules. Un chic très simple, pas de quoi s'extasier.

Mais un jour il l'avait vue sur son trente et un, et il avait alors tout de suite compris ce qu'avait voulu dire Mme Benoît lorsqu'elle avait déclaré : « Celle-là, ce n'est pas une immigrée, ça se voit. Pas comme les Yougos, ses voisins de palier. Je le sais, je fais le ménage chez elle. »

Lorsqu'elle avait passé en hâte la porte de sa boucherie, éblouissante de lumière et de couleurs, juste avant l'heure de fermeture, elle lui avait évoqué un oiseau des îles lointaines. Les plis de son sari bleu électrique dansaient autour de ses jambes, et dans sa précipitation les mots se bousculaient sur ses lèvres. D'abord, il ne l'avait pas reconnue, avec ses cheveux tirés en arrière, un point rouge entre les sourcils, les yeux plus grands et plus noirs que jamais, de longs pendants en diamant se balançant à ses oreilles.

« Bonsoir, madame. Vous êtes bien belle dans cette tenue ! avait-il lâché. Qu'est-ce que je vous sers ?

– Bernard, soyez gentil, donnez-moi six côtelettes d'agneau. Faites vite, s'il vous plaît. »

Elle attendait d'un instant à l'autre des convives supplémentaires imprévus.

D'une main qui avait perdu brusquement son assurance, il lui avait préparé des côtelettes aux bords bien rognés, comme elle les aimait. Il avait à peine entendu le tintement du cochon tirelire recevant son pourboire. Tout en lui tendant son paquet, il avait frôlé ses doigts et en avait frémi. « Cette poule-là doit coûter très cher à celui qui l'entretient », s'était-il dit en la regardant s'éloigner d'un air inquisiteur. Il se demandait qui était l'heureux élu et combien il devait débourser pour elle chaque mois.

La question intriguait également Mme Benoît. Comme toute concierge qui se respecte, elle surveillait de près son « troupeau » et il ne lui fallait pas une semaine pour estimer les nouveaux venus à leur juste valeur. « J'ai du pif », avait-elle coutume de dire en tapotant son nez breton proéminent. Pourtant, plusieurs années après être entrée au service de Mme Goray de Lorel, elle était encore à court de réponses à son sujet. Son employeuse recevait beaucoup de monde, dont de nombreux hommes. Bien sûr, il y avait le *docteur*, plus fréquent et plus régulier que les autres. Mais cela ne voulait rien dire – à moins que… Elle avait été mariée au député Guillaume de Lorel et devait avoir obtenu, lors de leur divorce, une pension alimentaire non négligeable pour vivre dans un tel luxe. « Le drôle de nom qu'elle porte semble bien être le sien. C'est celui duquel elle signe ses chèques, donc il est sûrement légal, sinon la Banque de France l'aurait épinglée en vitesse », songeait Mme Benoît.

« Et tous ces dîners ! Tout ce vin ! » avait-elle confié à Bernard d'un air entendu.

Mme Benoît ne manquait pas une occasion de compter les bouteilles éclusées dans son immeuble, de noter les degrés d'ébriété et d'identifier les responsables. Or, le lendemain des réceptions de la dame indienne, il y avait toujours plusieurs cadavres de bouteilles de champagne et de bon bordeaux.

« Eh bien, avait-elle conclu sèchement, non sans une pointe d'envie, il y en a qui ont de la chance ! Maintenant, ce sont les étrangers qui profitent des bonnes choses que la France peut offrir. J'ai vu chez elle des paniers-cadeaux de chez Lenôtre, Daloyau, Fauchon. Escargots et truffes, foie gras et champagne. Et tu verrais les bouquets de fleurs, parfois ! Un seul d'entre eux me coûterait un mois de salaire ! Tu sais, Bernard, je n'ai peut-être rien de tout ça, mais il y a une chose dont je suis certaine : le peu que j'ai, je l'ai acquis honnêtement ! »

*

Olga Savić partit se coucher. Son cerveau n'était plus qu'un essaim bourdonnant de doutes. Peter ne donnait plus de nouvelles depuis une semaine et elle était inquiète.

Depuis qu'elle avait entendu parler de l'assassinat de Gianni Versace par son amant homosexuel et d'un meurtre homophobe, plus récent et particulièrement atroce, commis dans les environs de Paris, elle dormait d'un sommeil troublé, en proie à des rêves violents dans lesquels son fils se faisait poignarder ou tabasser à mort sous ses yeux.

Cette nuit-là, il était à genoux, saignant de la tête et du nez, murmurant : « Maman, aide-moi, maman… » Spectatrice impuissante, elle restait là debout, se tordant les mains, sous le soleil torride de la Californie, ridicule dans ses bas de grosse laine et son cardigan bleu tandis que des starlettes presque nues aux bras d'albâtre passaient, souriantes, sans un regard pour cette folle venue d'Europe de l'Est et pour son fils mortellement blessé.

Elle se réveilla en sursaut. Cinq heures. Ivan ronflait auprès d'elle d'un souffle puissant et régulier. Olga Savić gagna la cuisine pour se préparer une camomille puis, tasse à la main, passa au salon pour disposer un jeu de solitaire sur la table. C'est alors que lui parvint le premier effluve insidieux d'une odeur de mort, de chair décomposée, de putréfaction.

« Ce n'est pas la mort d'Ivan que je sens, se dit-elle, mais celle de Peter ! » La panique l'envahit. Elle était certaine, à présent, qu'Ivan était sur la voie de la guérison. Il s'était montré hargneux pendant tout le repas, se plaignant que la soupe était trop salée, exigeant de la crème fraîche alors qu'elle lui était interdite. Pour la première fois en cinquante ans de mariage, Olga Savić s'était demandé quel goût aurait la vie si elle le quittait pour aller s'installer seule, afin d'être libre comme Kranti, cette Kranti qui avait congédié maris et amants importuns pour vivre sans entraves tel un oiseau du ciel.

L'odeur semblait venir du palier. Olga Savić sortit de l'appartement en chemise de nuit et se tint, hésitante, devant la porte de sa voisine. Certes, Kranti se levait tôt pour faire du yoga, mais cinq heures et demie, c'était peut-être un peu exagéré... Pourtant, combien de fois n'avait-elle pas dit à Olga de la réveiller à n'importe quelle heure si elle avait besoin de quelque chose, notamment depuis la maladie d'Ivan ?

Olga frappa d'abord quelques coups timides, puis sonna, appuyant fort et sans relâche, le doigt crispé sur la sonnette. Il fallait que la porte s'ouvre, elle le voulait de toutes ses forces. Pas de réponse.

Kranti n'était pas là, c'était évident. En faisant demi-tour, Olga fut submergée par la puissance de l'odeur et sa bouche s'emplit de salive. Elle fut soulevée par un haut-le-cœur, prise soudain de sueurs froides et de vertige. Elle venait de comprendre ce qu'il y avait derrière cette porte résolument close et cette révélation la terrifiait. Autant peut-être qu'elle l'avait été durant la guerre quand, envahies par un pressentiment terrible, sa mère serbe et elle avaient pris leurs jambes à leur cou pour échapper aux bandes meurtrières des oustachis.

Ivan la trouva quelques heures plus tard, endormie sur le canapé. Elle avait l'air menue et vulnérable. Mû par une tendresse inhabituelle, il lui prépara une tasse de chocolat dont la moitié déborda sur le plateau lorsqu'il la lui apporta en traînant les pieds.

– Ivan, il faut appeler Mme Benoît, dit-elle quand il l'eut secouée pour la réveiller. Quelque chose d'horrible est arrivé à Kranti. C'est de chez elle que vient l'odeur.

– Ne sois pas ridicule ! coupa-t-il. Qu'est-ce qui aurait bien pu lui arriver ? Il n'arrive jamais rien aux gens comme elle. Elle a dû laisser la fenêtre ouverte et un rat ou un pigeon sera entré. Une je-m'en-foutiste, qui compte toujours sur les autres pour faire le sale boulot à sa place !

– Non, Ivan, Kranti n'est pas comme ça. Tu n'as pas vu comment elle nous a aidés, toi et moi, quand tu étais à l'hôpital. Et puis, ça ne peut pas être un pigeon ou un rat, ça sent trop fort, c'est forcément quelque chose de plus gros.

– Possible, mais ça ne nous regarde pas. Je n'aime pas cette garce. Elle entretient ce vaurien de Peter dans son vice. Elle te tient sous sa coupe, tu es toujours là à lui tourner autour en attendant ses ordres. Même s'il y a quelque chose, je ne veux pas tremper dans ces histoires-là. Ça va grouiller de policiers qui voudront nous interroger. Ils fourreront leurs longs nez dans nos affaires et, comme tu le sais, nous n'avons pas de patente pour justifier nos activités ici.

Mais Olga Savić était têtue et rien ne pouvait plus l'arrêter. Bijou renifla ses chevilles et la concierge leva sur elle un sourcil incrédule et hautain tandis que, en phrases confuses et incohérentes, Olga la pressait d'ouvrir l'appartement de Kranti.

– Il y a eu un accident ! Il faut entrer chez elle, il le faut !

– Mais non, madame Savić, mais non, répondit la concierge avec un sourire condescendant. On n'entre pas chez les gens comme ça !

– Ça ne vous coûte rien de vérifier, insista Olga. Vous avez les clés, de toute façon, ce n'est pas comme si je vous demandais de forcer la porte.

Dans un haussement d'épaules théâtral, Mme Benoît se rendit à cet argument, mais préféra prendre l'escalier en poussant des soupirs excédés plutôt que de monter en ascenseur en compagnie de la Croate.

Quand elle ouvrit la porte, l'odeur les frappa de plein fouet. Bijou fit demi-tour ventre à terre. Mme Benoît se couvrit le nez de son mouchoir et entra dans la chambre sur la pointe des pieds. Elle en ressortit en trombe.

– Il faut appeler la police, et vite ! s'écria-t-elle en se ruant chez les Savić par la porte grande ouverte.

Mue par l'urgence, elle téléphona à la police, aux pompiers, et demanda à utiliser les toilettes.

« Oh, mon Dieu, je n'avais jamais vu une chose pareille ! raconterait-elle à Bernard plus tard. Et l'odeur ! Il n'y a que ses Yougos de voisins pour avoir pu vivre aussi longtemps à côté d'une puanteur pareille sans s'en rendre compte ! Et Mme Goray de Lorel, toute pomponnée comme une vieille catin ! Moi qui l'avais toujours trouvée si raffinée ! Ça montre bien à quel point on ne connaît pas les gens, surtout les étrangers. »

Il ne manquait pas d'élégance, mais pourquoi se croyait-il obligé de faire autant de manières pour cacher son cou de poulet plumé sous son haut col ? « Peter est gay, mais il ne l'affiche pas comme ça ! Il les aurait tous envoyés se rhabiller, avec sa beauté à la Delon », se dit Olga, à qui la présence rassurante et tranquille de son fils manquait terriblement. Elle venait de repérer le docteur Perrin, l'ami de Kranti, au dernier rang dans la foule. Tête penchée, regard impénétrable derrière ses verres fumés, il faisait de son mieux, sans grand succès, pour éviter les photographes.

Des gens murmuraient, se saluaient, s'adressaient des baisers appuyés qui ne rencontraient que l'air. Aucune émotion, pas de larmes. Le strict minimum de respect. Quelle journée triste, si triste.

Olga devait se rappeler longtemps le bruit de meule du crématorium électrique, ses flammes invisibles dévorant le cercueil derrière les grilles implacables du fourneau, les quarante minutes d'attente dans le hall glacé et impersonnel aménagé en église laïque, le temps que Kranti fût réduite en cendres.

Guillaume de Lorel fit un discours, mais sa voix se perdit entre les murs nus, couvrant à peine le bruit de l'incinérateur :

– Tu nous manqueras, Kranti. Aucun d'entre nous ne comprend pourquoi tu as choisi de nous quitter de cette façon et nous nous débattons encore dans l'incertitude quant à ce qui ne peut être qu'un châtiment pour notre échec à t'aimer assez, à te faire saisir toute la profondeur et toute l'étendue de notre amour. Mais sache-le, où que tu sois aujourd'hui, nous t'aimons toujours, et tu nous manques.

Olga Savić n'était pas impressionnée. Que de banalités ! En comparaison des discours enflammés qu'il livrait à l'Assemblée, ces phrases vides semblaient trahir l'exécution d'un devoir pénible, ce qui était sans doute le cas.

Olga, quant à elle, aurait choisi de parler de l'amour de Kranti pour la vie, des blagues qu'elle racontait, de sa fantaisie, de sa générosité. Des plats qu'elle préparait, des diverses facettes de sa personnalité. Il n'avait rien dit, pas un mot, de sa peinture, de son talent, de son énergie, de son élan, de sa folie, de son égoïsme. « Une citation bien placée de Shakespeare, Rilke, Dante ou d'un grand écrivain français, Hugo, Rimbaud peut-être, aurait pu venir aux lèvres de ce type bardé de diplômes. On n'aurait sans doute pas tout compris, pensa Olga, mais ça aurait fait joli, contrairement à ces propos dédaigneux envers elle et envers nous, comme si on était une bande de gros balourds. »

Lorsque la meule s'arrêta, ils sortirent à la queue leu leu dans le jardin où le préposé au fourneau, tirant d'un récipient rectangulaire en acier quelques poignées des cendres de Kranti, les dispersa sur les rosiers comme s'il s'agissait d'engrais ou de fumier. Olga se demanda pourquoi, en dépit d'une telle abondance de nutriments, leurs fleurs présentaient cet aspect anémique. « Adieu, Kranti », sanglotait-elle par petits coups, les larmes ruisselant sans interruption le long de ses joues.

Le docteur Perrin s'avança vers elle pour poser un baiser délicat sur son front.

– Elle vous aimait beaucoup, vous savez, dit-il.

Sa remarque la réconforta. Elle déposa sur les cendres de Kranti la rose pâle qu'elle tenait à la main, puis s'en retourna chez elle, serrant contre son cœur le joyau sans prix de ces paroles.

Dès lors, chaque jour, et à plusieurs reprises, elle se prit à relire la lettre d'adieu de Kranti, au point que le papier, usé aux pliures, commença bien vite à se déchirer. Ce feuillet était devenu une part d'elle-même, tout comme le mouchoir prêt à étancher les larmes que déclenchait immanquablement sa lecture. Passant d'une poche de jupe à l'autre, le rectangle avait fini par prendre la forme de sa hanche et par acquérir une patine lustrée, teinté par les différentes couleurs de lainages. Plusieurs semaines s'étaient déjà écoulées et elle ne savait toujours pas quoi penser. Elle ne pouvait que pleurer son amie disparue.

Olga chérie, avait écrit Kranti en français, *je sais que vous aurez beaucoup de mal à comprendre ou à accepter mon geste et je ne m'attends pas à ce que vous me trouviez des excuses. Mais vous êtes mon amie, et à ce titre je vous dois des explications.*

Vous m'avez toujours vue heureuse, affairée, active, constamment en mouvement et en action. Et c'est le souvenir que j'aimerais que vous gardiez de moi. Je pars sereine, dans la certitude que je resterai en contact avec vous, où que je me trouve.

Vous m'avez toujours tenue en haute estime, Olga chérie, et je vous en suis infiniment reconnaissante. À la vérité, je ne suis ni aussi talentueuse ni aussi bonne que vous le croyez. Si j'ai choisi de mettre fin à mes jours, c'est pour expier des fautes terribles que j'ai commises par le passé. Ces dernières années, j'ai tenté de me racheter en menant la vie d'une personne bienfaisante. Mon sentiment de culpabilité ne s'en est pas trouvé atténué, tout au contraire. J'ai menti, trompé, peut-être même volé, mais ce sont là des délits mineurs comparés à cet autre fait, un acte si terrible que je ne peux me résoudre à vous le révéler.

Tous ces mois durant, vous avez parlé et offert votre amitié à une créature malfaisante qui ne méritait pas de vivre.

La culpabilité m'est un fardeau insupportable. Je dois payer de ma propre vie. Rien moins que cela. J'espère que vous trouverez la force de me pardonner et de prier pour moi, bien que je ne croie pas personnellement en la prière. Dites à Peter que je l'aime.

Votre amie,

Kranti

3

La princesse d'ivoire

De la fenêtre du salon de Kranti, Robert-Pierre posait un regard vide sur la tour du Sofitel dont l'enseigne, un néon criard, était pour l'heure estompée par un écran de bruine. Kranti ne manquait jamais de déplorer la façon dont le haut cylindre filiforme de l'hôtel détruisait l'élégance de la ligne d'horizon. Chaque fois il acquiesçait vaguement, se pliant à ce qu'il appelait ses « diktats normatifs ». Il aimait bien ce phare lointain, la promesse qu'il faisait naître de tout un univers intégré en ses murs. Ces lumières clignotantes qui dessinaient des motifs féeriques dans le ciel au gré du va-et-vient des clients entre leurs chambres et l'extérieur avaient quelque chose d'énigmatique.

Par la baie ouverte lui parvenaient le bruit mouillé, élastique, des pneus sur la chaussée humide et le grondement coléreux d'un autobus du dimanche impatient d'atteindre son terminus porte de Saint-Cloud, deux arrêts plus loin.

Il ôta ses lunettes et les essuya de l'extrémité de sa cravate en soie d'un geste méditatif, comme pour dégager une fenêtre de vision dans l'espace gris foncé du dehors. Puis, se détournant, il fit quelques pas dans la pièce.

– Toi, ma princesse, tu es toujours là, évidemment, dit-il en s'adressant à la tête d'Africaine en ivoire sculpté, le dernier venu des bibelots amassés sur le manteau de la cheminée.

Il l'avait apportée chez Kranti quelques jours plus tôt. Il avait eu un mal fou, à son retour du Sénégal dix ans auparavant, à passer en douce à la douane cette sculpture de six kilos. À présent, il était content d'avoir couru ce risque.

C'était une négresse rieuse, au regard aveugle tourné avec coquetterie vers le ciel. Elle avait des pommettes hautes, un nez épaté, une bouche pleine de vie et des centaines de boucles crépues maintenues autour du front par une torsade.

Toutefois, ce n'était pas son visage qui retenait l'attention de Robert-Pierre. Plaçant un doigt derrière l'oreille, il déclencha un mécanisme dissimulé dans la masse des cheveux, et le tiers supérieur de la tête, mû par un ressort, s'ouvrit dans un mouvement de bascule, révélant une cavité, une cache.

Il en examina le contenu : posées sur un lit de cendres gris ardoise, les petites molaires en céramique de Kranti, parfaitement moulées, lui jetaient un regard espiègle.

– Peu importe que tu sois indienne ou africaine, à présent, n'est-ce pas ? Tu es resplendissante, *stunning*, comme toujours, marmonna-t-il, s'exprimant sans en avoir conscience dans le franglais qui était devenu leur *lingua franca*.

Il se posta devant le miroir andalou, repoussa une boucle de cheveux rebelle, ajusta ses lunettes, puis se pencha pour observer un point rouge apparu sur le bout de son nez et s'aperçut que ses cheveux avaient beaucoup blanchi au cours des derniers mois.

Les lys rouges fanés avaient disparu du vase en cuivre posé à une extrémité du manteau de la cheminée. L'argenterie luisait paisiblement dans la lumière pâle de la lampe diffusée par l'abat-jour en parchemin. On aurait dit que

Kranti habitait toujours là, qu'elle venait de descendre chercher le pain du dîner.

Il se pencha pour frôler du doigt le plateau en verre de la table basse. Pas une trace. « Quelqu'un est passé faire le ménage, se dit-il. La dernière fois que je suis venu, tout était couvert de poussière. » Ce ne pouvait être Mme Benoît, qui refusait de s'approcher de l'appartement depuis qu'on avait emporté le corps. Sans doute l'assommante Olga Savić avait-elle de nouveau extorqué les clés à la concierge.

Les deux derniers mois n'avaient pas été faciles. Il avait parlé avec l'ex-mari de Kranti des formalités et des funérailles et, comme Guillaume de Lorel, éludé les questions des reporters de journaux à scandale sur la piste du « suicide rituel indien » de Kranti Goray de Lorel. Il avait rencontré des banquiers, des notaires, des inspecteurs des impôts et des membres du corps diplomatique indien curieux d'en savoir plus. Il s'était heurté de surcroît à la froideur insolite de Sophie, son épouse.

L'illusion, longtemps entretenue, de leur « accord parfait » avait volé en éclats. Leur vie de couple n'était pas aussi bien organisée, à la fois ouverte et méticuleusement cloisonnée, qu'il l'avait cru. Il connaissait les raisons de son éloignement et de sa détresse, bien entendu. Il y avait d'abord eu le coup de fil de l'inspecteur, très poli et cordial, demandant si le docteur Perrin voulait bien passer à son bureau de la police judiciaire pour répondre à quelques questions de pure routine.

Il avait enfilé les couloirs interminables du 36, quai des Orfèvres, la Seine étincelant dehors en contrebas. Combien de fois dans son adolescence ne s'était-il pas représenté ce labyrinthe légendaire, à la lecture des enquêtes du commissaire Maigret !

« Vous êtes une sommité, monsieur Perrin. Par quel titre dois-je m'adresser à vous ? Professeur ? Docteur ? » avait commencé l'inspecteur Laporte.

Cette déférence n'était-elle qu'un masque ?

« Comme vous voudrez, avait-il répondu, bien qu'il eût une préférence marquée pour "professeur".

– Voyons... Vous avez passé votre thèse de médecine en 1971, avant de vous spécialiser en psychiatrie. Que faisiez-vous en 68 ? Vous éleviez des barricades ? »

Robert-Pierre s'était déjà senti plus à son aise.

« Quelque chose comme ça.

– À l'époque, j'étais une toute jeune recrue de dix-neuf ans – un fantassin, si vous préférez. C'était ma première affectation et j'avais pour mission de mater les révolutionnaires issus des classes supérieures, des gens comme vous, avait répliqué Laporte dans un sourire qui tenait de la grimace.

– Je ne venais pas des classes supérieures. Mon père dirigeait un bureau de poste.

– Peut-être, mais vous étiez instruit. Ins-truit. Mon père était manutentionnaire dans une filature, ma mère savait à peine lire. Vous, les types qui lanciez des pavés, vous étiez l'élite éduquée. Nous, nous étions en bas de l'échelle.

– Mais nous nous battions pour vous aussi, pour vos droits...

– Faux. Vous vous battiez pour avoir accès aux dortoirs des filles, ce qui n'est pas tout à fait la même chose. Mais passons. Maintenant, vous êtes professeur de psychiatrie, chef de service à l'hôpital Sainte-Anne. C'est un poste important. Vous disposez également d'un cabinet, où viennent vous consulter des patients connus. Je vous ai vu à la télévision participer à des débats. Vous êtes bon. Très impressionnant, vraiment. Dommage que vous soyez mêlé à cette étrange histoire. Bien, venons-en, si ça ne vous ennuie pas, à votre relation avec la défunte.

– Ce qui est arrivé me laisse dans la même confusion que vous. Je n'ai rien à dire, en vérité. Nous sommes – je veux dire nous étions – seulement très bons amis.

– Vous dites avoir rencontré Mme de Lorel quand ? Il y a quatre ans ? Selon nous, c'était avant, bien avant. Et persisteriez-vous à dire que vous étiez "seulement très bons amis" ?

– Oui, absolument.

– Vraiment ? Ce n'était pourtant pas tout à fait son genre. Tous vos autres amis sont soit des écrivains du côté de votre épouse – dont, soit dit en passant, j'admire beaucoup les livres –, soit des membres de votre profession, des universitaires, des gens connus. Or vous ne paraissiez jamais en public avec Mme de Lorel, n'est-ce pas ?

– Non, en effet. Elle n'aimait pas beaucoup sortir.

– Ah bon ? Ce n'est pas ce qu'on nous a dit. Elle fréquentait les réceptions, surtout dans le milieu de la mode. Mais on ne l'a jamais vue avec vous. De votre côté, de nombreux témoins ont eu l'occasion de vous apercevoir en compagnie d'autres femmes que votre épouse. En fait, vous rendiez souvent visite à Mme de Lorel chez elle, je me trompe ? L'après-midi, généralement, et deux ou trois fois par semaine d'après la concierge. Maintenant, dites-moi : s'agissait-il de consultations professionnelles à domicile et, sinon, quel était l'objet de ces rencontres ? »

La courtoisie du ton laissait transparaître une froideur vaguement menaçante. Robert-Pierre transpirait abondamment. On était en août, c'était normal. Les mains douces, capitonnées, de l'inspecteur Laporte, étonnamment féminines pour le costaud qu'il était, reposaient sans façon sur les cahiers de Kranti, scellés dans une pochette transparente par une étiquette autocollante dûment tamponnée.

Robert-Pierre tentait de conserver son calme.

« Je connaissais assez bien Mme de Lorel. Nous étions bons amis. Nous avons eu une aventure, mais c'était terminé depuis longtemps. »

Pendant qu'il parlait, l'inspecteur farfouillait parmi des papiers rassemblés dans un dossier rose.

« Vraiment ? Comment expliquez-vous que quelqu'un lègue tous ses biens à un "bon ami" plutôt qu'à sa famille ou à un amant ?... Peut-être allez-vous pouvoir m'éclairer sur ce passage du journal de Mme de Lorel, daté du 15 novembre 2006 : "Venise de nouveau avec R. Je l'ai à moi toute seule pour quatre jours de félicité. Je dors lovée dans sa chaleur. Le bonheur à l'état pur", avait lu l'inspecteur à voix haute. C'était il y a un an à peine. "R.", c'est vous, je suppose. Il y a de nombreux passages du même acabit. Ah là là, pourquoi faut-il que les femmes tiennent leur journal ! »

Robert-Pierre avait crispé la mâchoire. Il se rappelait chacun de ces passages. Kranti lui lisait son journal avant qu'ils se mettent au lit, bercés par la chansonnette des gondoliers et le bruissement des vaguelettes de la lagune. Il avait été flatté, gêné aussi qu'une femme de cinquante ans se laisse aller à des déclarations d'amour d'adolescente.

Laporte consultait attentivement des papiers.

« En outre, la défunte figurait au nombre de vos patients. Nous avons trouvé son nom dans votre carnet de rendez-vous. Maintenant, laissez-moi réfléchir... Quand était-ce ? La première fois que vous vous êtes rencontrés ? Savez-vous qu'un rapport sexuel avec une de vos patientes pourrait vous coûter votre carrière, si la chose venait à s'ébruiter ? »

Les relevés bancaires que l'inspecteur feuilletait avec ostentation étaient les siens, avait constaté Robert-Pierre. Ils devaient mentionner tous les paiements effectués à Venise. Comment se les était-il procurés ? « Cela veut dire accessoirement qu'ils ont aussi découvert que je n'ai pas déclaré la totalité de mes revenus au fisc, et je risque une forte amende », s'était-il dit, repassant frénétiquement dans sa tête la liste des patients qui le réglaient en espèces et dont le nom n'apparaissait jamais dans son carnet officiel de rendez-vous, également en possession de Laporte et où le nom de Kranti figurait. La police disposait des dates pour faire les recoupements nécessaires.

Il avait cessé de feindre. À quoi bon nier, s'ils savaient tout ? Hélas, admettre qu'il était l'amant de Kranti n'avait rien résolu ; l'interrogatoire n'en était devenu, au contraire, que plus ardu et plus répétitif. Laporte n'en finissait pas de le questionner, d'un ton alternativement enjôleur et lourd de sous-entendus, mais si une menace perçait parfois dans sa voix, elle était si tôt voilée que Robert-Pierre se demandait s'il n'avait pas rêvé.

Depuis combien de temps connaissait-il Mme de Lorel ? Le professeur Perrin lui avait-il prescrit un jour des somnifères ou toute autre drogue dont elle aurait pu faire usage ? Pourquoi lui avait-elle légué tous ses biens par testament ? Était-il au courant de l'existence de ce document ? L'avait-il vu ? Savait-il qu'il serait son unique héritier ? Était-elle dépressive ? Connaissait-il le nom de la substance qu'elle avait ingérée ? Savait-il comment elle se l'était procurée ? Quelle était sa situation financière personnelle ? Avait-il des dettes ? Quand avait-il vu Mme de Lorel pour la dernière fois ? Mme Perrin était-elle au courant de leur liaison ?

Peu à peu, dans une sensation croissante d'effroi, il avait réalisé ce qui était en train de se passer. Il était leur suspect numéro un. La mort de Kranti, selon eux, n'était pas un suicide, mais plus probablement un meurtre. Et qui pouvait faire un meilleur assassin qu'un héritier, psychiatre dûment qualifié, habilité à prescrire une flopée de médicaments potentiellement mortels à une femme seule, fragile, influençable ? La panique l'avait gagné. Il avait compris qu'ils allaient parler à Sophie, vérifier ses dires en interrogeant sa femme.

« Êtes-vous joueur ? Parlez-vous à votre épouse de vos aventures sentimentales ? Avez-vous des besoins d'argent ? martelait de nouveau l'inspecteur.

– C'est d'un avocat dont j'ai besoin, avait répliqué Robert-Pierre.

– Vous pouvez en appeler un si vous le souhaitez. Sachez cependant que vous n'êtes pas ici en tant que témoin assisté, mais seulement pour nous aider à résoudre cette affaire. Cela dit, allez-y si tel est votre souhait », avait répondu Laporte en poussant le téléphone vers lui.

Robert-Pierre avait hésité. Il aurait pu appeler Alain, bien sûr, mais ce dernier était avant tout l'avocat de la famille de Sophie et il n'aurait jamais pu lui demander de rester discret sur une affaire aussi grave et aussi sordide. Les autres avocats de sa connaissance comptaient parmi ses patients, il était hors de question de les solliciter.

Il s'était donc soumis docilement aux questions de Laporte, qui tournaient toutes autour du même point crucial : Kranti était-elle dépressive ? L'avait-il manipulée, droguée, encouragée, poussée d'une façon ou d'une autre à ce geste fatal ? Bref, était-il complice du crime, si crime il y avait ?

« Ils ne peuvent rien me mettre sur le dos, ils n'ont aucune preuve », se disait-il pour tenter de se rassurer. Pourtant, la frayeur avait persisté même après la fin de l'interrogatoire. Que recelaient les pages du journal de Kranti ?

Des mois plus tard, entré en possession des cahiers, il l'ignorait toujours. Il avait mis du temps avant de les ouvrir.

Il se retrouva dans cet appartement, seul, tel un meurtrier qui revient sur les lieux de son crime. Il avait déposé en un tas informe près de la porte tout ce que la police lui avait rendu. La petite pochette à bijoux contenant la montre, la chaîne en or et les boucles d'oreilles était introuvable, et la liasse de lettres que l'inspecteur avait agitée sous son nez de manière si agaçante semblait avoir disparu, mais les cahiers dorés sur tranche légués par Kranti étaient bien là, soigneusement empilés sur la table basse. Sous leurs couvertures respectivement rouge, vert mousse, bleu marine et noire, ils étaient faits du même papier de belle épaisseur, ligné et sans marge.

Robert-Pierre revit Kranti, émergeant triomphante et chargée de paquets d'une papeterie en désordre. C'était par une journée éclatante de décembre, dans une venelle derrière la Fenice, peu avant la résurrection du théâtre détruit par le feu. Le voyage à Venise était le cadeau qu'il avait choisi de lui faire pour son cinquantième anniversaire.

« C'est tout à fait ce que je cherchais ! Je vais pouvoir commencer à écrire, maintenant, s'était-elle exclamée, l'œil étincelant. Ça va m'aider. Je n'aurais jamais cru être aussi heureuse le jour de mon anniversaire. Au lieu de se fermer, des portes s'ouvrent !

– Ce n'est pas de papier luxueux qu'on a besoin pour écrire, s'était-il esclaffé, mais de patience et de détermination !

– Il faut que tout soit à ma convenance, c'est important. Je ne peux pas écrire sur des feuilles volantes ou sur des bloc-notes ordinaires. Le papier doit être d'une qualité particulière et les stylos aussi. "Pour écrire, il me faut du satin jaune", disait Oscar Wilde. Ce sera du satin jaune ou rien. »

En plus des cahiers, elle avait acheté des flacons de formes bizarres remplis d'encre bleu-vert et noire, de délicates plumes vénitiennes en verre soufflé multicolore, des blocs de papier pelure et d'épais vélin ivoire et des enveloppes doublées assorties. Pourtant, après cette crise de boulimie consommatrice, la résolution d'écrire s'était longtemps dérobée. Il l'avait taquinée avec une telle insistance qu'elle avait cessé d'aborder le sujet avec lui.

Il se prit à caresser le cuir lisse des cahiers, à tourner lentement les pages. Seuls deux d'entre eux, le rouge et le noir, avaient été utilisés.

Le premier contenait un manuscrit annoté et abondamment illustré, écrit sans doute pour des enfants. Il mettait en scène deux petites filles, des sœurs à en juger par leur apparence, qui jouaient ensemble dans une grande maison ancestrale située au milieu d'un jardin luxuriant, débordant de feuillage et de fleurs, éclatant de couleurs solaires. L'histoire, inachevée, s'effilochait et le cahier finissait en album rempli de gribouillis, de coupures de journaux, de notes saisies à la va-vite et d'aquarelles extrêmement détaillées représentant des plantes exotiques, peintes avec soin.

Le second ne contenait aucun dessin, mais des centaines de lignes serrées écrites à l'encre bleu-vert, la marque distinctive de Kranti, alternant avec de longs passages en noir ou en sépia. Dans la mort comme dans la vie, elle était excessive, avide d'attention, clamant son existence. Ces pages en portaient témoignage.

Il savait que Kranti s'était essayée à l'écriture, toujours en anglais. Comme elle était restée très discrète à ce sujet les derniers mois de sa vie, il en avait conclu qu'elle avait finalement renoncé. À l'époque, il avait pensé non sans sarcasme qu'elle cherchait essentiellement à faire concurrence à Sophie. Il n'aurait pas imaginé qu'elle avait déjà tant écrit.

Il lui avait fallu plusieurs jours avant de pouvoir ouvrir fût-ce le cahier rouge, celui où elle n'était que la narratrice omnisciente. Il avait lu les premières pages du prétendu roman et son regard s'était attardé sans qu'il s'en aperçoive sur les aquarelles.

C'était l'histoire d'une petite fille nommée Kranti et de sa sœur Shanti, un récit simple écrit d'un point de vue d'enfant. Autobiographique, de toute évidence.

Ce qui avait frappé Robert-Pierre, ce n'était pas tant le ton émerveillé ou la puissance d'évocation des lieux que la dimension sacrée qui émanait des croquis. Ceux-ci semblaient danser sur la page. D'un pinceau léger et sûr, elle avait donné vie aux deux fillettes jouant parmi des massifs de fleurs flamboyantes. On reconnaissait Kranti aux nuances de sa palette ; il aurait pu identifier ses dessins n'importe où. Avec ce talent, elle avait tout pour devenir une illustratrice d'élite, l'eût-elle voulu. « Vraiment, quel gâchis », se dit-il.

Il y avait toutes sortes d'images. Certaines d'entre elles représentaient un moment isolé dans le déroulement d'un drame familial. Les fillettes, ainsi que leur mère incroyablement belle, y arboraient des expressions de peur ou de chagrin. D'autres déployaient une exubérance débridée, célébrant, lui semblait-il, l'essence même de la vie. Comment une femme capable de produire sur une page tant de joie et de beauté avait-elle pu se venger de la vie en se tuant délibérément ?

Quant au cahier noir, son journal, l'élément le plus douloureux de son legs, il n'avait pas encore eu le courage de l'ouvrir, incapable d'entendre Kranti parler à la première personne.

– Pourquoi ne m'as-tu rien dit ? Qu'est-ce que ça t'aurait coûté de m'adresser un signe ? s'écria-t-il un jour, d'un ton rancunier, en s'adressant à la négresse d'ivoire.

Toutes ses connaissances, sa formation, ses décennies de pratique de la psychiatrie n'avaient donc servi à rien. Impitoyable, déterminée, Kranti avait tiré le tapis sous ses pieds, le précipitant dans un abîme sans fond. Il se sentait bon à rien. Émasculé.

L'ambassade avait pris contact avec Shanti Aiyar, la sœur et seule proche parente de Kranti, au sujet du rapatriement du corps. Sa réponse avait surpris, heurté, même, M. Sharma, le consul indien. Mme Aiyar, attristée et choquée par la nouvelle, s'était déclarée dans l'incapacité de faire face aux dépenses qu'aurait entraînées un voyage en France ou le rapatriement du corps. L'ambassade pouvait-elle organiser une incinération sur place ?

« Quelle famille est-ce là ? s'était étonné M. Sharma, sourcils froncés, en secouant la tête. Si la défunte avait été ma sœur, j'aurais contracté un emprunt pour m'acquitter de ces frais. Mais ces Indiens d'aujourd'hui, qui vivent à l'occidentale, ne respectent plus les traditions. Quant à l'ex-mari de Mme Goray, s'il participera bien à la cérémonie, il ne souhaite pas effectuer les démarches nécessaires. Il revient donc au légataire universel de s'en occuper, avait-il dit. Ce n'est pas la première fois que l'ambassade a affaire au décès d'un ressortissant indien et, si vous le souhaitez, je pourrai vous indiquer la marche à suivre. »

Robert-Pierre avait suivi les conseils de M. Sharma, beaucoup plus expérimenté que lui dans ce domaine. Il s'était revu aux funérailles de son père dans le minuscule hameau des environs de Rouen. Dans l'église rustique, pleine à craquer, il avait lu l'oraison funèbre d'une voix étranglée par les larmes, sa mère à son côté, entouré par le chagrin sincère des voisins et des amis pleurant la disparition d'un homme intègre. Il se rappelait comment ses muscles raidis par l'effort s'étaient noués au moment où ils avaient descendu le cercueil dans la fosse. Il n'aurait jamais cru que ce petit corps rabougri pût peser aussi lourd. Mais il avait tenu à porter lui-même en terre un père qui, tout distant qu'il a pu lui paraître, n'en faisait pas moins partie intégrante de son être. L'atmosphère de ces obsèques-là était bien différente.

Il avait envoyé à la sœur de Kranti une longue lettre de condoléances accompagnée du certificat de la police mentionnant le suicide comme « cause du décès » et d'une copie du testament. Par ce dernier document, rédigé en français et en anglais, attesté et contresigné par son notaire et le greffier de celui-ci, Kranti léguait tous ses biens à Robert-Pierre.

Ses pensées revinrent à la sœur en question. Combien de temps allait-il pouvoir repousser le moment de lui téléphoner ?

« C'est ton gourou ? avait-il demandé à Kranti en désignant la photo d'une imposante femme vêtue à l'indienne, collée sur le panneau mural de son bureau. J'ai vu des affiches qui la représentent dans toute la ville. »

Kranti avait éclaté de rire.

« Je n'ai pas de gourou, et ce n'est pas l'illustre Jyotika Amma, si c'est à elle que tu penses. C'est une photo de ma sœur Shanti. Quand nous étions enfants, je devais l'appeler Taï, "sœur aînée". Entre elle et moi, à cet âge, tout rimait, tout était en harmonie : elle était Shanti, j'étais Kranti ; nous portions des robes, des chaussures, des coiffures identiques ; on nous a prises pour des jumelles presque jusqu'à l'adolescence. C'est vrai que, à bien y regarder, elle ressemble un peu à cette Amma suralimentée, la soi-disant "Sainte chantante". Je n'ai aucune foi en ces gens-là : pour ce que j'en sais, ce sont tous des charlatans. Ma sœur, elle, croit en eux. Elle s'est mariée dans une famille très traditionnelle, très pratiquante. Elle observe tous les jeûnes et tous les rituels. »

Robert-Pierre, résigné, s'assit dans un soupir sur le sofa en velours cerise qui était à présent le sien, puis composa un numéro inscrit sur un post-it bleu collé sur le flanc du téléphone, se préparant mentalement à un échange en anglais.

– Ah, les colonisés… marmonna-t-il, surpris par la double sonnerie qu'il entendait dans le récepteur.

– *Hello*, dit une voix d'homme.

– Allô ? Puis-je parler à Mme Aiyar, s'il vous plaît ? J'appelle de Paris.

Sans adresser un mot à son interlocuteur, l'homme qu'il supposa être le mari de Mme Aiyar appela : « Shanti ! Shanti ! » Un cri lui répondit. Le son des pas qui approchaient parvint à Robert-Pierre, puis ce furent les petits bruits, feutrés et secs en alternance, de l'appareil qui changeait de main, avant qu'une voix de femme légèrement essoufflée déclare :

– Bonjour. Shanti Aiyar.

La liaison était excellente, débarrassée du bourdonnement qui parasitait habituellement les communications intercontinentales. On aurait dit que la femme lui parlait de l'appartement voisin.

– Mon nom est Robert-Pierre. Je vous appelle de Paris.

– Oh, bonjour. Merci d'avoir bien voulu appeler. Nous nous demandions comment entrer en contact avec vous, car nous n'avons pas votre adresse. Nous avons reçu votre lettre après que l'ambassade nous a prévenus. J'espère que vous avez reçu celle que nous vous avons envoyée aux bons soins des services diplomatiques indiens.

– Oui, merci pour vos condoléances.

– Nous ne pouvions rien faire de plus. Je voulais venir, mais c'est beaucoup trop cher, puis nous nous sommes dit : « À quoi bon ? Mieux vaut récupérer les cendres afin de procéder à leur immersion et aux ultimes rituels ici. » Quelle horrible nouvelle ! Vous imaginez sans peine le choc que cela a été pour nous. Ma pauvre sœur… Que s'est-il passé ? Pourriez-vous me dire ce qui s'est passé ?

Mis à part l'accent indien très prononcé, sa voix ressemblait de façon frappante à celle de Kranti. Elle parlait sur un ton chantant et Robert-Pierre essayait d'y associer le large visage de la photo, le front dominé par un énorme disque vermillon, le sari de couleur vive, les avant-bras grassouillets débordant telles deux saucisses des manches courtes qui les emprisonnaient jusqu'à mi-hauteur.

– Je pense que c'est une dépression… Je suis vraiment désolé, dit Robert-Pierre, qui sentit brusquement son anglais, déjà limité, le déserter.

– C'est très difficile pour nous de l'imaginer. Elle aimait s'amuser comme personne au monde. Je ne l'ai jamais vue déprimée. Qu'a-t-elle fait ? Comment est-ce arrivé ?

– Empoisonnée… Elle a pris des… comprimés pour dormir, énonça Robert-Pierre avec effort.

– Des quoi ? Vous voulez dire des somnifères ? Oh…

Suivit une pause, puis elle reprit :

– Où est-elle maintenant ? Je veux dire, qu'avez-vous fait du corps ? J'espère qu'on ne l'a pas déposé dans une morgue quelconque.

– Il a été… On l'a incinéré. Vous voulez donc récupérer les cendres ? Je les ai avec moi…

– J'allais vous poser la question. Mais on ne peut pas se contenter de ça, il y a des rites à effectuer. Nous sommes hindous, comme vous le savez, et ses cendres doivent être répandues sur le Gange. Pourriez-vous les apporter pour que je sois en mesure de faire à ma sœur des adieux convenables ? demanda Shanti, la voix soudain tendue.

– Elle ne le souhaitait pas. Kranti ne voulait pas de cérémonie religieuse. Les choses se sont passées très simplement, comme elle le voulait.

– Peut-être, mais, voyez-vous, nous croyons que son âme ne connaîtra pas le repos avant que ses cendres aient rejoint le cours du Gange, dit Shanti d'un ton sans réplique en articulant lentement. Pourquoi ne nous apporteriez-vous pas les cendres pour que nous puissions organiser les cérémonies funéraires ? Pour que Kranti connaisse enfin la paix…

– Je ne crois pas que ce soit possible, commença prudemment Robert-Pierre. J'ai beaucoup à faire. C'est très difficile. Peut-être plus tard.

– Votre lettre ne nous dit pas précisément qui vous êtes. Quels rapports vous entreteniez avec elle, je veux dire. Nous ne sommes au courant de rien, vous comprenez. Je vais être franche avec vous. Ces dernières années, nous n'avions que des contacts très sporadiques, ma sœur et moi. Comme vous le savez, c'était une femme très indépendante et nous essayions de ne pas nous immiscer dans sa vie. Nous sommes des gens simples et, parfois, il nous était difficile, vivant ici, en Inde, de comprendre ce qui se passait. Pour une famille comme la nôtre, c'était embarrassant, tous ces divorces, ces liaisons, chaque fois avec un homme différent…

– Je comprends, je crois… dit Robert-Pierre.

Mais Mme Aiyar ne s'était arrêtée que le temps de reprendre son souffle.

– C'est dur, dans notre société. Il nous faut prendre en compte nos voisins et nos amis. Nous avons essayé de leur cacher le plus possible d'informations. Cela dit, elle était ma sœur et je l'aimais. Votre lettre était gentille à son égard, mais ne disait rien sur ce qui s'est passé, ni sur la relation que vous aviez. Nous n'avons rien compris au certificat de décès. Le testament, lui, est très clair.

– Oui.

– Et vous êtes donc son seul héritier. J'ai découvert qu'elle possédait beaucoup de biens. Ces tableaux, par exemple, qui valent à eux seuls une fortune. Je trouve tout cela assez curieux…

– Vous pensez que quelque chose ne va pas, que quelque chose n'est pas correct ?

– Tout ce que je dis, c'est qu'elle était une femme très gaie, pleine de vie, qui aimait beaucoup ses nièces, surtout l'aînée. Elle la traitait comme sa propre fille. Il est étrange qu'elle ne lui ait rien laissé en héritage. C'est tout ce que je dis. Vous êtes sûr que vous ne pouvez pas venir nous apporter les cendres, pour que nous en discutions ?

– Oui.

– Oui quoi ?

– J'essaierai, mais pour le moment c'est impossible. J'ai trop de travail. Peut-être plus tard…

– Bien. J'imagine que j'aurais dû m'y attendre. Vous êtes tous les mêmes, nos sentiments religieux ne signifient rien pour vous. Et pourquoi devrait-il en être autrement ? Pourquoi voudriez-vous venir ? Peu vous importe que l'âme de ma sœur trouve ou non la paix, que sa famille soit privée de ce qui lui revient de droit…

– Mais si, je me sens concerné, profondément…

– Vraiment ? Sincèrement ? Votre attitude me blesse, je dois vous dire. Pas pour moi, je ne demande rien pour moi-même, mais je suis bouleversée de voir comment on traite mes enfants. Elle m'a parlé un jour d'un « code Napoléon », ou quelque chose comme ça, qui interdit de déshériter ses enfants, en France. Qu'en est-il donc ?

– C'est exact, mais cette loi concerne uniquement les descendants directs, et Kranti n'a pas d'enfant. Comme vous le savez, elle a rédigé un testament qu'elle a fait contresigner par un notaire et son greffier.

– Oui, mais il doit bien exister quelque chose du nom d'« obligation morale », non ? Du moins en ce qui concerne sa dépouille. C'est plus important que son héritage, pour moi. Nous reprendrons contact avec vous. Faites quelque chose, au moins pour ses cendres…

– J'essaierai. Oui, bien sûr, nous pouvons en parler… Excusez-moi, je dois raccrocher. Mais nous en reparlerons…

– Parler de quoi ? C'est tout simple, il suffit que vous sautiez dans un avion…

La voix poursuivit, diluvienne. Il la coupa poliment pour prendre congé et replaça le combiné sur son socle d'une main tremblante.

– Et toi, imbécile, triple, quadruple imbécile, comment as-tu fait pour ne rien voir ? se flagella-t-il, formulant pour la première fois la question qui le tourmentait depuis l'instant où, pénétrant dans la chambre, il s'était forcé à poser les yeux sur le visage bleu-noir, encore plus sombre sous l'essaim de mouches affairées à se nourrir. Quel con ! Mais quel con !

Une pensée l'avait traversé : « Ça sent exactement comme dans la cage au lion du cirque de province qu'elle m'a emmené voir près de Bombay. » C'était un lion mouillé, galeux, allongé sur le flanc près d'un quartier de viande pourrissante et trempée d'eau. Il émettait un rugissement plus pitoyable qu'effrayant tandis que la mousson lui lacérait les côtes à travers les barreaux rouillés de sa prison.

Ou comme en Afrique, quand il était arrivé dans la région des Grands Lacs en tant que psychiatre bénévole pour venir en aide aux victimes des massacres du Rwanda. Au bord d'un fleuve au cours littéralement obstrué par les cadavres, des cadavres par milliers qui venaient laper ses rives telle une gigantesque vague noire dans un va-et-vient sans heurts, un doux balancement, jacinthes d'eau humaines enchevêtrées, putrides. Il s'était avisé que les morts véritables étaient les survivants, paralysés de terreur, le cœur pétrifié, porteurs du silence des disparus. Ils n'avaient nul besoin de ses conseils, de sa sollicitude, de sa sacoche de toubib pleine de pilules-miracle.

Il était impossible d'échapper à la puanteur. Agrippée à ses cheveux, elle lui collait à la langue, aux dents, au cerveau. Savonnages répétés, brossages, changements de tenue, rien n'y faisait, rien ne l'effaçait. À bout de ressources, il s'était fait monter un grand bol de glace pilée dans sa chambre d'hôtel pour y vider son flacon de lotion après-rasage Azzaro. Puis, plongeant la tête dans les fragments piquants, glacés, il avait aspiré les effluves du parfum artificiel par le nez et la bouche, et enfoncé les joues et le menton dans le mélange jusqu'à ce que ses yeux le brûlent et que son visage soit figé par le froid. Puis il avait dû jouer des coudes pour prendre le premier vol Kigali-Paris.

Devant les corps ondulants, translucides, des vers à tête noire qui dansaient sur le satin violet de la robe, la perruque ridicule et le visage bouffi, sur le sourire de madone entrevu derrière les couches épaisses de fond de teint craquelé – marée noire saccageant une plage tranquille –, il avait revu la cage au lion en toute clarté. Les visions se superposaient tout en restant distinctes, nettement lisibles, dans un collage grotesque d'images de synthèse soudées par l'odeur pestilentielle et douceâtre de la décomposition. Ce lion, c'était lui, blessé, geignant, les fosses nasales envahies d'une puanteur qu'aucun bain d'eau de toilette n'aurait pu occulter.

À part ça, rien. Pas de lettre. Pas d'explication. Juste le testament, le cahier rouge contenant le roman inachevé, les illustrations et les coupures de journaux, et le cahier noir, le journal qu'il n'avait pas encore osé lire. Désespoir ? Non, s'insurgeait son esprit de psychiatre expérimenté, le geste de Kranti n'avait rien d'impulsif, il trahissait au contraire une mise en scène préméditée, ritualisée, méticuleusement préparée. Vengeance ? Châtiment ? Seul son journal pourrait le lui apprendre.

« Ce n'était pas une mort tranquille, pas du tout », se dit Robert-Pierre en secouant la tête. La vague d'amour, de compassion et de colère mêlés qui enflait en lui se répandit soudain en larmes au goût prononcé de sel.

Il la revoyait à présent accomplir ses rituels d'écriture à l'aide de ses innombrables instruments d'un prix parfois exorbitant, mélangeant les encres, emplissant les cartouches, essuyant soigneusement les plumes à l'aide d'un petit carré de crêpe taché qui avait été bleu layette. Ses petites mains étrangement formées, aux auriculaires minuscules, s'affairaient, le poignet gauche étroitement encerclé de trois joncs d'argent qui avaient, disait-elle, appartenu à la maîtresse impubère d'un seigneur de la guerre éthiopien.

Rien de plus banal que les circonstances dans lesquelles ils s'étaient rencontrés : une réception au ministère de la Culture en l'honneur de la venue en France d'une troupe de danseurs indiens. Un souffle happé suivi d'un gloussement immédiatement retenus lui avaient fait tourner la tête. À deux pas de l'endroit où ils se tenaient, la poitrine légendaire de la ministre française de la Culture faisait son entrée, précédant le reste de sa personne.

« Oh, mon Dieu ! » s'était-il exclamé tandis qu'ils suivaient des yeux la progression des augustes seins de Catherine Gentille.

Les monts neigeux, mis en valeur par un décolleté plongeant, tremblotaient au rythme de ses pas.

« On dirait du blanc-mange, avait dit Kranti, les yeux brillants de malice.

– *Blanc-mange* ? Vous voulez dire du blanc-manger ?

– C'est comme ça qu'on dit en français ? Je n'en ai jamais vu, mais j'imagine ça comme une espèce de gelée flasque. »

Ils avaient observé un moment Catherine Gentille avec la même expression amusée.

« Je ne supporte pas les livres qu'elle écrit. Prétentieux, bourrés de considérations pseudo-philosophiques à vous en mettre plein la vue. Elle brasse du vent. Elle prétend connaître l'Inde, mais elle commet des erreurs grossières, surtout dans l'iconographie. Il y a quelque chose qui me hérisse chez les intellectuels français. Je les trouve prolixes, pompeux et souvent, à vrai dire, carrément ridicules !

– Vous êtes un pur produit anglo-saxon ! Mais le jour où vous comprendrez les Français, vous verrez que nous ne sommes pas aussi nuls, aussi ridicules que vous le dites.

– Que faites-vous dans la vie ? avait-elle demandé.

– Je suis psychiatre. Et vous ?

– Oh, moi, je fais des petites choses, par-ci, par-là. Des croquis pour une revue de mode. Un peu de peinture. Je lis beaucoup, au lit le plus souvent.

– Vous devez passer beaucoup de temps sur le dos, alors.

– Sur le côté. Je m'allonge sur le côté, en position fœtale, avait-elle dit en étudiant la carte de visite qu'il venait de lui tendre. Robert-Pierre. Ce n'est pas un prénom commun, en France, n'est-ce pas ? J'ai rencontré plusieurs Jean-Pierre, des Jean-Claude et même un Jean-Charles… »

« Sur le dos ou sur le côté ? » s'était-il demandé, sondant le décolleté profond de son corsage sous le léger voile de mousseline de soie.

« … mais jamais de Robert-Pierre.

– C'est normal, avait-il souri. Ma mère, qui avait étudié la Révolution française, était une grande admiratrice de Robespierre. Bien entendu, elle ne pouvait pas décemment nommer son fils d'après un personnage historique aussi décrié. Alors elle a fabriqué le nom vaguement décalé, mais parfaitement acceptable, de Robert-Pierre.

– Et vous, vous admirez votre patron sanguinaire ?

– Il a dû m'influencer d'une manière ou d'une autre. J'ai eu ma période maoïste, entre vingt et trente ans. »

Tendant le bras vers le plateau d'un serveur qui passait, il avait saisi deux coupes de champagne et lui en avait offert une.

« C'est drôle, avait-elle répondu en la prenant sans y prêter attention. Devinez ce que veut dire "Kranti", mon nom, en hindi et en marathi. "Révolution" ! Mon père était communiste. Enfin, communiste en chambre. C'est lui qui m'a donné mon nom, et il a appelé ma sœur aînée "Shanti", ce qui veut dire "Paix". Si bien qu'il aurait pu nous présenter en disant : "Voici mes deux filles, Shanti et Kranti, la Paix et la Révolution", ou quelque chose de ce genre. Il avait lu à peu près tout ce qui s'était écrit sur le marxisme à l'époque. Impossible de porter la moindre contradiction à ses idées. Impossible, par exemple, de contester le bien-fondé de l'entrée des troupes soviétiques en Hongrie ou en Tchécoslovaquie. Il aboyait : "Vous avez lu l'*Anti-Dühring* ? Non ? Alors inutile de m'adresser la parole !" Fin de la discussion. C'était très frustrant. »

Elle avait avalé une gorgée en faisant la grimace.

« Vous l'avez lu ?

– Non, toujours pas !

– Et maintenant, que dit votre père ?

– Il est mort en 1989, au moment où le mur de Berlin se fissurait et tremblait sur ses bases. Avant que je puisse lui déclarer : "Je te l'avais bien dit." Mais ça n'aurait rien changé. Nous avions cessé de nous parler depuis longtemps. Vous avez lu *Le Livre noir du communisme* ?

– La chronique de ses atrocités ? Oui. C'est un formidable travail de recherche, mais je conteste les prémisses de l'éditeur selon lesquelles fascisme et communisme se valent.

– Est-ce que les femmes de banlieue riches et oisives sont nombreuses à venir décorer votre divan l'après-midi ? »

La soudaineté de cet assaut l'avait surpris. Il avait détecté un courant d'amertume inattendu chez elle et senti le pont-levis de ses propres défenses se relever à l'idée que l'évocation de sa vie allait prendre un nouveau cours.

« À votre avis ? avait-il riposté.

– Je suis sûre que oui, avait-elle dit en le détaillant des pieds à la tête. Mais, pour être juste, je suis sûre aussi que vous vous débarrassez en une séance ou deux de celles qui viennent vous consulter pour distraire leur ennui. Je ne vous imagine pas accordant une écoute compatissante aux femmes égocentriques et vaines dont le seul problème est d'avoir trop de temps et trop d'argent. »

Brusquement, il s'était échauffé :

« Qu'est-ce qui vous fait dire qu'en France les femmes de banlieue sont riches et oisives ? C'est un calque de l'Amérique. En France, quand on a de l'argent, on fait tout pour habiter en centre-ville, à Paris ou ailleurs, pas en banlieue. Et pourquoi pensez-vous que les femmes sont les plus représentatives du genre que vous décrivez ? Vous avez raison sur un point : je limite le nombre de mes patients riches et oisifs, j'en garde le moins possible. Mais là où vous avez tort, c'est quand vous parlez des banlieues et des villes moyennes. Ce n'est pas seulement l'ennui et ses à-côtés qui sont en cause, mais ce que produit cet ennui. Je me rends tous les jeudis à Versailles et le mercredi après-midi à Mantes-la-Jolie, une banlieue difficile. Eh bien, c'est là que je rencontre mes cas les plus intéressants du point de vue clinique, pas à mon cabinet parisien. Que ce soit Versailles la bourgeoise ou Mantes l'ouvrière, la banlieue bouillonne d'un ferment incroyable. Inceste, viol, drogue, crime, racisme, échec social, j'y ai tout vu. »

Cette avalanche de paroles semblait avoir suspendu la respiration de Kranti. Elle le regardait, les yeux écarquillés, comme sous hypnose. Autour des iris, le blanc était teinté de bleu.

« Je suis désolée. Je ne cherchais pas à vous mettre en cause. Quel rapport avez-vous avec l'Inde ? avait-elle demandé.

– Aucun, je suis simplement l'ami d'un membre du ministère. Que je dois aller saluer, d'ailleurs. »

Kranti avait posé sa coupe encore à demi pleine de champagne sur une table voisine et pris congé. Son assurance et son aisance du début s'étaient en partie évaporées. Une fois ou deux, au cours de la soirée, il avait aperçu son sari bleu et vert glissant parmi les invités, mais elle n'avait plus tourné la tête vers lui. De retour chez lui, il avait cherché son numéro de téléphone dans l'annuaire, mais ni l'un ni l'autre n'avait tenté de reprendre contact.

4

Une senteur orientale épicée

Oui, elle avait consulté et, oui, il avait transgressé.

« Pour la première et la seule fois de toute ma vie professionnelle, avait-il confessé à l'inspecteur Laporte. Je ne saurais pas l'expliquer, je n'avais aucun contrôle sur ce qui m'est arrivé. Je ne pensais plus de manière rationnelle. À ma décharge, elle n'est pas restée longtemps ma patiente. J'ai mis fin aux séances immédiatement après.

– Mais vous avez poursuivi l'autre type de rapport avec elle, hein ?

– Je ne violais pas l'éthique de ma profession !

– La question n'est pas là. Vous avez trahi votre déontologie, rompu votre serment de médecin. Vous avez couché avec une patiente, puis vous avez poursuivi cette relation avec elle dans l'intention de garder une emprise sur son psychisme. Comment pouvons-nous être sûrs que vous ne l'avez pas poussée à commettre le geste fatal ?

– Mais les séances n'ont pas excédé une semaine avant que j'y mette un terme ! Après quoi, je n'ai plus vu Mme de Lorel pendant plusieurs semaines, jusqu'au jour où elle m'a invité à un dîner avec d'autres personnes, en ami. Nous sommes redevenus amants bien plus tard, je ne l'ai pas vue du tout pendant un long intervalle. Ensuite, notre relation a duré plusieurs années. Si j'avais voulu la pousser au suicide, pourquoi aurais-je attendu aussi longtemps ? »

Assis dans le salon de Kranti, Robert-Pierre revivait l'élan incontrôlable du désir qui l'avait submergé à la vue de la silhouette élégamment moulée dans un ensemble Alaïa. Elle-même était sagement assise dans son antichambre.

Une bouffée de parfum familier lui était parvenue aux narines. Celui-là même que portait Sophie. Pourtant, sur cette femme aux cheveux sombres, il produisait d'autres nuances. Il n'avait jamais eu affaire à une Indienne jusque-là. Quelques Allemandes, une Italienne ou deux, mais la grande majorité de ses patientes étaient françaises.

Ce n'était pas du tout le genre de personne qu'il s'attendait à voir. Lorel ! Comment aurait-il pu imaginer que le nom figurant dans son agenda, loin de désigner une aristocrate d'âge mûr aux doigts couverts de bagues, était celui de l'Indienne qu'il avait rencontrée au cocktail ? La carte qu'elle lui avait remise ce soir-là disait simplement « Kranti Goray ». D'où lui venait ce nom ? Était-elle liée à la famille de Guillaume de Lorel ? Que voulait-elle ? Pourquoi était-elle venue ? Des ondes indéniablement sexuelles circulaient déjà entre eux.

« Entrez, je vous prie, et asseyez-vous », avait-il dit en lui désignant un siège face au sien dans son cabinet de consultation, s'efforçant de garder un ton professionnel. J'aurai besoin de quelques renseignements vous concernant : votre date de naissance, votre adresse, votre histoire médicale, notamment s'il a existé des cas de maladies mentales dans votre famille. Nous ne commencerons pas l'analyse tout de suite. Au début, nous converserons, assis face à face, jusqu'à ce que nous parvenions à la compréhension de ce que nous allons faire ensemble. J'ai besoin de savoir pourquoi vous avez choisi de consulter, si vous y pensiez depuis déjà un moment ou si vous vous êtes brusquement décidée après m'avoir rencontré par hasard.

– À quelle fréquence nous verrons-nous ?

– Au début, deux fois par semaine. Peut-être plus souvent par la suite, au stade du divan. »

Kranti répondait à ses questions de façon laconique.

« Mes problèmes concernent ma mère. Je ne l'ai pas bien traitée de son vivant. Je n'arrive pas à dormir, et je ne peux pas peindre. Tout ce que j'arrive à faire, ce sont des croquis de mode. »

« Comme elle se trompait ! » pensa Robert-Pierre en se rappelant la vivacité de son trait dans les dessins du cahier rouge.

Il fut bientôt évident qu'elle n'avait pas pris rendez-vous pour consulter. Elle tentait bel et bien de le séduire, et la hardiesse de ses avances agissait sur lui comme un aphrodisiaque.

Dès la deuxième séance, il avait compris qu'elle n'avait aucune intention sérieuse de plonger dans son passé pour affronter les démons qui empoisonnaient son existence, du moins pas avec lui. Du point de vue professionnel, ils n'avançaient pas. Entre eux, l'atmosphère chargée de sensualité était tendue comme une corde de guitare. Une force irrépressible l'avait dressé sur ses pieds et il l'avait soulevée de son siège. Il avait promené un doigt hésitant le long de sa joue, attendant sa réaction. Celle-ci avait dépassé toutes ses espérances.

Leur accouplement avait été frénétique, animal. Il aspirait son odeur au plus profond de lui, une senteur orientale riche et épicée. La sueur qui coulait de ses aisselles produisait elle aussi des effluves qui n'avaient rien de français. Émerveillé, non sans appréhension, il avait caressé ses longues jambes d'un brun chaud. Était-il vraiment en train de vivre un tel moment ? Que voulait réellement cette femme étrange et désirable ?

Il avait annulé ses rendez-vous, et ils avaient passé une semaine à faire l'amour sur son divan. Après une semaine de ce bouillonnement, la raison lui était revenue et il était arrivé à la séance suivante vêtu de son plus beau costume, gilet boutonné, cravate bien en place – « couvert comme un prêtre », avait-il pensé.

Les yeux rivés au buvard de son sous-main, il avait dit :

« Cela ne peut plus durer. Je ne peux pas vous prendre pour patiente. Vous savez que j'ai transgressé les règles déontologiques de ma profession. Je ne l'avais jamais fait auparavant et je n'ai aucune intention de recommencer un jour. Je vous dois des excuses, c'est entièrement de ma faute. Je peux vous donner le nom d'un excellent collègue qui pourrait travailler avec vous. »

Incapable de croiser son regard, il se concentrait sur la rédaction des coordonnées du praticien.

Elle avait très peu parlé durant cette semaine. Au cours de leurs ébats, elle n'avait émis que des sons étouffés.

« Je comprends parfaitement, avait-elle répondu, à son étonnement. Cela doit être très difficile pour vous. Peut-être pourrions-nous nous voir sur un autre mode, en amis. »

Il avait décliné sa proposition d'un mouvement de tête.

Son assurance le stupéfiait. Il s'était préparé à l'entendre protester, peut-être verser quelques larmes. Mais ce calme, ce contrôle étaient renversants.

Elle avait pris l'adresse de son collègue et s'en était allée. Il avait tenté à plusieurs reprises de lui téléphoner, mais il s'était ravisé, réprimant son désir. « À elle de jouer », s'était-il dit.

Au bout d'un temps de silence convenable, elle l'avait appelé pour l'inviter à dîner. Dans sa voix amicale et chaude, nulle trace de ce qui s'était passé. Elle effaçait l'ardoise, avait-il pensé, elle repartait de zéro comme s'il n'y avait jamais rien eu entre eux.

Accompagnés chacun de leur femme, les invités – un ambassadeur, un banquier dont l'épouse passablement ennuyeuse se prétendait peintre, un journaliste américain à la retraite qui les avait régalés d'anecdotes sur Nehru en Indonésie – formaient un petit groupe bien composé. Il avait demandé à sa secrétaire d'informer Kranti qu'il viendrait seul et s'était avisé sur place qu'ils faisaient exception, elle et lui, sans partenaire ni l'un ni l'autre. S'agissait-il d'un hasard ? Il s'était attardé délibérément après le dîner, dans l'espoir de déguster un verre du bon cognac qu'il avait repéré parmi les bouteilles.

Elle portait un sari beige brodé en soie épaisse et des pendants d'oreilles qui lui donnaient un petit visage étrangement ramassé, félin dans sa concentration. Après le départ de l'aide-cuisinière, elle avait expédié ses chaussures d'une secousse et s'était installée de côté sur le long sofa couleur cerise, jambes pliées en pyramide, près de lui.

« C'était une belle soirée, non ? Pourtant je me demande toujours si ça en vaut la peine », avait-elle dit.

Entre deux gorgées de cognac, il avait entrepris de lui masser les pieds tout en la félicitant pour l'excellence de son repas, de ses côtelettes d'agneau préparées à l'indienne. Elle lui avait ouvert un nouvel horizon culinaire, avait-il dit, laissant ses doigts s'aventurer sous le sari, par-dessus ses genoux, le long de ses cuisses.

Elle ne bougeait pas, sereine, l'instruisant tranquillement de l'usage des épices indiennes, un fin sourire aux lèvres, sans le moindre signe de tension dans ses muscles.

La main de Robert-Pierre s'était retirée tout à coup comme sous l'effet d'une brûlure. Au lieu de la barrière habituelle de soie et de dentelle, il venait de rencontrer une touffe rêche de poils pubiens.

« Qu'est-ce que c'est que ça ? » s'était-il exclamé, les lunettes de travers.

Elle s'était redressée en riant, les yeux couleur de verre sombre, et il avait fait de son mieux pour masquer sa confusion. En vain. Son visage était un champ d'interrogations.

« Ce n'est pas que les Indiennes modernes ne portent pas de culotte. Mais traditionnellement, sous le sari, du moins à la campagne, elles ne s'en embarrassent guère. C'est une invention européenne, donc, quand je m'habille en sari, je n'en mets pas, moi non plus. En Inde, il est beaucoup plus facile de relever simplement ses jupes pour uriner. Ou pour autre chose », avait-elle ajouté avec un sourire entendu.

Une bouffée de désir l'avait saisi. L'absence de pruderie ou de honte, de nouveau, le choquait et l'excitait. D'où venait ce trait de caractère ? Ne disait-on pas des femmes indiennes qu'elles étaient effacées, soumises ? Le contraire de son audace, de son effronterie. Comme si elle était l'homme et lui la femme.

Il n'était pas rentré chez lui ce soir-là, mais avait passé la nuit entortillé dans les draps de lin blanc de Kranti. Le lendemain, il lui avait donné un long baiser sur le seuil, ce même seuil sur lequel il se tenait aujourd'hui, et promis de la rappeler bientôt.

« Si seulement je comprenais ce qui lui est passé par la tête », se dit-il. Quel désespoir, quelle angoisse refoulée se cachait sous cette façade joyeuse et ironique qui considérait la vie comme une plaisanterie élaborée ? « Nous sommes tous acteurs d'une farce. Une farce : c'est ça, la vie », avait-elle dit un jour.

Le cerveau professionnel de Robert-Pierre prit le dessus. Elle avait aspiré à intégrer la sphère des idées qu'il habitait, l'autre versant de sa personnalité, enviant la familiarité, l'amitié, presque, avec laquelle il abordait les Derrida, Bourdieu, Foucault, Latour et autres intellectuels français, sa fonction de responsable rédactionnel d'une revue de psychologie d'avant-garde qui lui valait d'être invité ici ou là en France, son poste de premier plan à l'hôpital. C'était l'univers de l'intellect – concepts, abstractions et livres – qui la fascinait en lui et la maintenait sous son emprise. Mais ce versant appartenait à Sophie, elle le savait. Il le lui avait clairement signifié dès le début, et le mondain qu'il était devenu l'avait tenue écartée de sa vie publique, savourant leur intimité en privé, dans leur petit monde clandestin.

Elle avait connu dans son existence des moments extrêmement éprouvants, des blessures difficiles à oublier. Elle avait fait une entrée fracassante dans la société parisienne et les choses lui avaient d'abord paru faciles, lui avait-elle confié un jour où, exceptionnellement, ils parlaient de son passé. « J'ai usé et abusé des relations des Lorel », avait-elle dit en hurlant de rire, comme s'il s'était agi d'un tour qu'elle leur avait joué. Elle avait exulté en voyant son nom voisiner avec celui de Guillaume dans le *Bottin mondain* et pris un plaisir sans limites à son nouveau titre de « madame la comtesse ». Son entrée au *Bottin* avait été facilitée par la cousine de Guillaume, un mannequin en vue qui lui avait élégamment permis de se recommander d'elle. Ni les échelons supérieurs de la très rigide noblesse française ni la haute bourgeoisie, fabuleusement riche, aux manières impeccables, ne l'avaient regardée comme leur égale, mais le monde de la mode, avec ses lubies, ses fantaisies et son culte de l'exotisme, l'avait adoptée, fût-ce pour un moment. « L'amour qu'on m'y portait ne pouvait être par nature que passager », avait-elle commenté en haussant les épaules.

Toujours à l'affût de nouvelles icônes à hisser sur un piédestal pour mieux les déboulonner un peu plus tard, le demimonde parisien avait célébré la « comtesse indienne » pour son style et sa beauté, lui avait ouvert les pages de *ELLE*, de *Marie-Claire*, de *Madame Figaro*, avant de la disséquer fibre par fibre comme on pèle un oignon, de la dénuder de son intimité, surtout une fois ébruitée sa séparation d'avec Guillaume. Les personnes qui, la veille encore, se montraient extrêmement aimables à son égard, s'extasiant sur l'accent « si joli » avec lequel elle parlait français, s'étaient mises à railler sa gaucherie et à l'ignorer. En l'espace de quelques mois, elle était devenue démodée, périmée, à plaindre peut-être, indigne en tout cas de la moindre attention. « Maintenant, je m'en fiche. Ça n'a pas toujours été le cas. Guillaume, c'était avant tout mon passeport pour l'Occident. Je me demande parfois si je l'ai réellement aimé. J'ai tout fait pour m'en persuader : joué l'épouse modèle, reçu ses amis politiciens, donné des dîners impeccables, durant plus d'une décennie. Si ce n'est pas du dévouement, ça… Mais avec le recul, je peux le dire, c'était un mariage d'intérêt – *mon* intérêt », avait-elle conclu en riant.

Sa candeur, son pragmatisme intraitable avaient sidéré Robert-Pierre. Ainsi, elle n'était qu'une simple immigrée sans le sou ! Elle s'était servie de ses charmes pour attirer dans ses filets un homme sans méfiance – et pas n'importe qui, quelqu'un du gratin, de la haute ! Réprimant cette pensée aussi rapidement qu'elle lui avait traversé l'esprit, il était resté béat devant sa nonchalance, son insouciance.

À mesure que s'écaillait le vernis de ses amours avec le monde de la mode, elle s'était retirée pour s'affirmer peu à peu en tant que conseillère indépendante auprès de plusieurs maisons de haute couture. Leurs lignes de vêtements inspirées de l'Inde remportaient un franc succès, et elle était largement rétribuée. Elle travaillait à base de tissus nobles, de riches soieries, de brocarts aux broderies complexes réalisées à la main. Ses croquis méticuleux exécutés à longs traits fluides lui valaient des éloges et elle était très recherchée. Pourtant, le cœur n'y était plus. La mode n'était plus pour elle qu'un moyen de gagner sa vie, surtout après sa rupture avec Guillaume. « Ils m'ont congédiée d'un haussement d'épaules, j'ai fait la même chose avec eux, un point, c'est tout », avait-elle coupé sèchement lorsqu'il avait tenté d'en savoir plus. Il en était resté là, content de ne pas avoir été entraîné dans une discussion sur ses états d'âme.

Aux commencements idylliques de leur relation, il l'appelait à des heures indues, saisi d'un désir puissant pour son goût, son odeur, savourant à l'avance la réaction chaude et humide que ses mains et ses lèvres susciteraient chez elle. Il la trouvait souvent plongée dans des livres sur l'art indien, des volumes aux pages mille fois feuilletées, riches de détail sur les bas-reliefs des temples et les motifs traditionnels. Sa connaissance des étoffes, du tissage, des techniques d'impression et de l'histoire du vêtement lui gagnait son respect. Pourtant, convaincue de faire de l'art commercial, elle balayait ses compliments et lui reprochait de se moquer d'elle, de faire semblant de l'admirer, de ne pas être sincère.

Bien qu'il l'eût trouvée dès le début profondément perturbée, il n'avait jamais pu la persuader de baisser sa garde. Il n'avait pas vraiment essayé, d'ailleurs. La première fois qu'ils avaient passé un week-end ensemble hors de Paris, il avait remarqué qu'elle grinçait des dents et pleurait dans son sommeil, mais il n'avait pas suffisamment creusé la question. Kranti avait d'ailleurs semblé souhaiter instaurer avec lui une relation profondément physique, mais émotionnellement distante et légère, du moins au début.

Et voilà que, par son geste fou et désinvolte, elle l'avait déboulonné de son piédestal, dépouillé de sa superbe. Elle avait en quelque sorte retourné la situation. Avait-on affaire à un acte purement gratuit, un simple débordement de la pulsion de mort freudienne semant dans son sillage la destruction et le chaos, ou bien l'observait-elle des hauteurs d'un au-delà hypothétique, raillant sa déconfiture ?

Épouvanté par ce qu'il découvrait de son égocentrisme à lui et de son incapacité à voir plus loin que son intérêt à court terme, il désirait chaque jour plus farouchement en savoir davantage. Il aurait voulu la secouer à entendre claquer ses dents pour la faire parler, lui faire cracher le morceau.

À la pensée que Kranti avait quitté ce monde, un malaise le saisit. Jamais plus il ne pourrait la toucher, sentir le contact de sa présence. Il ne restait d'elle qu'une poignée de cendres. Peut-être le cahier noir l'aiderait-il à passer derrière le masque. « Pourvu qu'il ne s'agisse pas d'une liste fastidieuse de ce qu'elle mangeait, de ses heures de lever et de coucher et des gens qu'elle voyait », se dit-il.

5

Le cahier noir

Paris, 16 novembre 2005

Je me demande comment R. réagira si jamais il lit ces lignes un jour. Il se sentira trahi, sans doute, en apprenant que je pactise avec le camp adverse. Mais n'est-il pas le seul à blâmer ? Je suis passée à l'ennemi et je dois dire que j'en tire une grande satisfaction.

Parfois je déteste R. Je le déteste parce que je l'aime et qu'il ne me le rend pas. Est-il seulement capable d'amour véritable ?

Pierre Keller. Je l'ai choisi à cause de sa voix, de son nom et de la façon dont il discutait avec R. au cours de ce débat télévisé, rendant coup pour coup. Il aurait pu devenir mon « Pierre »…

L'autre, c'est Sophie qui l'appelle « Pierre », alors que je suis condamnée à « Robert ». « Pour Sophie, je suis Pierre. Vous êtes vraiment très différentes toutes les deux, alors appelle-moi Robert », m'a-t-il dit.

Oui, un jour Keller aurait pu devenir mon Pierre à moi. Sa voix a ce timbre profond, sonore, somptueux. Il ne professe aucun mépris pour les classes inférieures. C'est l'empathie à l'état pur. Une belle tignasse poivre et sel, un visage léonin aux traits forts. Une salle d'attente agréable, tableaux, boiseries sur tous les murs. Il doit gagner un sacré paquet. J'aurais pu tomber sérieusement amoureuse de lui si ses dents ne m'avaient pas arrêtée. Trop jaunes, trop longues. Problème de gencives, sans doute. Selon toute probabilité, il ne deviendra donc pas mon Pierre. Pourquoi est-ce que je donne autant d'importance aux dents et à l'hygiène buccale ? R., lui, a un sourire magnifique, comme un rayon de soleil qui crève les nuages, et la bouche la plus belle qui soit. Et ses yeux pétillent d'étincelles.

Horrible première séance avec Keller. Étendue, raide comme une planche, j'étais incapable de sortir un son. Je m'étais trompée d'heure, étais arrivée avec quinze minutes de retard. Il a fini par demander : « Pourquoi êtes-vous là ? » J'ai marmonné quelque chose sur mes insomnies, et sur Ayi, R. et moi. Je ne me rappelle plus très bien, mais c'était un propos très confus, je parlais avec précipitation, je m'embrouillais. Puis je me suis tue de nouveau. C'était il y a six mois. Les séances ont continué à peu près sur le même modèle : incapable de parler, versant des torrents de larmes.

Je crois qu'à un moment donné il a commencé à perdre patience. On n'avançait pas. Il m'avait laissée prendre mon temps, mais, en dépit de cette magnifique voix encourageante, je ne pouvais pas me décider à parler, ou quand je le faisais j'intellectualisais, je ne prenais aucun risque, je discutais de sujets neutres, peinture, sculpture, livres. Je tombais dans une telle abstraction que mon ressenti était complètement réprimé. J'essayais en même temps de l'impressionner, de projeter l'image de la belle femme pleine de charme, élégante, intelligente, capable de faire le grand écart entre deux cultures avec la plus grande aisance. En fait, je cherchais inconsciemment à le mettre en position d'infériorité. Tout ça le laissait complètement indifférent.

Un jour, il m'a dit : « Ça m'a tout l'air d'être un peu plus grave qu'une simple insomnie, vous ne croyez pas ? J'ai besoin de savoir un petit nombre de choses vous concernant, juste quelques repères factuels. » Et tandis que j'opinais du bonnet, ravalant mes larmes, il a poursuivi : « Pouvez-vous m'apporter quelques photos, images ou portraits qui représentent les membres de votre famille, votre maison, vos collègues, les endroits où vous avez vécu ? Votre peinture, peut-être aussi ? »

Alors j'ai ressorti tous mes vieux clichés : la photo du mariage d'Ayi et de Baba où il a l'air d'un don Juan professionnel et elle d'une chèvre effarée ; celles de nos années d'enfance, à Taï et à moi, quand nous étions encore très proches, partageant toutes nos pensées, à l'époque où les autres nous appelait « les jumelles ». Une avec Guillaume. Une avec Giovanni. Je n'ai bien sûr pas apporté de photo de R. Pierre le connaît trop bien, lui, Sophie et tous leurs amis distingués… Il va falloir que je tienne secrète son identité et je ne sais pas si ce sera possible. On n'est pas censé raconter des bobards à son analyste ! Je ferai de lui un avocat, un journaliste ou quelque chose de ce genre, comme ça je ne mentirai pas vraiment, mais je ne dirai pas qu'il est psy !

Puis Pierre m'a demandé de lui parler de ma petite enfance et de nouveau j'ai été frappée de mutisme en dépit de la myriade d'images qui tournoyaient dans ma tête. Le problème est que, quand j'essaie de m'exprimer sur le sujet, oralement ou par écrit, tout se décolore, devient brun, tourne à la photo sépia. Plan fixe, passé mort. Mort, tout bonnement.

Heureusement, Pierre parle merveilleusement anglais. Quand j'ai lâché « Je me perds de vue dans tout ce brun », il a parfaitement compris et n'a pas manqué de souligner : « Brun, à cause du chagrin ? » N'était-ce pas délicat de sa part ?

Alors je me suis mise à lui raconter ma vie, par bribes, par-ci par-là. Sautant du coq à l'âne, sans rien qui fasse sens, ni pour moi ni pour lui. À un moment, j'avais quinze ans, la minute d'après, trois. Entre les deux, un gouffre de brun. Ça ne se passe pas toujours comme ça, c'est seulement quand j'essaie de mettre ces pensées en mots, quand je cherche à m'expliquer de façon rationnelle. Quelque chose m'arrête pile, un censeur intérieur, une sorte de Commandeur.

Nous avons parlé aussi de la rupture terrible qui s'est produite quand j'avais quinze ans. D'Ayi tombant malade, de tout ce qui a précédé. De la famille heureuse des débuts. De l'innocence et de la façon dont elle s'est flétrie peu à peu.

« Quand j'essaie d'en parler ou d'écrire à ce sujet, ça se dérobe.

– Avez-vous essayé de peindre ?

– À quoi bon ? Je ne fais que du commercial. J'ai abandonné la peinture artistique il y a longtemps. Et quand j'essaie de m'y remettre, le résultat est mauvais.

– D'après ce que j'ai vu de votre travail, je ne dirais pas ça. Mais vous vous retenez. Qui regarde par-dessus votre épaule pendant que vous écrivez ou que vous peignez, selon vous ? »

J'ai failli me retourner vers lui pour voir ses yeux, tant il m'avait surprise. Je sais très bien qui regarde par-dessus mon épaule constamment, à toute heure du jour et de la nuit, quoi que je fasse. Pourtant, Pierre m'a prise au dépourvu en me posant la question sans ambages. Rien d'étonnant à ce qu'on le considère comme le meilleur de Paris. Je voulais croiser son regard, sonder son âme. Mais je n'ai eu droit qu'à sa voix divine venue de derrière le divan, des profondeurs caverneuses du fauteuil en velours bordeaux :

« Il y a une enfant en vous, la personne que vous étiez alors, toute petite. La petite Kranti. Elle pleure, elle est inconsolable, elle attend qu'on l'aime et qu'on la réconforte, qu'on la laisse sortir. Elle est perdue, désorientée, et vous devez l'aider à se retrouver. »

À ces mots j'ai craqué, toute mon enfance m'a assaillie et emportée comme un torrent. Pour la première fois, j'ai pleuré sur le minuscule sujet que j'avais été, lointain et refoulé. Je revoyais la petite fille d'antan, vêtue d'une robe imprimée de pâquerettes. Son malheur, ses petites blessures envahissaient mes émotions, j'étais catapultée dans le passé. Mais je la voyais comme extérieure à moi-même, en tant que réalité objective, comme si j'étais un esprit voletant au-dessus de cette famille passablement tragique de quatre personnes, une mouche sur le mur pistant leur moindre mouvement.

« Écrivez tout ce qui vous revient en mémoire, a dit Pierre, puisque vous éprouvez des difficultés à le formuler ici. Si vous ne trouvez pas les mots, dessinez-le et nous regarderons ça ensemble.

– Ce n'est pas un peu inhabituel, pour un patient, d'écrire plutôt que de parler à son analyste ?

– Il n'existe pas de méthode "inhabituelle". Tout ce qui apporte un résultat est bon à utiliser. »

*

Et voilà, j'ai sauté le pas. La page blanche n'est plus aussi hostile qu'avant. Est-ce grâce à Pierre ? C'est même amusant de dire des choses horribles sur les gens.

Rien à voir avec la peinture. Quand je peins, les couleurs s'animent en moi d'un mouvement qui échappe à ma volonté, elles glissent, à l'horizontale, en croix, de haut en bas, tourbillons vertigineux, comètes palpitantes qui frisent la panique. Intangibles, volatiles, instables. La peinture est un processus cathartique et dangereux, mais moins dangereux que l'écriture, je crois. À voir mon travail, on ne peut que deviner le tourment qui me travaille. Mais on ne peut connaître le contenu de mes pensées ou ce qui les a motivées.

L'idée d'écrire me paralyse. Écrire réclame plus de témérité que peindre, implique une attitude provocatrice qui se moque des conséquences, car ce que vous écrivez, ce sont des mots dans toute leur rigueur, des mots indélébiles, qui ont chacun leur propre vie et leur propre sens. Et ils sont explicites, contrairement aux volutes enchevêtrées de couleur qui ne peuvent communiquer qu'à travers le silence, par l'instinct.

Jusqu'où irai-je ? Dans quelle mesure puis-je me confier à lui ? Me détestera-t-il, après ? Appellera-t-il la police ? Me déclarera-t-il bonne pour l'asile ? Me fera-t-il enfermer ? Les mots parlent. Ils sont dangereux.

Paris, 20 novembre 2005

C'est mon anniversaire. Un jour aussi bon que n'importe quel autre pour commencer, j'imagine. Dans un an, j'aurai l'âge d'Ayi quand elle est morte. Je vis, je respire, je mange, je dors. Et l'amour dans tout ça ? Je le fais, certes, mais est-ce que j'aime ?

Cinquante-trois ans, c'est l'âge auquel une femme commence à se faner. Je n'ose compter les jours laissés derrière moi ni ceux qui me restent. Il y en a trop. Chronique d'une vie gâchée.

Je prends un nouveau départ. Enfin, peut-être... Cet exercice de rédaction que Pierre m'a imposé ne fera-t-il qu'ajouter de l'incohérence à l'incohérence dont mon cerveau est déjà plein ? Ou serai-je capable d'en tirer une signification ?

Les souvenirs que je suscite me pèsent. Il y a mille façons de raviver le passé. L'hindouisme postule deux sources de connaissance : Sruti et Smrti, ce qu'on entend et ce dont on se souvient, Révélation et Tradition. Nous aurions pu tout aussi bien nous appeler Sruti et Smrti, Taï et moi. Ces termes neutres, philosophiques, vierges de toute allusion au rite ou à l'irrationnel… Neutres ? En fait, pas autant qu'il y paraît, je m'en rends compte aujourd'hui. Prenons « Révélation ». Baba aurait-il aimé « Révélation » ?

Au lieu de ça, ils nous ont donné deux noms chacune, le premier choisi par Baba et le second par Ayi. Du moins était-ce ce qu'ils disaient, car il n'était pas difficile de deviner l'autorité tenace, insistante, persuasive de Baba derrière les choix de la pauvre Ayi, déjà à ce moment-là – surtout à ce moment-là, devrais-je dire, alors qu'elle était une jeune épouse soumise et mère depuis peu.

Ces noms-là visaient haut, eux aussi. Taï était Shanti, la Paix, du nom de la mère de Baba, sa déesse secrète, la grand-mère morte que nous n'avons pas connue. Son deuxième nom était Maya, l'Illusion ou la Compassion. On m'a nommée Kranti, Révolution, et Chaya, l'Ombre, le Reflet.

Ayi aurait aimé nous donner des noms de déesses, Sarasvati, Parvati ou Lakshmi, créatures célestes aux bras multiples qui incarnent la grâce, la beauté et surtout la vertu, que Sarasvati, compagne de Brahma, déesse de la musique et des arts, représentait plus particulièrement. Mais Baba n'a rien voulu savoir. Selon lui, il fallait rester abstrait, laïque. Je crois encore l'entendre dire : « Pas question d'inepties religieuses ! » Je l'entends et je le revois présentant fièrement ses deux petites filles Shanti et Kranti, Paix et Révolution. Subtil !

Je crois que c'était en 68. Je venais d'avoir quinze ans, c'était ma première année d'université. Ayi a toujours affirmé que nos ennuis ont commencé le jour où l'assistant de Baba a tué le serpent bicéphale, le do-mooha, devant le garage. Je me demandais s'il avait une tête à chaque extrémité du corps ou si elles se formaient par division au niveau du cou comme chez le mythique Shesh Naag, l'hydre qui porte le monde sur ses têtes splendides.

J'ai vu un do-mooha l'autre jour à la télévision. C'était une espèce de corde luisante qui se tortillait, révélant brusquement ses deux têtes séparées, chacune avec une paire de petits yeux vifs, avides, et une langue fourchue qui oscillait. Dégoûtant.

Je ne me rappelle pas si Ayi est tombée malade avant ou après l'épisode du serpent. Après, sûrement, parce qu'il paraît qu'elle a marché jusqu'à la porte latérale pour regarder Baba partir au travail. C'était l'hiver et tout le monde disait que le serpent s'était blotti dans le garage pour trouver de la chaleur. Je n'étais pas présente quand c'est arrivé, mais on m'a raconté l'histoire si souvent que je la connais dans ses moindres détails.

Baba a donné un élan au volet qui s'est enroulé d'un coup et le reptile à deux têtes est tombé derrière lui dans un bruit mat. Ayi s'est écriée : « Vijay ! Vijay ! » Thakur Sahib, le factotum de Baba, a lancé : « Ne vous inquiétez pas, monsieur, j'en fais mon affaire. » Et en un tournemain, galvanisé par la peur, le natif de Meerut, qui pourtant n'était pas très vif de nature, a saisi l'espèce d'épée à l'aide de laquelle le jardinier tondait l'herbe de notre gazon spécial Calcutta et il a coupé le serpent en deux. Puis en deux et encore en deux. La tête ou les têtes, encore solidaires d'une moitié du corps, continuaient à se mouvoir. En quelques coups de lame, il les a hachées menu. Puis, soulevant chacun des morceaux de la pointe de son épée improvisée, il les a lancés par-dessus le mur dans le terrain vague d'à côté.

« J'ai eu tout à coup les jambes en coton, a dit Ayi plus tard en massant ses mollets blancs. On ne doit pas tuer un do-mooha, vous comprenez. Ça porte malheur. »

Elle m'a raconté l'histoire à mon retour de la fac et je suis partie à la recherche du serpent, intriguée par les deux têtes. Je ne l'ai jamais retrouvé. Les corbeaux et les colonies de fourmis avaient dû n'en faire qu'une bouchée. Encore aujourd'hui, il m'arrive de me demander si Thakur Sahib a séparé les deux têtes de l'animal en le tranchant dans le sens de la longueur.

Comme deux pistes d'une bande magnétique.

Ma mémoire me joue des tours. Je n'arrive pas à situer les événements dans le temps. Était-ce l'été ou l'hiver, quand Ayi est tombée malade ? Quand Murthy, le patron de Baba, lui a rendu visite ? Ça devait être en février ou en mars, parce que le jour où ils l'ont emmenée, c'était un mois plus tard, le jour de mes examens de première année.

C'était l'époque où, mes amies et moi, on se trémoussait sur « These Boots Are Made for Walkin' » de Nancy Sinatra et sur « Downtown » de Petula Clark ; l'année où j'ai acheté « Pearly Shells » de Pat Boone pour essayer de l'apprendre sur ma guitare hawaïenne ; l'année où j'ai commencé à me masturber avec le cylindre de l'instrument, puis à lécher délicatement du bout de la langue le caillé au goût métallique qui le recouvrait. Alcalin, légèrement salé, il avait bon goût. Sans surprise. J'avais quinze ans, j'étais précoce et amoureuse de ma personne.

Nous habitions cette grande maison d'angle du secteur 15 de Chandigarh. À gauche, un haut mur nous séparait de la Ramakrishna Mission, dont on n'apercevait que le haut des eucalyptus plantés dans le parc. Je n'ai entrevu les pensionnaires qu'une fois, un soir de Diwali. Ils nous criaient des commentaires peu amènes tandis que nous allumions des bougies sur le toit. Leur bâtiment baignait dans l'obscurité alors que je m'étais attendue à la vision féerique de terrasses éloignées aux contours pointillés de flammes. Peut-être avaient-ils raison de se moquer de nous, car l'état de confusion d'Ayi avait déjà atteint un tel niveau qu'elle s'était trompée de date et nous avions un jour d'avance. Mais c'était après le serpent, après la survenue des calamités, plusieurs mois après le moment où nos vies ont basculé, entraînant nos projets dans la débâcle.

À droite de la maison s'étendait un terrain vague envahi de chatons, de grandes camomilles et de trompettes du diable, Datura alba, aux feuilles maléfiques et malodorantes, aux fleurs blanc et violet.

Le garage, dont l'affreux volet roulant faisait un bruit infernal, se dressait à l'autre extrémité de la friche. À l'étage supérieur, dans un coquet deux-pièces, vivaient Makhija, le comptable de Baba, et son épouse folle. Nous les appelions M. et Mme Fat, parce qu'ils étaient gros l'un comme l'autre, elle surtout. À l'arrière du jardin, un court de badminton longeait les plates-bandes de pommes de terre d'Ayi.

Un jour, Murthy, le patron de Baba, est venu en visite pour quelques jours. Nos parents, Aigrechat et Mamichatte, comme nous les surnommions entre nous, avaient décidé de l'emmener voir le glacier de Gangotri, dans l'Himalaya. Projet ambitieux. Je ne sais pas jusqu'où ils sont allés (Taï est partie avec eux, je suis restée à la maison), mais sur le chemin du retour Ayi a été prise de vomissements.

Nous n'avions plus de cuisinier, à l'époque. En hommage suprêmement égoïste au talent de ma mère, nous lui avions demandé de préparer elle-même les repas : « Ayi, tu es bien meilleure que le khansama. Nous en avons assez de ce qu'il nous fait à manger, c'est toujours la même chose. » Depuis lors, elle s'échinait à la cuisine.

Je la trouvais, épuisée, écœurée par les odeurs de nourriture, étendue sur mon lit dans ma chambre voisine de l'office – ils avaient cédé la leur à Murthy. Celui-ci n'aimait pas descendre à l'hôtel, si bien qu'elle passait son temps à préparer des bonnes choses à accumuler sur l'assiette du patron de son mari pour le mettre de bonne humeur.

Elle avait placé sous le lit une cuvette en émail blanc à bord bleu au-dessus de laquelle elle vomissait de temps à autre, le corps secoué de spasmes. Je l'appelais le « seau à vomi d'Ayi ». J'aimais bien le mot « seau ». Il m'évoquait les

Alpes suisses, les clochettes au cou des vaches, les grelots des traîneaux, le chocolat et les laitières, foulard noué sous le menton. De déménagement en déménagement, de maison en maison, de ville en ville, d'hôpital en clinique, cette cuvette devait devenir un des leitmotiv de la maladie de ma mère, de nos vies disloquées, dispersées.

Curieusement, personne ne semblait se soucier beaucoup de son état. Je passais mes journées à la fac, ainsi que Taï, et Aigrechat était au travail, du moins c'est ce qu'il prétendait. À notre retour, Taï s'enfermait presque aussitôt dans sa chambre, qui surplombait la friche d'un côté et la pelouse sur le devant. Elle disposait même d'une entrée séparée, par la véranda.

Après le départ de Murthy, Ayi a retrouvé sa chambre, mais ses nausées n'ont fait qu'empirer. Elle avait cessé complètement de s'alimenter. On a enfin évoqué l'éventualité de faire venir un médecin.

Mais, en bons nomades, nous n'avions pas de médecin de famille. Avec Baba, c'était toujours la politique de la terre brûlée. Transferts, déménagements, changements d'amis, d'école, d'université, nous reprenions chaque fois la route, tels des animaux fuyant un sol devenu trop chaud pour y poser les pattes.

Sur la suggestion d'Oncle Nana, le frère architecte d'Ayi, et de son épouse, Tante Saraswati, on a appelé une gynécologue sikhe, Mme Kaur. Elle est venue examiner Ayi un matin. Notre mère était devenue si maigre qu'elle pouvait à peine se redresser pour s'asseoir dans son lit. Mme Kaur nous a regardés comme si elle avait affaire à des brutes sauvages. « À première vue, c'est une hépatite. Il faut la transporter à l'hôpital immédiatement », a-t-elle dit sans ajouter un mot. Pourtant, je l'entendais poursuivre par-devers elle : Comment avez-vous pu laisser cette pauvre femme tout ce temps sans la faire soigner ?

Aussitôt, Oncle Nana a contacté un de ses amis à l'Institut des post-doctorants en sciences médicales et appelé l'hôpital pour qu'ils envoient une ambulance. Il était environ onze heures quand on a transporté Ayi, trop faible pour tenir sur ses jambes, jusqu'à la camionnette blanche et laide qui ressemblait à un fourgon grillagé de ramasseur de chiens errants. Pourtant, mon souvenir est peuplé de couleurs crépusculaires comme si cela s'était passé en fin de journée. Encore un tour que me joue ma mémoire, sans doute.

Ils l'ont installée dans la salle des urgences, au premier étage. Taï avait disparu, car les hôpitaux, avec leurs odeurs de sang, de maladie et d'éther, lui donnaient, disait-elle, des haut-le-cœur. Ayi avait l'air très mal en point. Son visage était tout bouffi. Je me suis assise à son chevet en compagnie de Tante Saraswati pendant que Baba s'occupait des papiers d'admission.

L'attente m'a paru interminable. Enfin, une femme médecin est venue se poster près du lit, a soulevé sèchement une des paupières fermées d'Ayi et déclaré d'une voix forte en punjabi : « Pourquoi l'a-t-on amenée ici ? Apparemment, elle n'a pas grand-chose. »

La colère m'a envahie. Mais que pouvais-je faire d'autre, dans l'impuissance de mes quinze ans, qu'assister aux événements ? Comprenais-je ce qui était en train de se jouer ? Savais-je que toute la trame de notre vie, déjà malmenée par notre nomadisme et des secrets qui remontaient au passé lointain de mes parents, était sur le point de s'effilocher ?

Quoi qu'il en soit, j'ai commencé à comprendre que ma mère avait un sérieux problème quand elle a cessé de répondre à ce qu'on lui disait. J'ai d'abord cru qu'elle refusait de parler, avant de m'apercevoir avec horreur qu'elle n'avait plus de réactions motrices. Seuls ses yeux bougeaient quand on lui adressait la parole, de gauche à droite, de droite à gauche, en direction du son.

Quand ils l'ont montée au sixième étage dans une chambre individuelle, je savais déjà, sans qu'on m'en ait rien dit, qu'elle avait sombré dans le coma.

Une nuit – peut-être était-ce la suivante, ou celle d'après (le temps se contracte étrangement dans mon souvenir, les jours et les nuits se télescopent) –, ils se sont affairés autour d'elle jusqu'à deux heures du matin. Debout à son chevet, j'observais le ballet des mains qui palpaient son ventre, cherchaient des grosseurs à l'aine et sous les aisselles ; j'entendais les petits coups sourds du marteau rond qui frappait ses genoux, ses chevilles, ses coudes ; je voyais un haricot en inox capter la lumière. Je suis restée jusqu'à ce que leurs explorations deviennent trop intimes, même pour mes yeux inquisiteurs et sans pudeur. Alors j'ai rejoint Baba et Oncle Nana sur le balcon. Les deux hommes se taisaient.

Je me rappelle vaguement plusieurs silhouettes vêtues de blanc qui évoluaient autour du haut lit d'hôpital, blanc comme elles. Les seuls traits encore précis dans mon souvenir sont ceux du docteur Berry, professeur de médecine, avec son crâne rond rasé et ses épaules tombantes. L'endroit devait être brillamment éclairé pour leur faciliter la tâche tandis qu'ils vérifiaient les fonctions physiologiques, procédaient à une ponction lombaire. Pourtant, je les vois tous sous une cape d'ombre, comme enveloppés soudain par un épais nuage noir.

On nous a annoncé qu'elle ne passerait sans doute pas la nuit et on a demandé à Baba d'en informer sa famille. En dernier recours, elle avait besoin de sang, a dit le docteur Berry, et l'on a fait apporter un flacon vide de la banque de l'hôpital. Mon père, qui était du groupe O, aurait pu le remplir, mais c'est Oncle Nana qui s'est proposé pour secourir sa sœur. Baba s'était sans doute défilé, équivoque comme toujours, derrière ses grands mots. Baba la Fouine.

6

La sentinelle courroucée

« Quel imposteur, ce Keller, pensa Robert-Pierre. Ce charlatan numéro un au classement mondial ! Pourquoi est-elle allée trouver cette ordure plutôt que n'importe qui d'autre ? Je suis sûr qu'il l'a complètement entubée – et baisée pour le même prix. Dire que ce manège a duré près de deux ans, qu'elle ne m'en a jamais parlé ! Et pendant tout ce temps, elle complotait et combinait derrière mon dos. Je n'arrive pas à y croire… »

Perdu dans les cahiers de Kranti, vexé et furieux, pétri d'inquiétude à l'idée que Pierre Keller ait tout deviné et soit en mesure de diffuser ces informations *urbi et orbi*, ce qu'il s'apprêtait sans doute à faire s'il n'était pas déjà passé à l'acte, Robert-Pierre n'entendit pas les coups légers frappés à la porte.

Il avait décidé d'inclure un saut chez Kranti dans le programme de sa promenade hebdomadaire, lorsque Sophie s'adonnait à sa sieste dominicale, et l'après-midi avait passé comme un éclair. C'était l'anniversaire de la mère de sa femme. Il ne pouvait pas se permettre d'être en retard. Les aiguilles de sa montre marquaient presque six heures.

On frappa plus fort, on sonna, puis ce fut une clé qu'on introduisait dans la serrure. La porte s'ouvrit et la haute silhouette filiforme d'Olga Savić apparut sur le seuil. Un foulard noir passé autour de son cou soulignait la robustesse de sa mâchoire anguleuse.

– Bonjour. Je passais voir si tout allait bien. Il m'a semblé entendre du bruit et je voulais m'assurer que ce n'étaient pas des cambrioleurs, dit-elle, en entrant sans y avoir été invitée.

Robert-Pierre se leva en tentant maladroitement de dissimuler le cahier qu'il tenait encore à la main.

– Bonjour, madame. Est-ce vous qui tenez l'appartement aussi propre ? Je vous en remercie beaucoup, dit-il.

– J'espère que ça ne vous ennuie pas. J'ai réclamé les clés à Mme Benoît. Je ne pouvais pas supporter de voir la poussière s'accumuler.

– Mais je ne voudrais pas que…

– Ne vous inquiétez pas, l'interrompit Olga Savić, coupant court à sa protestation. Ce n'est pas du tout un problème. J'aime faire le ménage, cela me distrait de mes soucis, et j'aime cet appartement. J'ai l'impression, parfois, qu'elle est encore là.

Cédant à ses arguments, Robert-Pierre se rassit et lui désigna une chaise, mais elle restait debout, triturant l'extrémité de son écharpe.

– Cela vous ennuierait que je prépare du café ? À la maison, je ne peux pas, Ivan n'y a pas droit, et je ne peux pas tenir jusqu'au soir sans en boire un. Je pourrais aussi sortir, mais on dirait qu'une tasse ne vous ferait pas de mal, à vous non plus.

Il acquiesça d'un hochement de tête, s'avisant soudain qu'il était très tendu, fatigué, épuisé même. Elle s'engagea sans attendre sa réponse dans le couloir qui menait à la cuisine, où il l'entendit ouvrir et refermer des placards en toute familiarité. À son insu, l'appartement de Kranti était devenu un refuge pour elle aussi.

Elle revint, tenant un plateau en bois chargé de la plus grande des deux cafetières italiennes de Kranti et d'une assiette sur laquelle s'empilaient biscuits viennois, gaufrettes à la crème et chocolats enveloppés dans du papier doré.

Il ne se rappelait pas avoir vu Kranti entreposer ces friandises. Elle ne lui avait offert qu'une fois une part de Sachertorte, cadeau de Noël de sa voisine slave, avait-elle dit. « Elle est croate, mais elle aime se faire passer pour originaire de Vienne, elle admire tout ce qui est viennois. Elle m'aime bien depuis le jour où elle m'a rencontrée dans l'ascenseur tenant le livre de Karl Schorske sur Vienne, lui avait-elle confié. La pauvre vieille dame… Son mari est serbe, et terriblement réactionnaire. Il travaillait comme électricien ou quelque chose comme ça. Mais elle a décidé de se cultiver, et elle tient à visiter les galeries, à voir les expositions. Alors je lui donne toutes mes invitations. Elle est très gentille, vraiment. Son fils est beau comme un dieu, de cette beauté masculine qu'on rencontre parfois, et il est extrêmement talentueux. Il est gay, ce qui ne lui rend pas la vie facile chez lui, mais il s'est fait beaucoup d'argent à Hollywood. Il possède PeterS, la marque de produits cosmétiques qui fait fureur en ce moment, et il est vraiment plein aux as. Elle m'a montré des coupures de presse à son sujet. L'appartement est à lui et il leur envoie de grosses sommes d'argent tous les mois, c'est comme ça qu'ils peuvent vivre ici. Elle dit que son père le vomit. »

Les mollets d'Olga Savić étaient marqués de varices bleues et noueuses, visibles à travers ses bas. Les tasses cliquetèrent lorsqu'elle déposa le plateau sur la table. Il reconnut la sienne et se raidit. Pourquoi n'en avait-elle pas apporté deux identiques ? Savait-elle ? Kranti lui avait-elle parlé ? Cet objet horrible, c'était *sa* tasse. Elle l'avait achetée spécialement pour lui, gloussant devant le bleu et l'or criards, la forme de calice. Il y buvait au lit après avoir fait l'amour, assis tel un empereur romain hirsute parmi ses draps finement damassés, avant de retourner précipitamment à son cabinet où des images d'elle nue et alanguie l'assaillaient tandis qu'il luttait pour écouter ses patients tout le restant de l'après-midi.

– Elle est moche, n'est-ce pas ? Mais je l'aime bien. C'est devenu ma tasse à moi. Elle avait l'air si seule, si orpheline, que je l'ai adoptée, dit Olga Savić.

Il ne répondit rien, se contentant de la regarder. Elle avait dû néanmoins percer sa réaction, car elle leva soudain les yeux vers lui.

– Oh, c'est la vôtre, c'est ça ? J'aurais dû savoir. Je suis désolée…

– Comment auriez-vous pu savoir ? demanda-t-il, intimidé par son calme.

– À propos, j'ai posé sa pochette à bijoux sur la coiffeuse et rangé les papiers dans son bureau, au cas où vous vous demanderiez où ils sont, dit-elle en s'asseyant à la table après lui avoir tendu sa tasse.

Elle éclusa son café en une gorgée, s'en versa un autre, puis alluma une cigarette dont elle aspira une longue bouffée.

– J'espère que ça ne vous gêne pas, ajouta-t-elle de sa voix rauque de fumeuse.

Elle dégageait quelque chose de rugueux et de théâtral, lui rappelait l'actrice tchèque qu'il avait vue jouer un jour dans *Mère Courage*. Elle devait être loyale, répondre présente quand on avait besoin d'elle. Pourtant, elle non plus n'avait pas su aider Kranti.

– Vous êtes déjà venu plusieurs fois. Je vous ai entendu marcher dans l'appartement – les murs ne sont pas tous très épais. Mais je ne voulais pas vous déranger.

Ses mains nerveuses lissaient l'étoffe brodée qui tenait lieu de nappe. Ses doigts aux ongles rongés tiraient sur les fils bleus et rouges dépassant des fines couches de coton.

– C'est un bel objet, n'est-ce pas ? Ici, chaque chose raconte une histoire, l'histoire de sa vie, dit Olga en caressant le tissu. Kranti disait que c'était une de ses possessions les plus précieuses. C'est le cadeau d'une vieille veuve musulmane dont la maison avait été incendiée pendant des émeutes et qu'elle avait sauvée en lui donnant refuge. Cette couverture d'enfant, c'était la seule chose qu'elle possédait, tout le reste avait été brûlé par les extrémistes… Elle était comme ça, Kranti, toujours là pour ceux qui avaient besoin d'aide. Elle m'a été d'un immense secours quand Ivan était malade. Elle courait acheter des légumes, faisait cuire sa soupe et l'apportait à l'hôpital où je lui tenais compagnie. Ça lui ressemble bien d'avoir sauvé la vie à cette vieille femme.

Ce n'était pas l'histoire telle que Robert-Pierre se la rappelait. Kranti lui avait dit avoir acheté la couverture à une veuve déchue, dans un village reculé frappé par la sécheresse. Il la revoyait, relatant le déroulement des événements aussi clairement que s'ils s'étaient produits la veille. C'était une des premières anecdotes qu'elle lui avait racontées de sa vie en Inde.

« Cette expérience a été une véritable leçon d'humilité. Je devais avoir vingt ans, c'était juste après mes deux premières années de fac. La pauvre petite fille riche voulait faire du bien, traînant son image de star distribuant des largesses aux nécessiteux. Quelques kilos de riz et des biscuits, c'était tout ce que j'avais à donner. Alors je me suis rendue à Pathredi, qui signifie littéralement "là où les pierres pleurent". Cinquante degrés à l'ombre, la sécheresse y est chronique. Et le gouvernement soutenait ce plan ridicule, "Nourriture contre travail", conçu par je ne sais quel bureaucrate de droite qui jugeait nocif de donner aux paysans pauvres sans rien exiger d'eux en retour. »

À Pathredi, elle avait rencontré un garçon de onze ans et sa mère.

« Il souriait sans arrêt, en dépit de tous leurs malheurs. Son père était mort l'année précédente, son oncle avait fait main basse sur leurs champs et ils n'avaient rien à manger. Je leur ai donné un paquet de biscuits et un peu de riz, et une heure plus tard le petit est venu me dire que sa mère m'invitait à venir déjeuner chez eux. J'ai bien tenté de refuser, mais il ne voulait rien savoir. Comme je savais qu'ils étaient fiers, j'ai dit oui, à condition que ce soit un repas très simple. Leur maison était un abri à toit de chaume d'une pièce où ils faisaient la cuisine, mangeaient et dormaient. La mère m'a servi du riz, des piments rouges écrasés et un oignon cru. Sans autre goût que celui de la chaleur aveuglante. J'avais le hoquet, mais je ne pouvais pas boire leur eau, probablement contaminée. C'était un repas si sommaire que je n'eus pas trop honte de manger ce qu'ils avaient. Je leur ai dit que j'étais contente qu'ils aient fait au plus simple et ils ont arboré de merveilleux sourires, tous les deux. Puis j'ai confié à la travailleuse sociale que j'avais déjeuné chez eux et combien j'étais heureuse de connaître enfin des paysans en chair et en os. Elle m'a regardée comme une moins-que-rien en me disant : “Félicitations ! Vous les avez privés d'une semaine de ration de riz. Vous savez ce que ça veut dire ?” Puis elle est passée aux insultes : “Vous êtes une vraie salope, une de ces pleines aux as qui portent des saris en coton par goût pour l'ethnique. Mouche du coche qui cherche à se donner une belle image d'elle-même, mais n'a que faire en réalité des problèmes des autres.” Je me suis sentie comme quelqu'un qui s'est endormi sur un lit de roses et se réveille sur un tas de fumier. Alors le soir, avant de partir, je suis retournée trouver le garçon et sa mère. Je leur ai dit que j'aimais beaucoup leur petite couverture, que je souhaitais la leur acheter. D'abord ils ont refusé de me la vendre, ils voulaient me la donner, mais en insistant j'ai fini par les convaincre de prendre les vingt roupies que je leur tendais. Quand je suis partie, ils pleuraient. Je m'étais acheté une bonne conscience, évidemment. Voilà pour mes premiers contacts avec la grande pauvreté... »

Une jeune fille de vingt ans dans l'Inde des années soixante-dix, partie seule en voiture au secours de paysans accablés par la famine ? En y repensant, quelque chose ne collait pas dans cette histoire, surtout maintenant qu'il connaissait un petit peu mieux le pays. À l'époque, dans son ignorance et sous le charme de la conteuse, il avait gobé ses propos.

Olga Savić interrompit le cours de ses pensées :

– Il y a quelque temps, elle m'a parlé de ces conflits ethniques dans lesquels une mosquée très ancienne a été détruite quand des meutes d'hindous ont attaqué les musulmans. C'est à cette occasion que Kranti a pris cette pauvre veuve sous son aile. Elle m'a expliqué comment on fabrique ces couvertures d'enfant : les femmes trop pauvres pour acheter de quoi couvrir leur bébé superposent leurs vieux saris de coton élimés, les plient en plusieurs épaisseurs, puis les maintiennent ensemble par des lignes et des lignes de points de devant. Elle m'a dit comment ça s'appelait, mais j'ai oublié. Pour le bébé, c'est d'une douceur merveilleuse, paraît-il, tellement le tissu est usé et ramolli par les lessives. L'enfant ne peut pas attraper d'allergies et c'est bon pour sa peau. D'une pierre deux coups. Malin, le système !

– Je croyais qu'elle avait acheté la couverture il y a une trentaine d'années dans un village touché par la famine, s'écria Robert-Pierre. En tout cas, c'est ce qu'elle m'a dit.

– Peut-être qu'elle avait oublié dans quelles conditions elle l'avait acquise. Qu'elle a confondu. Ça arrive. Vous avez l'air fatigué et votre café a refroidi. Vous en voulez une autre tasse ?

– Pourquoi pensez-vous qu'elle a fait ça ? demanda Robert-Pierre, sans répondre à sa question.

– Pourquoi elle se sentait le besoin de raconter des histoires ? Je ne sais pas. Certaines personnes sont comme ça. Peut-être pour rendre la vie plus intéressante. Vous ne croyez pas ?

– Ce n'est pas à ça que je pensais…

– Oh ! vous vouliez dire… son geste ? Justement, je me demandais si j'allais vous en parler…

Elle se mit debout pour extraire de sa poche la feuille de papier pliée en quatre, écornée et usée. Croyant qu'il s'agissait d'une sorte de prière, Robert-Pierre la prit avec réticence en la tenant délicatement par un coin, jusqu'à ce qu'il reconnaisse l'écriture en pattes de mouche de Kranti.

Lorsqu'il leva les yeux après l'avoir lue, Olga Savić s'était laissée tomber dans un fauteuil bas, la tête entre les mains.

– Je ne sais pas quoi en penser, dit-elle à mots hachés derrière ses doigts joints.

Robert-Pierre se pencha vers elle pour lui tendre son mouchoir, un beau carré de coton fin, blanc comme neige et bien repassé, brodé en bleu à ses initiales. RPP. Robert-Pierre Perrin. Un cadeau de Noël de Sophie. « Strictement interdit aux patientes, avait-elle plaisanté, surtout aux belles femmes du genre exotique. » Il s'était demandé si elle était au courant, si le mouchoir valait avertissement. Olga Savić était certes une étrangère, mais pas une patiente, et tout sauf belle.

– J'ai dû lire cette lettre au moins mille fois et je ne comprends toujours pas, dit Olga.

Elle n'avait pas touché au mouchoir, qui reposait sur ses genoux, et ne pleurait pas, mais sa voix tremblait.

– Kranti aimait tellement la vie ! Trop, peut-être. Pourtant, je ne peux pas l'imaginer faisant ce qu'elle a fait. Et tous ces préparatifs, comme si mourir était un jeu… Vous croyez qu'elle voyait un gourou ? Qu'elle était affiliée à une secte ?… Mais non, ce n'était pas son genre. Moi seule étais portée sur la religion, surtout après l'attaque d'Ivan. Je me noyais littéralement dans les génuflexions et les Ave. Elle, elle cherchait à m'en dissuader : "Essayez le yoga, Olga. Je vous donnerai des cours. Il faut apprendre à respirer." Et c'est elle qui est allée faire ça, ce geste dément ! Cette folie.

– Quand avez-vous reçu cette lettre ? demanda Robert-Pierre en poussant vers elle la feuille repliée posée sur la table.

– Je ne l'ai pas reçue par la poste, si c'est ce que vous voulez dire. Je l'ai trouvée ici, sur l'étagère, devant le miroir, après qu'on l'a vue… qu'on a découvert son corps. Elle avait écrit mon nom sur l'enveloppe. Comme c'était pour moi, je l'ai prise. C'était juste avant que les pompiers arrivent, un petit peu avant vous.

Oui, il avait vu leur camion rouge. La police, aussi. Puis les ambulanciers, cognant les murs avec les bras de leur brancard. « Sans doute un malheureux qui souffrait de la chaleur », s'était-il dit. De retour de ses vacances passées avec Sophie, reposé, bronzé, détendu, le pas vif, il avait pris l'ascenseur avant eux, tenant d'une main une bouteille de *limoncello*, de l'autre un gros bouquet de lys tigrés. Sans savoir que ces fleurs allaient devenir la première offrande mortuaire à Kranti. Puis il avait vu la porte ouverte, remarqué un pompier qui montait la garde sur le seuil, son casque pendant à la main, et senti cette odeur qui depuis ne l'avait jamais quitté.

– Je l'ai montrée à la police un jour. C'était après qu'ils nous ont asticotées à n'en plus finir pendant plusieurs semaines, Mme Benoît et moi. Au début, je ne voulais pas leur en parler. J'avais emporté quelque chose qui appartenait à une morte sans demander la permission et je craignais qu'on m'accuse de vol. Pourtant, comme il y avait mon nom sur l'enveloppe, je n'avais pas eu l'impression de faire quelque chose de mal en la prenant. Je ne sais pas pourquoi j'ai attendu tout ce temps avant de la leur montrer. Je me sentais coupable, sûrement, et j'avais peur. Puis, quand je vous ai vu avec eux, je me suis dit que ça aiderait peut-être à clarifier les choses si je leur faisais lire ce que Kranti m'avait écrit. Ils ont paru soulagés après avoir lu, comme si un grand mystère avait été levé. Je leur ai demandé ce qu'elle avait bien pu vouloir dire, mais ils ne savaient pas. Ils disaient que si elle avait commis un délit très grave, un crime même, il y a longtemps, dans un autre pays, ça n'avait plus d'importance de toute façon puisqu'elle était morte. Je les ai trouvés bien insensibles. Ils ont délivré le permis d'inhumer peu de temps après. Je n'ai jamais compris pourquoi ils avaient tant tardé. C'était tellement évident qu'il s'agissait d'un suicide.

Si Olga ne comprenait pas, tout s'éclairait pour Robert-Pierre.

Au commissariat de police, assis sur la chaise rigide, il s'était félicité de ne pas avoir repris Kranti comme patiente. « Non, avait-il répondu en toute honnêteté, je ne soignais pas Mme de Lorel à l'époque de sa mort. Je ne lui ai jamais fourni d'ordonnance ou de conseils professionnels, et elle ne m'a jamais paru dépressive. » Peu après, les interrogatoires s'étaient arrêtés aussi soudainement qu'ils avaient commencé. Poliment, aimablement même, on l'avait informé que l'affaire était close. Un certificat de décès avait été établi et le corps avait pu être retiré de la morgue pour la crémation.

Il aurait voulu serrer Olga Savić dans ses bras et la secouer en même temps. Sous l'effet du soulagement, la tension s'échappait hors de lui comme l'air d'un ballon crevé. C'était parce que la police le soupçonnait que ses ennuis avec Sophie avaient commencé. Ce salaud d'inspecteur de police l'avait appelée, sans façon, sans lui demander son avis.

Sophie. La police n'était pas la seule à vouloir parler d'elle. Kranti, elle aussi, avait peine à réprimer sa curiosité au sujet de sa femme et de sa façon de vivre avec elle.

« Que fait-elle ? » lui avait-elle demandé un jour à brûle-pourpoint.

La question l'avait pris par surprise alors qu'il était au lit dans son état le plus vulnérable, épuisé après des ébats amoureux particulièrement toniques. Il avait chaussé ses lunettes avant de répondre simplement :

« Elle enseigne la littérature française au lycée Louis-le-Grand, et elle écrit.

– Elle écrit quoi ?

– Des livres.

– Quel genre de livres ?

– Le plus souvent des livres pour enfants, mais elle vient de terminer son deuxième roman.

– Elle écrit sous le nom de Sophie Perrin ?

– Non », avait-il répondu en lui adressant un regard acéré.

Il était convaincu qu'elle connaissait d'avance toutes les réponses, mais qu'elle désirait les lui entendre dire, un peu comme à confesse, sous la contrainte.

« Elle signe Dominique Taquet, du nom de son frère jumeau, mort dans un accident.

– Sait-elle que tu as des liaisons avec d'autres femmes ? Est-ce que ça l'ennuie ?

– Il y a huit ans, nous avons scellé un pacte, elle et moi. Comme nous étions conscients l'un et l'autre qu'il n'existait plus d'attraction physique entre nous, nous nous sommes accordé mutuellement la liberté de vivre chacun notre vie sexuelle. Nous coexistons dans une belle harmonie. Il m'est insupportable de vivre seul et d'imaginer déménager chaque fois qu'une relation prend fin. Cela nous convient à tous les deux, nous sommes solidaires. Bien sûr, nous ne le crions pas sur les toits lorsque nous avons, l'un ou l'autre, une liaison. Je ne sais pas si elle a quelqu'un d'autre, en ce moment. Je l'espère pour elle.

– Quelle maturité d'esprit, quelle hauteur de vue ! » avait remarqué Kranti sans rien ajouter.

Mais, à la crispation de sa lèvre, il avait senti qu'il avait touché un nerf sensible. Et à présent, il les avait perdues toutes les deux, les deux femmes de sa vie.

Une fois, une fois seulement, Sophie était sortie de sa réserve. Deux jours après sa conversation téléphonique avec la police, elle l'avait pris à partie : « Comment peux-tu te conduire comme si de rien n'était ? Tu la connaissais, tu as fait l'amour avec elle. Maintenant, elle s'est tuée et tu ne cherches même pas à savoir pourquoi ? » Sa voix trahissait une telle douleur, un tel mépris, qu'il n'avait pas osé s'approcher d'elle, et Sophie s'était réfugiée derrière un mur de silence glacé. Peut-être parviendrait-il à la ramener à de meilleurs sentiments ?

Cédant à l'épuisement, Robert-Pierre se renversa sur le sofa et ferma les yeux. Peu après, il ronflait tranquillement. Il n'entendit pas Olga Savić, chargée du plateau, retourner à la cuisine sur la pointe des pieds puis se glisser hors de l'appartement. Une heure plus tard, il dormait toujours. Paisiblement, pour la première fois depuis la mort de Kranti.

Il fut réveillé par la sonnerie du téléphone au post-it bleu posé sur la table. Désorienté, il regarda autour de lui en promenant sa langue dans sa bouche et essuya le filet de salive qui s'étirait à la commissure de ses lèvres. Il se sentait la nuque raide, le visage figé, comme en carton. Il étendit la main vers l'appareil, attendit la sonnerie suivante pour éprouver la patience et la ténacité du solliciteur, puis il leva le récepteur à son oreille.

– Allô ?

– Oui, bon, je savais bien que je te trouverais là…

C'était Sophie.

– Je suis désolé. Je devrais être rentré depuis longtemps. Es-tu encore fâchée contre moi ?

– Mais qu'est-ce que tu crois ? Cette fois-ci, c'est différent, Pierre. Après le coup de fil de la police, j'ai voulu te parler, mais tu étais trop malheureux, trop renfermé. Et tu cherchais à l'évidence à ne rien laisser paraître. Alors je me suis fais d'abord une raison en me disant que tu finirais par me raconter ce qui s'était réellement passé, et j'ai attendu. Mais tu n'en as rien fait.

Il avait un désir fou de la voir, de lui parler, de tout lui confier. Elle garderait son sang-froid, son bon sens, comme toujours ; distante aussi, étant donné les circonstances, mais elle le soutiendrait.

– Quels vêtements portes-tu ? lui demanda-t-il.

Il avait besoin de connaître la couleur sur laquelle se détachaient sa tête blonde, sa coupe au carré, le diamant discret qui pendait à son cou.

– Je m'apprête à sortir. Je porte un pantalon noir et les boucles d'oreilles en jais de Tante Annie sur une veste bleue. Mais quelle importance, Pierrot ? J'ai autre chose à te dire. Cette fois, tu as trop tardé. Je ne sais pas si nous pourrons continuer ensemble comme avant ou si nous devrons réorganiser nos vies, nous séparer, et j'ai besoin de temps pour y réfléchir. Il vaudrait mieux que tu ne rentres pas ce soir.

C'était dit du ton raisonnable, calme et digne qui était le sien. Pourtant, il détectait dans sa voix la trace d'une blessure, d'un retranchement plus profond. Les intonations taquines dont elle était coutumière en étaient complètement absentes.

– Attends, Sophie, attends… Il faut qu'on parle, tous les deux. On ne peut pas se quitter comme ça.

– Nous parlerons, Pierre, mais pas maintenant, je ne peux pas. J'emmène maman dîner au restaurant. C'est son anniversaire, tu es au courant ? Elle sait que tu ne nous tiendras pas compagnie ce soir. Elle m'a posé la question et je lui ai dit que tu ne serais pas des nôtres, alors sois gentil, ne reviens pas aujourd'hui. Reste où tu es et passe prendre des affaires demain matin. S'il te plaît. J'y tiens.

Il reposa le récepteur. Un glapissement angoissé lui échappa, il se sentait dépossédé. Elle était pour lui comme une mère, une sœur, il l'avait compris depuis longtemps. Sa présence lui donnait l'impression d'être protégé, certain qu'il était qu'elle soignerait ses meurtrissures et apaiserait son amour-propre blessé chaque fois qu'il retournerait, comme il le faisait toujours, poser la tête contre sa poitrine après une rupture. Jamais elle ne cherchait à savoir. Pourtant, il finissait toujours par lui raconter l'essentiel, par bribes. C'était un peu comme aller à confesse et cela l'aidait à digérer la liaison défunte. Cette fois-ci, cependant, l'autre était morte, il avait la nausée et cherchait toujours désespérément à comprendre ce qui s'était passé. Qu'aurait-il pu expliquer à Sophie ? Kranti avait trouvé le moyen de les réduire tous les deux au silence.

Comme il n'y avait rien dans le réfrigérateur ou sur les étagères qui eût pu tenir lieu de dîner, il sortit s'acheter des plats à emporter chez le traiteur vietnamien de la rue voisine : une assiette de riz cantonais, quelques nems, des brochettes et une portion de canard laqué.

Tout en marchant, il se demandait où Sophie avait bien pu emmener dîner sa mère pour son anniversaire. Au Port Alma, sans doute, à deux pas de l'appartement du quai Kennedy où vivait la vieille dame, pour y déguster du poisson. De fil en aiguille, tandis qu'il réchauffait les barquettes dans le four à micro-ondes, ses pensées l'entraînèrent vers la famille de Sophie.

Le père de sa femme avait été un homme rigide, mais sa mère, très ouverte, s'appliquait toujours à minimiser les différences de statut social qui les séparaient. Tous deux l'avaient rapidement identifié pour ce qu'il était, un pur produit de la méritocratie républicaine à la française. Ils respectaient son intelligence, son savoir et toléraient ses choix politiques de gauche, quelque peu révolutionnaires, bien qu'ils appartinssent eux-mêmes à la droite modérée. Ils se distinguaient par une bienséance pluriséculaire, s'avisait à présent Robert-Pierre, qualité qu'ils avaient, bien entendu, transmise à leurs enfants.

Il s'était adapté à l'élégance de l'appartement de Sophie comme s'il avait toujours vécu dans ces conditions. Or, ses parents à lui étaient de modestes fonctionnaires provinciaux. Son enfance s'était construite autour de la ferveur révolutionnaire de sa mère et de la rectitude consciencieuse de son père, employé de la poste. Leur petite maison de la banlieue de Rouen était terne, négligée, presque rustique. Certes, elle contenait des livres, son père et sa mère étant tous deux des lecteurs, mais elle était dénuée de ce raffinement dans lequel sa future épouse avait été élevée, et qui se signalait aujourd'hui chez eux. Aucun tableau, pas d'œuvres d'art, juste quelques lithographies délavées de Miró et de Picasso sur les murs. Dans la maison des Perrin, rien n'arrivait spontanément. « Il y avait toujours dans l'air une volonté de faire mieux. Nous manquions, je crois, de confiance en nous-mêmes, de cette merveilleuse grâce naturelle et de cette élégance qui accompagnent d'ordinaire les gros héritages, avait-il expliqué un jour à Sophie. Nous n'avons jamais rien acquis sans effort. Il nous a toujours fallu peiner pour avancer, faute de vent dans nos voiles. »

Les parents de Sophie lui étaient reconnaissants d'avoir aidé leur fille à guérir, alors que celle-ci, brisée par la mort de son frère jumeau, s'accusait d'en être responsable. Après son mariage avec Sophie, ils l'avaient traité comme un fils. « J'étais jeune, mais compétent, solide, pensa Robert-Pierre en extrayant des petits os de canard de sa bouche. Et je l'ai tirée d'affaire. »

Après l'accident, Sophie s'était effondrée, sombrant dans la spirale infernale de l'anorexie et de l'autodestruction. Le professeur qu'elle avait consulté l'avait adressée à Robert-Pierre, son ancien étudiant. « Elle a besoin, lui avait-il dit, d'un analyste jeune, avec qui elle puisse établir des rapports, qui puisse la comprendre et l'aider à sortir d'elle-même. Vous êtes la personne la plus compétente à laquelle je pense. »

Elle lui avait parlé de Dominique, son jumeau décédé. Le soir de sa mort, il était trop ivre pour conduire et elle le savait. Elle aurait dû l'accompagner, tant pis pour l'examen qu'elle devait passer le lendemain. Mais elle l'avait laissé prendre le volant et il n'était jamais revenu.

Dominique et Sophie, Sophie et Dominique. Ils étaient comme l'avers et le revers de la même pièce, avait-elle confié à Robert-Pierre, incomplets l'un sans l'autre. Elle était calme et stable, blonde aux cheveux raides. Il était versatile et rebelle sous sa crinière de boucles indisciplinées. Elle ne pouvait pas vivre sans lui, elle ne se reconnaissait pas le droit de vivre en son absence.

Robert-Pierre l'avait encouragée à écrire, et Dominique avait surgi des pages. Les premières histoires de Sophie s'adressaient aux enfants. Elles mettaient en scène un lapin bougon, vivant dans une maison en compagnie d'une fille, d'un chœur de vingt-sept souris qui chantaient faux et d'un canard geignard qui passait son temps à s'apitoyer sur son sort.

Cinq ans plus tôt, alors qu'ils étaient mariés depuis près de dix ans, elle avait publié son premier roman, *Désir dans la maison*. Les critiques avaient tous été frappés par le contraste entre celle qui écrivait – ce modèle de vertu, fille de banquier du XVIe arrondissement, conformiste dans ses idées comme dans sa façon de s'habiller – et son livre, érotique, explicite, explosif, hanté par l'inceste et les amours illicites. « Mais il s'agit de la maison de mon frère, pas de la mienne », lui avait-elle expliqué, ajoutant qu'elle était certaine que Dominique vivait à travers elle. C'était l'esprit de son frère qui avait écrit. Pas le sien.

Et si Sophie était sa mère ou sa sœur, se dit-il en se glissant sous les couvertures du lit de Kranti, n'était-il pas en un certain sens le frère indompté qu'elle avait perdu ? Et n'était-ce la raison pour laquelle l'attraction sexuelle s'était évanouie aussi rapidement pour laisser place à une camaraderie facile et espiègle ? Leur relation était assurément celle d'un frère et d'une sœur plus que d'un couple marié.

À présent, Kranti, la « troisième femme » archétypale, se dressait entre eux. Elle démolissait le palais qu'ils avaient édifié avec tant de soin et le piétinait furieusement de sa botte puissante, révélant sa fragilité de château de sable.

Il ne devait pas se laisser détruire par elle. Son couple était sacro-saint, elle le savait depuis le début, mais Kranti avait feint de l'accepter. Pourtant, loin d'être un catalogue de détails matériels sans intérêt, le journal de Kranti témoignait d'une capacité d'auto-analyse qu'il n'avait jamais soupçonnée chez elle. Dans des circonstances normales, il y aurait vu une tentative hors du commun. Mais il n'y avait rien de normal dans l'histoire de cette femme. Comment aurait-il pu en être autrement, quand elle l'avait trompé de façon aussi éhontée ? Sa décision de se tourner vers Pierre Keller signait le dépit malveillant, et cela, il ne pourrait jamais admettre.

– Elle n'est plus de ce monde, se dit-il tout haut. Elle ne peut pas te faire de mal.

Ces mots n'eurent que peu d'effet sur le sentiment d'incertitude qui l'habitait. Il était écœuré par ce qu'il avait lu. Comment une personne aussi fourbe, aussi retorse, avait-elle pu produire de telles merveilles d'innocence ? songeat-il en feuilletant les pages illustrées du cahier rouge. Et si, tout bien considéré, il avait affaire à une authentique schizophrène ?

7
Le cahier rouge

KRANTI ET SHANTI
roman
K. Goray de Lorel

Poona, 1957

Dans un jardin inondé de soleil, deux petites filles jouent. Leurs cheveux, emprisonnés en boucles tristes au sommet de leur crâne par d'épais rubans de taffetas, dévalent dans leur dos en longs ruisseaux entremêlés. Leurs jupes identiques, à carreaux bleus et jaunes, se sont accrochées aux bogues et aux buissons de roses. Les ourlets, appesantis par l'eau boueuse, sont cloutés de feuilles et de minuscules graviers.

Elles ont approximativement la même taille et, à première vue, on pourrait les prendre pour des jumelles. Les rubans de Shanti sont bleu azur, ceux de Kranti rouge framboise. Il manque à Shanti quelques dents de lait et de ses gencives proéminentes émergera un jour une corniche de dents irrégulières. Elle a hérité ces genoux cagneux et ces os lourds de son père.

La bouche de Kranti dessine une ligne opiniâtre, ses yeux chocolat sont inaccessibles. Elle habite déjà un monde à elle. Marchant en équilibre sur la crête de briques qui sépare les phlox des cosmos, elle marmonne quelque chose entre ses dents.

Elles sont aussi différentes que le poisson du poulet, le foin du fromage et l'orange de l'aubergine.

Il est trois heures, par un après-midi clément d'hiver. Le vrombissement des bourdons gorgés de nectar et jaunes de pollen est interrompu par le lointain « puk-puk » de la pompe à eau et les voix aiguës, flûtées, des filles. Un cocotier monte la garde près du portail en bois peint qui, trop lourd pour ses gonds, s'affaisse en son milieu tel un ourlet pendant. Ses allers et retours laborieux ont creusé des sillons en demi-cercle dans le sol.

Sur l'un de ses piliers, une plaque de marbre enchâssée dans le ciment annonce : SHANTI NIWAS. Sobrement, sans décorum. Au-dessous, en caractères plus petits, plus modestes : *S.G. Goray, ingénieur (retraité)*.

La courte allée qui conduit du portail à la maison est bordée de crotons, régiment un peu poussiéreux de nains accueillants de toutes les couleurs – orange, vert, jaune, violet, brun, rose vif. Lorsqu'elle mélange toutes ces teintes sur sa palette, Kranti n'obtient qu'une flaque décevante de marron boueux.

Les braves petits soldats, plantés dans des pots en terre blancs et brun orangé en alternance, ont été mis au monde, greffés, clonés par la main verte infaillible de l'ingénieur. Il leur voue un amour passionné. Le croton était la plante favorite de sa défunte épouse.

Ils ont tous été étiquetés « Shanti », du nom de la grand-mère paternelle des filles, mais portent chacun un numéro différent. Kranti se sert d'eux pour réviser ses tables de multiplication. Shanti 9 fois Shanti 3, 32. Concentrée, les sourcils froncés, elle recommence. Shanti 6 fois Shanti 3, 21. Encore faux.

Le jardin somnole, grosse créature paresseuse imbibée de soleil. De hauts et flamboyants manguiers ombragent l'arrière de la maison. Un fouillis de rosiers de Palampur et de jasmins tresse une forêt autour des piliers de la véranda dont la nudité exposerait la laideur. Des nuées de moustiques et de phlébotomes y trouvent refuge.

Les filles jouent à chat autour de la fontaine en pierre désaffectée et noire de mousse morte. Elles tournoient, agrippées à la tige de ciment du cadran solaire. Elles sautent, agiles, par-dessus les plates-bandes de capucines, de crêtes-de-coq, de verveine et de balsamines, bien disciplinées dans leurs pourtours de briques.

La maison délabrée, construite en 1943 au cœur du quartier de Deccan Gymkhana à forte population de brahmanes, est une folie composite de brique et de pierre, vérandas circulaires et treillis de roses. Sur le devant, le salon pointe un nez triangulaire dans les buissons odoriférants de jasmins d'Arabie, offrant une vue un peu resserrée de l'allée et du portail.

C'est là que Shridar Govind Goray, plus connu sous le nom de Babuji et grand-père des deux petites, brisé par le décès prématuré de son épouse, mène une vie retirée consacrée au jardinage. Tous les jeudis soir, il se rend canne à la main, chapeauté, botté et vêtu d'un costume à son club pour y échanger des anecdotes sur le cricket.

Shanti a dénudé la hampe d'une palme sèche de cocotier et l'agite en l'air pour juger de son efficacité. La longue badine émet un sifflement mauvais. Les yeux plissés, elle jette à sa sœur un regard inquisiteur.

– Je vais leur faire voir, dit-elle à mi-voix.

Puis elle s'élance, franchissant en trois bonds légers la distance qui la sépare de la véranda.

Connaissant ce regard, les doigts de Kranti se mettent à picoter d'épouvante et la sueur perle à son front.

Shanti fond sur la housse de protection de la radio. La capuche en flanelle bleue, percée d'une fenêtre à l'endroit de l'écran et de trous pour le volume et l'ajustement des ondes, se révèle une guimpe idéale pour nonne de neuf ans à carreaux bleus et jaunes.

Kranti regarde, la mâchoire pendante, le souffle suspendu.

La tête enveloppée de flanelle bleue, Shanti s'avance vers les massifs de cosmos, de la démarche lente et résolue de Mère Agnès, les pieds en dedans. Elle aspire l'air entre ses dents et parle à voix douce, presque gentiment, entre chaque inspiration. Ses mains pendent sagement le long de son corps et son visage porte une expression de chagrin incommensurable.

Mère Agnès s'adresse aux hautes fleurs du fond, qui échangent des hochements de tête d'écolières excitées et volubiles. Doucement, délicatement, la cravache improvisée s'approche et tapote la tête de la plus grande, d'un orange flamboyant.

– Et vous, Anita, dit Mère Agnès d'un ton triste. Quelle est votre explikasssion, mon enfant ? Treize fautes en dix lignes ? Vous savez que ça ne peut pas continuer, n'est-ce pas ?

Elle tourne brusquement la tête à quatre-vingt-dix degrés, distraite par un son imaginaire.

– Minakshi, cessez de rire bêtement ! C'est très vilain de se moquer des misères de son prochain. Vous me copierez cinquante fois « Je ne rirai pas des infortunes d'autrui » ! Vous ne partirez pas avant d'avoir fini.

Bimla est la petite, au premier rang. Elle a eu la polio étant bébé et elle se sert d'une béquille pour se traîner d'un bout à l'autre de la cour de récréation.

– Et vous, Bimla, ne vous servez pas de votre afffliksssion comme d'une excuse pour ne pas travailler, mon enfant, dit mère Agnès, dont le ton monte. Ceux qui commettent le péché de mensonge brûleront à jamais dans les flammes de l'enfer.

Le silence tombe. Les têtes ont cessé de bouger.

– Mesdemoiselles, je suis au regret de vous dire que vous avez été très, très vilaines, leur annonce Mère Agnès de sa voix aiguë, stridente comme la craie sur le tableau.

Sans crier gare, d'un coup sec, la cravache fend l'espace dans un sifflement, et aussitôt une pluie de têtes de cosmos s'abat sur le sol. Des visages orange ensanglantés fixent Kranti, figée sur place. Ses jambes se dérobent sous elle, des larmes de frayeur s'accumulent dans ses yeux.

Quand il ne reste plus du massif de cosmos que quelques tiges brisées, Mère Agnès fait volte-face sur ses talons tout en arrachant sa guimpe collante, trempée de sueur. Elle est redevenue Shanti et la cravache s'abat pour un dernier coup, cette fois sur le bras de sa sœur.

– Ne t'avise pas d'aller rapporter, espèce de mauviette débile ! lui lance-t-elle en s'éloignant à pas furieux vers les goyaviers.

Kranti n'a ressenti qu'une faible douleur, mais ses doigts peuvent suivre la trace du coup reçu. En relief, et rouge assurément, comme celle des branches épineuses qui vous accrochent au passage et vous laissent sur la chair un pointillé de sang. Saru. Il faut qu'elle aille trouver Saru.

Elle finit par découvrir la domestique dans l'appentis qui abritait auparavant le Lambretta de Baba, remplacé aujourd'hui par la bicyclette rouillée du cuisinier. Saru, allongée sur le dos, ronfle doucement. Kranti se blottit contre elle, mais le sol sent la vieille chaussure et la graisse de moteur.

Elle essaie de gratter les croûtes d'un coude de la dormeuse puis, tenant une de ses paupières entre le pouce et l'index, lui ouvre l'œil. Le globe veiné de rouge pivote frénétiquement de gauche à droite et Kranti lâche prise prestement tandis que Saru, avec force claquements de la cavité buccale, bâille et se dresse sur son séant.

– Qu'est-ce qu'il y a encore ? demande-t-elle, moins gentiment que ne l'aurait souhaité Kranti.

– Shanti a abîmé le massif de cosmos, elle m'a crié dessus et elle m'a tapée. Regarde !

– Oh, celle-là, je te jure... soupire Saru en renouant son chignon. Je te donnerai un biscuit de plus avec ton Ovaltine, dit-elle pour réconforter l'enfant.

Elle frotte la balafre et souffle dessus comme pour la faire disparaître.

– Maintenant, viens faire ta toilette, c'est l'heure d'aller au jardin, de toute façon. Et prends garde à ne pas l'appeler « Shanti » devant ta mère. C'est ta sœur aînée, tu dois dire « Taï », c'est compris ?

Haribhau est en train de faire son rapport, un de plus. De leur cachette derrière les buissons de roses, sous une nuée compacte de moustiques, elles observent la silhouette du jardinier qui secoue sa tête ronde comme une boule. La housse de la radio coincée sous un bras, il tient les têtes coupées des cosmos entre ses paumes calleuses.

– C'est la quatrième fois des vacances ! On ne peut même plus offrir ces fleurs à Dieu, elles les ont piétinées. Il n'y aura pratiquement pas de goyaves cette année, elles les ont cueillies vertes. La plate-bande de pois est écrasée, elles ont joué à sauter dessus.

Les sœurs échangent un sourire complice en se rappelant leur tournoi de saut en longueur sur la platebande fraîchement retournée. Le sol moelleux, vierge de cailloux, doux à leurs orteils nus, la terre fraîche à leurs cuisses collantes de sueur.

Et soudain elles se figent. La voix courroucée de leur grand-père leur parvient par-dessus les senteurs de rose et de jasmin :

– Shanti ! Kranti ! Venez ici !

Les fillettes s'approchent de sa chambre avec réticence.

Kranti aperçoit d'abord les mollets velus de Haribhau émergeant de son short kaki aux larges jambes. Son regard croise brièvement les yeux gris-vert, pleins de colère, de Babuji puis parcourt la pièce – les sandales en caoutchouc blanches du vieil homme, le tableau représentant les cimes neigeuses de l'Himalaya, la commode fermée au cadenas qui, selon Saru, renferme toutes les richesses de l'Arabie, le portrait enguirlandé de sa grand-mère et son anneau de nez d'un diamètre invraisemblable – avant de revenir aux pieds de Haribhau plantés fermement sur le paillasson. Leurs ongles non taillés percent la toile jadis brune de ses tennis dont Babuji ne manque jamais de souligner qu'il les a acquis illégalement au magasin d'équipement de l'armée près de Quarter Gate.

Les doigts de Babuji portent une pincée de poudre à son nez. Il a un reniflement étouffé, et sa main tremblante cherche à tâtons la serviette bleue étalée sur ses genoux. Il mouche entre ses plis un peu de morve couleur de tabac.

– Laquelle des deux est responsable ? demande-t-il.

Et sa voix, d'ordinaire affable, est dure.

Kranti sent la douleur du pincement infligé par Shanti irradier jusqu'au bas de son dos. Elle a mal, elle a peur. Ses larmes jaillissent de nouveau, et au même moment une mare se forme à ses pieds, un autre liquide chaud brûle la peau sèche et égratignée de ses jambes en ruisselant vers le sol.

La pièce s'emplit d'une odeur caractéristique d'urine et Babuji abandonne la partie.

– Dis à Saru de nettoyer ta sœur et à votre mère de venir me voir, ordonne-t-il à Shanti en se retournant face au mur.

À travers les battements de son cœur qui pilonnent ses oreilles, Kranti décèle une lassitude de vieil homme dans la voix de son grand-père.

Saru noue le ruban de sa robe vert et blanc favorite, rapportée de Bombay par Baba, quand Ayi fait irruption dans la pièce. Elle a vu Babuji, et son visage a cette expression crispée, dangereuse, annonciatrice de gifles.

Shanti reçoit un coup entre les épaules, qui l'envoie valser contre Saru. Elle répond sans ciller au regard coléreux de sa mère. Ayi, provoquée, traverse la pièce en deux enjambées et gifle les deux filles à la volée. Elle est furieuse et ne se retient pas.

Tandis que Shanti fait des grimaces derrière son dos, Ayi tire leur malle de sous le lit. Elle engouffre leurs vêtements, livres, poupées pêle-mêle dans ses profondeurs bleu outremer.

Les gémissements de Kranti, ponctués de hoquets douloureux, sont noyés sous la voix de Shanti qui fredonne une ritournelle enfantine : « Voulez-vous connaître l'histoire de l'oignon laineux ?… Comment ça, oui ? Voulez-vous connaître l'histoire de l'oignon laineux ?… Comment ça, non ? » Et la répète à l'infini.

Jusqu'à ce qu'Ayi lui balance une nouvelle gifle en lui intimant l'ordre de se taire.

On envoie Haribhau, désireux de se faire pardonner, chercher un rickshaw. Saru s'essuie les yeux tandis qu'Ayi ouvre son porte-monnaie pour lui payer ses deux semaines de travail.

La fenêtre de Babuji est illuminée, mais sa porte reste close tandis qu'elles traversent la véranda et sortent dans le jardin à présent noir, désert, pour rejoindre le rickshaw qui les attend dehors.

Dans la salle d'attente de la gare, Ayi sort de son mutisme pour dire qu'elle est atterrée d'avoir deux enfants si mal élevées, des sauvages sur qui elle ne peut pas compter pour se conduire en invitées dignes de ce nom. Elle regrette l'image déplorable qu'elles donnent ainsi de leur mère. Quand elle pense à leur comportement, son sang se met à bouillir et à s'évaporer.

Kranti essaie en vain de se figurer comment la chose est possible. Son imagination se borne à lui proposer un pot rempli du sang d'Ayi faisant des bulles sur un des feux de la cuisinière de Babuji. L'image refuse de disparaître et, quand elle ferme les yeux, sa tête est envahie d'un beau rouge profond semblable à un coucher de soleil en été ou au flamboyant en fleur dans le jardin de son grand-père.

Le train arrive. Kranti, qui s'était assoupie au creux d'un fauteuil en teck des chemins de fer, se réveille, secouée sans ménagement. Ayi empoigne ses filles par un bras et leur trio s'ébranle dans un « flip-flop » de sandales, courant presque pour ne pas être distancée par leur valise qui oscille sur la tête d'un porteur. Elles se faufilent à travers la foule vers la voiture de classe intermédiaire marquée « réservé aux femmes » et y grimpent, soulagées.

*

C'est dimanche. Il est sept heures du matin quand leur train entre en gare d'Aurangabad dans un geyser de vapeur. En dépit des fenêtres fermées, des escarbilles de charbon et des particules se sont infiltrées dans leur compartiment pendant la nuit et, à voir leurs plantes de pieds, on dirait qu'elles ont marché dans du goudron. Ayi a frotté leurs visages sales d'un coin de son mouchoir humecté d'eau et de lotion Kanta.

Elles n'ont plus le temps de prendre le premier thé du matin.

– On le boira à la maison, dit Ayi en les poussant dans une des *tonga* en stationnement qui attendent les voyageurs.

L'air est frais. Oubliées la fatigue et les larmes, Kranti se trémousse au rythme joyeux des sabots du cheval. La carriole bringuebale à grand bruit par les rues encore presque désertes, et même Ayi a l'air heureuse. Des chiens errants au faciès souriant courent le long de la *tonga* sur une courte distance et font mine de s'en prendre aux jambes du cheval. Le conducteur, dans une succession de « clic » et de « clac », instaure une cadence en tapant du manche de son fouet contre les rayons de la roue.

Des pots vides sur la tête, des femmes entament leur marche pénible vers les puits et les robinets publics. Les échoppes de thé accueillent leurs premiers clients dans des hurlements de musiques de film. Archétype de la ville provinciale somnolente, la minable cuvette poussiéreuse d'Aurangabad, connue pour les sites rupestres tout proches d'Ajanta et Ellora et pour ses filatures de soie artificielle, salue dans la lenteur un jour nouveau.

Elles sont arrivées. À la maison. Kranti bondit hors de la *tonga* et se précipite, impatiente de se jeter dans les bras de Baba. Elle dépasse le réservoir d'eau et les plates-bandes hirsutes de zinnias poudreux, file sur le petit sentier longeant le garage vers la clôture qui sépare leur terrain de la mosquée désaffectée, ignore la porte d'entrée, fonce vers l'arrière de la maison où elle peut pénétrer en traversant les quartiers des domestiques.

Elle abandonne ses sandales et gagne la chambre de ses parents sur la pointe des pieds. Baba est probablement en train de ronfler la bouche ouverte. Elle s'arrête une brève seconde. Va-t-elle lui chatouiller le ventre ou y enfouir sa tête ?

Passé la porte, cependant, ses pieds refusent d'aller plus loin. Une forme énorme et sombre se meut sous la moustiquaire en émettant des bruits étranges, comme si elle avait mal. Sur le dossier de la chaise, pendent une robe familière à fleurs jaunes et un soutien-gorge aux énormes bonnets vides qui ressemble à un soufflet ouvert par le milieu et rempli d'air. Sous le siège, deux chaussures pointues à hauts talons couleur crème se regardent en chiens de faïence comme Baba et Ayi quand ils sont en colère l'un contre l'autre. Le tube doré du rouge à lèvres de Tante Cou-ii, tombé de la poche de la robe, brille, impudique, contre le pied noir de la chaise.

Kranti recule, s'éclipse aussi silencieusement qu'elle est entrée et s'immobilise dans la cour. Elle se sent perdue.

– Cou-ii, qu'est-ce que vous faites ? appelle une voix basse sur un ton bourru.

Tante Cou-ii se penche par-dessus la rambarde de la galerie qui longe tout le mur de la maison et la regarde. Kranti ne voit d'elle que sa tête et le haut de son corps vêtu de la robe jaune. Elle a posé les coudes sur le rebord, mains sous le menton. Une cigarette fichée dans un long fume-cigarette dépasse de ses doigts croisés. Elle plisse l'œil gauche pour le protéger de la fumée qui s'échappe de sa bouche et de ses narines en petites volutes paresseuses.

Kranti, honteuse, s'essuie les mains sur sa robe vert et blanc, puis s'élance dans l'escalier pour étreindre les jambes de Tante Cou-ii.

– Déjà rentrée de chez ton grand-père ? J'ai cru entendre une petite souris trottiner dans le coin. Où est ta maman ? demande Tante Cou-ii.

Sa grande main pèse de façon rassurante sur la tête de Kranti.

La sonnette retentit et Tante Cou-ii se hâte vers la cuisine où Kranti l'entend verser de l'eau pour le thé. De la perspective avantageuse où elle se tient, elle voit Baba accourir en *kurta pajama* pour ouvrir. Elle l'entend qui murmure quelque chose au sujet de « Barbara », puis Ayi s'écrie d'une voix aiguë :

– Mme d'Costa ? Mais c'est dimanche, et il est sept heures et demie du matin, Vijay !

Ils gagnent la cuisine tandis que Baba parle de « clés du bureau » et de « travail qui ne pouvait pas attendre ».

Tante Cou-ii a fait du thé, mais Ayi déclare qu'elle ne peut pas en boire avant d'avoir pris sa douche. Elle est de nouveau en colère et ordonne à Kranti d'aller réveiller Ganga dans les quartiers des domestiques.

– Les filles sont perturbées. Tu devrais passer plus de temps avec elles, dit Ayi à Baba.

Mais c'est Tante Cou-ii qu'elle fixe des yeux.

Celle-ci jette un regard à sa montre.

– Si je dois finir le travail avant d'aller à la messe de onze heures, je ferais mieux de prendre les clés du bureau et de filer.

Kranti joue toute seule dans le jardin quand Tante Cou-ii traverse l'allée sur ses hauts talons vacillants.

– Tu enverras Yvonne jouer avec moi, Tante Cou-ii ?

– Pas aujourd'hui. C'est dimanche, elle doit aller à l'église, coupe sèchement la bouche maquillée de rouge.

Et le portail se referme sur elle d'un coup bref. Clic !

La partie de marelle de Kranti est un peu décousue. Elle dessine les carrés sur le sol à l'aide d'un solide bout de bois qu'elle a trouvé au pied du tamarinier. Un corbeau croasse de colère tandis que le soleil aborde le jeu solitaire de la fillette, atteint ses chevilles et monte lentement à l'assaut de ses genoux.

La maison est très en retrait du haut mur d'enceinte. Peinte en blanc, elle possède un toit à pignons de vieux bungalow colonial et trois entrées. Les filles utilisent fréquemment la porte arrière des domestiques.

Lalita Goray, Sangeet Visharad, Professeur de chant classique, dit en caractères marathi discrets, peints en noir, une planchette de bois brun verni apposée sur la petite porte qui ouvre directement sur le salon.

La plaque de Baba est beaucoup plus imposante. Gravée sur laiton en anglais, elle brille en permanence grâce à de régulières applications de jus de citron vert et de Brasso. *Vijay Goray, BSc., MSc., LLB. Directeur de succursale, Norwich Union Assurance*, annonce-t-elle, et elle possède une petite fenêtre indiquant s'il est présent ou absent. En ce moment, elle dit *absent* alors que Baba est présent. Agacée, Kranti se hisse sur la pointe des pieds pour atteindre un bouton et le presse pour changer le message.

L'eau miroite dans le réservoir, reflétant le soleil. Ses profondeurs recèlent des herbes vert foncé et des particules en suspens éclairées par les rayons de lumière. Des épines flottent à la surface. Des brindilles, des soucis, des feuilles. Une goyave verte hésite entre flotter et sombrer. Un petit caillou file droit au fond. Tous créent des ondes concentriques, même les feuilles, mais celles de la pierre sont les plus grosses et les plus rapides.

Kranti regagne la maison. Elle erre à travers les pièces sans objectif précis, avant de trouver Shanti en position fœtale sur son côté du lit, un livre dans la main gauche, les doigts de la droite grattant son cuir chevelu, tirant et enroulant distraitement des boucles de cheveux.

– Taï… commence-t-elle.

– Va-t'en ! Tu ne vois pas que je suis en train de lire ?

Une dispute a éclaté dans le bureau de Baba. Kranti s'attarde aux abords de la porte fermée. La voix râpeuse de Baba est noyée sous les tonalités stridentes d'Ayi qui rabâche quelque chose au sujet de « Mme d'Costa ». Baba, lui, l'appelle « Barbara ». Ils se querellent au sujet de Tante Cou-ii.

– Et je n'aime pas qu'elle dise « Lalita » pour s'adresser à moi. Elle n'en a absolument pas le droit.

– Comment veux-tu qu'elle t'appelle ? Elle n'est pas ton esclave, Lalita. Tu n'es que la femme de son patron.

Ayi répète à n'en plus finir « choc mental », « débauchée », « vulgaire » et « chrétien », des mots que Kranti ne peut comprendre.

Elle retourne dans la chambre et s'étend sur le lit à côté de Shanti, le dos en contact avec celui de sa sœur. Les plantes de ses pieds, couvertes d'une épaisse couche de saleté, laissent de larges empreintes sales sur le dessus-de-lit beige. Elle engouffre son pouce dans sa bouche et ferme les yeux. Les deux petites forment un X sur le grand lit. Il est onze heures du matin.

*

Tante Cou-ii leur a fait porter du foie par Yvonne dans un récipient cabossé en aluminium. Leur camarade est venue partager leurs jeux.

Tout comme Baba et Shanti, Kranti adore le foie de Tante Cou-ii, dur à mastiquer, fortement pimenté, salé-sucré, jamais amer. Ayi en est friande, elle aussi, mais en secret. Tout ce que cuisine Tante Cou-ii a ce goût chrétien attirant, épicé, de fruit défendu. Elle mélange vinaigre, sel, gingembre, sucre, cumin et piments rouges. Elle prépare des plats qu'Ayi ne sait pas cuisiner, et à propos desquels Baba ne tarit pas d'éloges.

Kranti a l'eau à la bouche en pensant aux côtelettes de mouton panées de Tante Cou-ii. Miam !

Sa mère reçoit le récipient avec une grimace discrète. Ayi aime l'argent et le cuivre, l'inox et le bronze. Elle déteste l'émail et l'aluminium. « Seuls les chrétiens et les musulmans pauvres font la cuisine dans de l'aluminium. Ce n'est pas propre. Ça empoisonne la nourriture », dit-elle.

Quand Akka, la mère d'Ayi, vient les voir, elles se gaussent toutes les deux des chrétiens – « Mary-bai et Martha-bai en route vers l'église pour aller voir Jésus » –, mais jamais devant Baba, parce que Baba est communiste et qu'il prend toujours le parti des intouchables, des chrétiens, des musulmans, des Anglo-Indiens, de ceux qu'il appelle les « minorités ».

Akka est veuve et nomade : elle habite chez ses six enfants tour à tour. Elle porte un chignon sévère, des verres cerclés d'acier et des saris de neuf mètres dont une extrémité passée entre ses jambes vient se coincer dans la ceinture au-dessus de son derrière. Akka jeûne le jeudi et le lundi. Ces jours-là, elle mange des cacahuètes, du sagou, des choses spéciales. Baba dit qu'il ne comprend pas pourquoi le lundi s'y prête mieux que le mardi ou le samedi, mais selon Akka il ne peut pas comprendre parce qu'il est beaucoup trop instruit pour les gens comme elle.

Akka étant veuve, tous ses saris doivent être blancs, elle ne peut pas se dessiner de point rouge sur le front ni porter en collier le *mangalsutra* traditionnel en perles noires. Ayi non plus ne porte ni point entre les sourcils ni bijou de mariage au cou, mais c'est parce que Baba est un communiste et qu'il ne le lui permet pas. Akka parle souvent des chrétiens et des musulmans, et elle a interdit aux filles de partager leurs collations avec eux. Mais Kranti ne sait pas lesquelles de ses amies sont chrétiennes et lesquelles musulmanes. La plupart d'entre elles ont les cheveux longs, leurs mères s'habillent de saris comme Ayi, et certaines sont pauvres. Comment s'y retrouver ?

Tante Cou-ii est très différente d'elles. C'est une grosse femme masculine, grande, plus grande même que Baba, qu'elle appelle « patron ». Kranti a entendu sa mère dire à Akka : « Elle fume et boit comme un homme. Parfois même du whisky avec Vijay, qui garde une bouteille dans son bureau pour ses clients. » Tante Cou-ii porte les cheveux court et une frange. Elle s'enduit les lèvres de rouge-boîte-aux-lettres. Baba dit qu'elle écrit parfaitement à la dictée, et y insiste quand il reproche à Kranti les fautes d'orthographe dont ses devoirs sont émaillés.

Yvonne a le teint sombre, des fossettes et une coupe au carré comme sa mère ; elle est attirante et très débrouillarde. Elle porte en permanence son uniforme scolaire, même quand il n'y a pas école. Sauf le dimanche, où elle va à l'église en ballerines blanches, vêtue d'une robe en taffetas vert à jupe bouffante et à ceinture rouge sur un jupon en bougran froufroutant. « C'est que sa mère ne prend pas la peine de lui acheter des vêtements décents pour tous les jours, dit Ayi à Akka. À quoi peut-on s'attendre de quelqu'un qui dépense tout son argent en rouge à lèvres et en talons hauts ? Vijay lui a même accordé une augmentation. Il l'a placée au-dessus de lui, elle gouverne le bureau comme une reine. »

Quand Ayi a le dos tourné, Yvonne utilise les toilettes de Baba. Elle étale délicatement la corolle de son uniforme plissé autour de la lunette, telle une reine sur son trône.

Elle a le chic pour décrocher des gousses de tamarin à coups de pierre. Les filles les mangent avec du sel et des piments rouges extorqués à Ganga à force de harcèlement.

Pour l'heure, Ayi, qui qualifie d'ordinaire Yvonne de « pauvre petite », qui lui prodigue force nourriture et la presse de questions, a d'autres plans pour le foie de Tante Cou-ii.

– Aujourd'hui, nous suivons un jeûne religieux et Kranti a trop de devoirs à faire.

Elle renvoie Yvonne et le foie avec elle. C'est la première fois que Kranti surprend sa mère à dire un mensonge. Le regard d'Ayi traverse sa fille sans la voir et se pose au loin. Elle n'a pas cillé.

*

Kranti se bat avec ses lacets pour enfiler ses chaussures lorsqu'elle aperçoit Ayi se ruer de la cuisine à la salle de bains pour dire quelque chose à Baba, qui est en train de se raser. De peur d'avoir été démasquée, un seul pied chaussé, elle claudique jusqu'au bureau de Baba pour reposer les quatre anna qu'elle y a dérobés.

Par prudence, elle se contente toujours de peu, dix ou quinze pice, juste de quoi s'acheter des bonbons, du *churan* ou des jujubes, ou payer Amtul Mateen pour qu'il la laisse copier ses additions. Aujourd'hui, elle n'a pas eu le choix. Il n'y avait que des pièces de quatre et de huit anna sur le bureau de Baba, et maintenant elle est fichue.

Non, pourtant, la chance est avec elle, personne n'est venu la saisir par le bout de l'oreille pour lui retourner ses poches, lui ouvrir les poings de force ou vider son cartable.

À l'école, la torture matinale de l'arithmétique est suivie du cours d'anglais de sœur Margaret. Kranti aime l'anglais. Parce que sœur Margaret est une espèce de sainte, douce et gentille, et qu'elle raconte de belles histoires de gens pauvres mais bons qui vont au paradis. La voix affable de l'enseignante interrompt subitement ses pensées :

– Kranti, pouvez-vous nous lire votre rédaction sur l'histoire d'Arjuna ?

– Oui, sœur Margaret.

Kranti cafouille, feuillette son cahier de devoirs. Son cerveau travaille à toute vitesse.

– Un jour, une princesse a perdu sa balle en or qui est tombée dans un puits dans la forêt. Le prince Arjuna et ses frères passent par là et entendent la princesse pleurer…

Derrière son cahier, proche de son visage à lui frôler le nez, sa voix n'est qu'un murmure.

– Arjuna tire des flèches l'une après l'autre dans le puits pour créer une guirlande de flèches et former une corde. Délicatement, la princesse remonte la corde et retire sa balle du panier tissé de flèches qui est attaché au bout.

Kranti s'arrête. La lecture a duré plusieurs minutes déjà et aucune page n'a été tournée. Elle referme son cahier et le tient serré contre elle.

Silence. Ses camarades la regardent d'un air bizarre.

– C'est tout ? demande sœur Margaret d'un ton critique.

Le chef de classe passe dans les rangs pour relever les cahiers de devoirs, mais Kranti ne veut pas lâcher le sien. Elle le dispute obstinément à Amtul Mateen qui cherche à le lui arracher des mains.

Elle détourne la tête pour échapper à son haleine. Il sent le fruit pourri, comme le grand marché où Ayi et elle se fraient régulièrement un chemin à travers des monceaux de trognons de choux-fleurs, de tomates moisies réduites en pulpe, de noyaux de mangues sucés à blanc (avec leurs longs poils, ils ressemblent aux lavettes à nettoyer les vitres), des restes écrabouillés de vers de terre, de menthe et de coriandre piétinés par des milliers de semelles indifférentes et pressées.

Kranti, terrifiée, sent un liquide chaud et familier s'insinuer entre ses orteils et lui recouvrir peu à peu les pieds. Sa prise se relâche. Son cahier de devoirs lui est arraché.

Les doigts tachés d'encre d'Amtul Mateen feuillettent les pages, s'arrêtent à « L'histoire d'Arjuna ». Le titre, écrit d'une plume maladroite en caractères ornés, est souligné en rouge. Au-dessous, rien, des lignes blanches.

– Ma sœur, la page est vide ! s'exclame Amtul Mateen.

Et il se précipite vers le bureau de sœur Margaret, brandissant le cahier comme un trophée.

– Amtul, rends ce cahier et retourne à ta place. Kranti, tu peux apporter tes devoirs demain, dit sœur Margaret, mais viens me voir après l'école avec ta sœur.

À la fin de la journée, sœur Margaret tend à Shanti une enveloppe scellée qui porte les noms de Baba et d'Ayi tracés dans une cursive impeccable.

– Tu ne vas pas la leur donner, dis, Taï ? demande Kranti sur le chemin du retour. S'il te plaît…

– Bien sûr que si. C'est mon devoir.

Les lèvres de Shanti, étirées devant ses dents, cherchent vainement à se pincer. Elle arbore une expression sévère, on dirait Mère Agnès. Ce que Kranti ignore, c'est que Taï transporte au fond de son cartable une autre lettre destinée à leurs parents qu'elle n'a aucune intention de leur remettre.

Ganga joue les cerbères devant la porte du salon de musique et les empêche d'approcher aussitôt qu'elle les renifle. La voix d'Ayi, imitée par le braiement importun et répétitif de l'harmonium, s'élève en cercles de plus en plus rapides, de plus en plus aigus, aiguillonnée par le pilonnement métallique incessant du *tabla*. Les notes tournoient dans la tête de Kranti et l'étourdissent. Ayi semble perchée sur un manège emballé, emportée vers un lieu sombre et terrifiant d'où l'on ne revient pas.

Simultanément, filtrant par l'interstice sous la porte close, un effluve écœurant d'encens parfumé au jasmin s'insinue au fond de la conscience de la fillette. Cette odeur interdite évoque les secrets enfouis sous le murmure des querelles nocturnes, les silences rompus par un fracas occasionnel de verre brisé.

La séance de musique d'Ayi est terminée. Ganga sert le thé et les biscuits. Ils sont tous assis en cercle, comme chez le tailleur, sur le *satranjee* bordeaux de Solapur qui porte le nom de Baba tissé dans sa bordure.

Le joueur d'harmonium s'est laissé pousser des ongles longs et crochus aux auriculaires. Kranti, blottie entre les jambes d'Ayi, le regarde soulever sa tasse, le petit doigt tendu délicatement, telle une dame anglaise.

Un petit point rouge luit à l'extrémité des bâtonnets d'encens placés devant les portraits du maître de musique d'Ayi et de Shirdi Sai Baba, son gourou spirituel. Des filets de cendre pendent en équilibre précaire le long des tiges piquées dans les trous minuscules du porte-encens. Ayi a déposé devant les portraits quelques-unes de ses précieuses fleurs de *parijat* et de *champak* vert dont la senteur se mêle au parfum de jasmin artificiel de l'encens. Kranti sent l'Ovaltine du goûter créer des remous dans son estomac. En se débattant pour s'extirper des genoux d'Ayi, elle renverse du thé sur les touches de nacre de l'harmonium.

– Maladroite ! C'est pour ça que je ne veux pas de toi au salon de musique. Tu ne peux donc jamais te tenir tranquille ?

Ayi pousse le *tampura* couché sur son derrière dodu et brun en courge évidée, ramasse la petite serviette qu'elle garde toujours à portée de main et essuie soigneusement l'instrument. Kranti se tortille pour retrouver sa place entre ses jambes et Ayi caresse distraitement, délicieusement, ses longs cheveux noirs. Sa mère dégage une merveilleuse odeur composite de savon, de talc, de *supari* et de fleurs qui couvre les relents écœurants de l'encens.

Le bruit d'un klaxon impatient leur parvient. Baba est de retour de son bureau. Les accompagnateurs d'Ayi se lèvent pour partir. Kranti et Shanti sautent sur leurs pieds et se précipitent pour ouvrir le portail du jardin. Lorsque leur père sort de la voiture, elles sautillent autour de lui et il les soulève tour à tour dans ses bras.

– Oh oh ! Comme tu as grandi, comme tu es lourde ! dit-il, feignant d'être à bout de souffle.

Une ombre de barbe lui fait le menton rugueux. Il s'amuse à frotter sa joue contre la joue douce et rebondie de Kranti.

Une fille suspendue à chacun de ses bras, il entre lentement dans la maison, puis envoie Kranti lui chercher son verre à whisky favori, en cristal taillé de Bohême, qu'il tient de leur grand-mère. C'est le seul objet qu'il a emporté, dit-il, quand il a quitté pour toujours la maison de Babuji.

– Baba, j'ai une lettre de sœur Margaret pour Ayi et toi, claironne Shanti, qui tire le courrier de son cartable.

Baba déchire l'enveloppe et lit en fronçant les sourcils.

– Elle n'est pas de sœur Margaret, Shanti, mais de mère Agnès qui se plaint de ta conduite. Elle dit que tu as mordu et frappé une camarade à coups de pied, puis que tu as nié les faits quand on t'a interrogée. Ses parents se sont plaints. Sans Yvonne, qui a tout vu, nous n'en aurions peut-être jamais rien su. Et maintenant, tu voudrais sans doute attirer l'attention sur ta sœur…

– Non, Baba, non… bafouille Shanti en lui tendant l'autre lettre.

Son visage est chiffonné, elle pleure. Toutes dents et gencives dehors, elle ressemble à un singe maigrichon en proie à la terreur.

Baba lit la seconde note et la jette à Ayi.

– Ah, la belle paire de menteuses ! C'est ça que nous élevons dans cette maison ! rugit-il en se levant.

Il saisit le poignet de Shanti et l'entraîne vers le salon de musique. Kranti sait ce qui attend sa sœur. Lorsqu'elle l'entend gémir, tout son corps se crispe et elle se rapproche d'Ayi. Comme elle, sa mère cherche à échapper aux bruits qui émanent du salon.

– Kuka, dit-elle doucement, sœur Margaret dit que tu es très studieuse en classe, mais que tu ne fais pas correctement tes devoirs à la maison. Elle dit que ton histoire d'Arjuna était très bonne, mais que tu ne l'avais pas rédigée et que tu faisais semblant de lire.

– Non, Baba, non, s'il te plaît !

Les hurlements de Taï et le bruit des coups semblent venir de très loin. Il utilise la règle en bois de sa fille.

Le sang de Kranti se fige. Tout comme celui d'Ayi, elle le sait à la façon dont sa mère lui agrippe l'épaule. Sa voix, néanmoins, est basse et tranquille :

– Tu dois grandir, Kuka, prêter une plus grande attention à ce que tu fais. Les sœurs affirment que tu n'es pas bête, seulement paresseuse et inattentive. Ce soir, je veux que tu écrives cette histoire en développant ce que tu as raconté en classe. Maintenant, promets-moi de ne plus jamais dire de mensonges.

Kranti voudrait lui expliquer qu'elle avait oublié le devoir qu'elle avait à faire mais qu'elle n'a pas eu le courage de le reconnaître. Elle se ravise en voyant sa sœur se précipiter dans leur chambre et se contente de hocher la tête.

– La prochaine fois que tu frappes quelqu'un, tu te rappelleras l'effet que ça fait ! lance Baba qui revient se verser un deuxième whisky. Quant à toi, Kranti, si j'entends dire que tu as encore menti, c'est ce qui t'attend, toi aussi. Lalita, s'il te plaît, arrête de la dorloter. Maintenant, mangez et filez faire vos devoirs toutes les deux.

Il règne un silence terrible dans leur chambre. Taï pleure à petits sanglots étouffés. Kranti essaie d'écrire l'histoire d'Arjuna, mais elle ne parvient pas à dépasser la première phrase : « Un jour, une princesse avait perdu sa balle dorée, tombée au fond d'un puits dans la forêt… » Leurs tables de travail, installées côte à côte devant la fenêtre, donnent sur la véranda de derrière et la cour intérieure. La nuit est noire et dense. À la lueur de la veilleuse de la véranda, Kranti aperçoit un mouton de poussière qui tournoie un instant dans une bouffée de vent avant de se poser sur la rambarde. Elle ouvre son tiroir et considère le collier de cauris goanais que Tante Cou-ii lui a offert l'été dernier. Shanti l'a suppliée de le lui donner, l'a emprunté ou dérobé près d'une dizaine de fois. Kranti le dépose sans un mot devant sa sœur, mais Shanti le lui jette à la figure, puis pose la tête sur ses livres et fond en larmes.

*

Kranti est au zoo, devant les cages des singes. Il y a là plusieurs bébés, leur mère et leur père. Le favori de Kranti est le plus malicieux, le petit qui arrache des morceaux de banane à ses frères et sœurs, qui se balance en trapéziste virtuose et que personne ne peut attraper.

Une grosse bagarre éclate et maman singe, un bébé accroché à son ventre, se saisit de l'effronté, lui envoie une bonne taloche et le pousse dans un coin. Il grince des dents et lui adresse des propos coléreux, à distance pour plus de sûreté. Avec ses gencives découvertes et ses yeux qui jettent des éclairs, c'est le portrait craché de Shanti. Il s'approche discrètement de Kranti et elle se réveille en sursaut au bruit de ses dents près de son oreille.

À côté d'elle, sous la moustiquaire, Taï grince des dents tout comme le bébé singe. Par-delà la blancheur protectrice du voile, s'étend une mer d'encre aux profondeurs effrayantes. Kranti pose un pied par terre, cherche de l'orteil le journal sur lequel Ganga dépose chaque soir leur pot de chambre, un seau à lait reconverti, pourvu d'une anse bien pratique. Le journal est une nouveauté : Kranti n'est pas soigneuse et Ganga est lasse de frotter au vinaigre les taches qu'elle laisse sur le sol.

Ce soir, pourtant, pas de journal. Pas de seau. Kranti demeure un moment assise au bord du lit, les jambes hors de la moustiquaire, considérant les options possibles. Elle revient à l'intérieur et secoue Shanti par l'épaule :

– Taï... Taï...

Shanti marmonne dans son sommeil et se retourne. Kranti la secoue de plus belle, paniquée, au bord des larmes :

– Taï !

Shanti, brusquement réveillée, est furieuse.

– Qu'est-ce que tu veux ?

– J'ai envie de faire pipi, Taï, pleurniche Kranti.

– Fais dans le seau, idiote.

– Il n'est pas là, Taï, Ganga a oublié.

Shanti se glisse hors du lit et le contourne pour passer du côté de sa sœur. Main dans la main comme deux petits fantômes nocturnes, elles gagnent les toilettes à l'autre extrémité de la véranda, près du salon de musique. Les moustiques vrombissent autour d'elles et fondent sur la chair tendre de leurs mollets tels des carnivores affamés.

Kranti, accroupie sur la porcelaine très blanche des toilettes à l'indienne, n'en finit pas. Shanti se gratte le mollet d'une jambe à l'aide des orteils de l'autre.

– Dépêche-toi ! souffle-t-elle en appliquant une claque à un moustique qui vient d'atterrir sur son bras.

– J'arrive, Taï.

La lumière est restée allumée dans le salon de musique et Shanti entend le doux babil des voix de ses parents. L'odeur de la cigarette de Baba est plus forte dans la nuit calme.

– J'ai fini, dit Kranti en remontant son pantalon de pyjama.

– Lave-toi les mains... Lave-toi les mains !

Les deux sœurs retournent vers leur lit, l'aînée attentionnée guidant la cadette dont les doigts sèment des gouttes d'eau derrière elle. Des moustiques se sont infiltrés sous la moustiquaire. Shanti en occit plusieurs d'un claquement de mains vigoureux et projette d'une chiquenaude leurs cadavres écrasés hors du lit. Kranti dort déjà, un pouce dans la bouche. Shanti l'en retire de ses petits doigts carrés et lisse en arrière les cheveux de sa sœur, fins comme ceux d'un bébé. « La prochaine fois qu'on sort, je marcherai du côté de la circulation pour que ma petite sœur ne soit pas renversée », se promet-elle. Soudain, elle regrette d'avoir refusé le collier de cauris.

La voilà debout, fouillant les poches de l'uniforme de Kranti en quête de la clé de son tiroir. Elle extrait le bijou sans faire de bruit, le passe à son cou, se plante pieds nus dans la véranda pour admirer son reflet dans le miroir accroché au-dessus du lavabo. Un visage de fantôme couronné d'une masse de cheveux noirs bouclés lui fait face. Sous la veilleuse bleue qu'Ayi laisse allumée toute la nuit, les cauris luisent, violets, comme s'ils venaient de sortir de l'eau.

Shanti prend la pose de Shiva dansant et entame le dernier morceau que lui a enseigné son maître de *kathak*.

Chandrata pana kara, aarati prabhu ki
Naachata Shankar, ta dhin na kiti taka thun thun
Digh dha digh digh thei

Elle enchaîne les tourbillons en chantant d'une voix pure et claire, les cauris cliquetant à son cou. La frappe à plat de ses pieds fait un bruit de gifle sur le sol.

Comme en réponse à son mouvement, des voix s'élèvent dans le salon de musique. Shanti s'approche discrètement de la porte, s'arrête et prête l'oreille.

– Mais, Vijay, je ne leur ai rien dit. Je ne leur parle jamais de Dieu ni de religion. Je n'ai pas dit un mot aujourd'hui ! proteste Ayi.

– Si tu veux chanter des *bhajan*, faire des *puja*, aller au temple, fais-le loin d'ici. Comment ce portrait de Sai Baba est-il venu dans cette maison ? Je croyais l'avoir laissé à Poona quand nous avons déménagé ! Je ne veux pas que mes enfants soient élevées dans l'aveuglement de la foi.

– Tu n'es peut-être pas croyant, moi si.

– Cela va de soi dans ton contexte familial où l'éducation ne tient aucune place.

– Comment peux-tu dire ça ? Si je n'ai pas pu étudier, c'est parce que je me suis mariée. Mon père était vice-Premier ministre du roi ! Deux de mes frères sont architecte et avocat.

– Peut-être, mais le troisième est simple employé de bureau et le quatrième conduit un camion parce qu'il ne sait même pas compter autrement que sur ses doigts.

Combien de fois ai-je insisté pour que tu reprennes tes études ? Tu pourrais passer tes examens de second cycle en candidate libre, mais tu ne le fais pas. Crois-tu que c'est facile, pour moi, d'avoir une femme sans instruction ?

– Et pour moi, après tout ce que j'ai subi, les chocs nerveux dont j'ai souffert, tu crois que c'est facile d'avoir l'air d'une veuve ou d'une chrétienne ? Qu'est-ce que je peux répondre quand on me pose des questions ? Kranti dit que quelqu'un lui a demandé si nous étions chrétiens parce que je n'ai ni *kunku* au front ni *mangalsutra* au cou et que tu m'as ordonné de me couper les cheveux !

– Tu devrais éduquer nos filles, leur faire comprendre que la religion, ça n'a pas d'importance, que ce sont des superstitions, des idées d'arrière-garde. Tu devrais t'estimer heureuse d'avoir épousé un homme moderne. Bien sûr que tu n'es pas une veuve ! Il suffit que tu le saches, pourquoi prêtes-tu attention à ce que disent les gens ? Deviens une femme de progrès, instruis-toi, romps avec ce conservatisme !

– Pourquoi m'as-tu épousée si mes idées rétrogrades te gênent tant ? Je suppose que je n'étais qu'un « cas social » de plus pour toi. Tu aurais dû te trouver une dame de la bonne société portant rouge à lèvres et cheveux courts, qui aurait parlé en anglais avec toi de communisme et de politique. Mais, étant donné ton passé, qui aurait voulu de toi ? Qui d'autre que moi, dont personne ne voulait non plus ! Nous sommes attelés au même joug comme deux animaux de trait. C'est pour ça que tu dois te contenter de métisses bas de gamme comme Barbara d'Costa. Aucune femme sensée de la bonne société ne voudrait être vue en ta compagnie.

– Arrête, ou je t'en colle une !

– Vas-y, frappe-moi. Ce ne sera pas la première fois… Je retournerai chez ma mère demain avec les enfants.

Je trouverai un travail, j'enseignerai le chant. Akka s'occupera d'elles.

– Akka, cette rustre sans cœur qui ne te laisse même pas l'appeler « Ayi » ? Il n'en est pas question. Mes enfants seront élevées dans cette maison. Loin de ta famille rétrograde et de ses superstitions aveugles. Qui a payé tes leçons ? Tu te proclames « Sangeet Visharad », mais sans moi tu ne serais rien du tout. Ta musique m'a coûté vingt pour cent de mon salaire chaque mois. Si j'ai payé, c'est parce que j'ai foi en l'éducation, parce que je crois au progrès. Tu dois arrêter avec cette idiotie de religion ! Il ne sera plus question de Sai Baba et son image disparaîtra d'ici, tu entends ?

La porte du salon de musique s'ouvre sous une violente poussée. Shanti s'aplatit le long de l'étroit pan de mur entre la porte et le lavabo.

Baba ne la voit même pas. Son bras jaillit dans l'encadrement pour jeter à toute volée le cadre de verre, décoré d'un point rouge à l'endroit du front de Sai Baba. L'objet fend les airs et va s'écraser à l'autre extrémité de la véranda, contre le mur de la cuisine.

Shanti sent plus qu'elle n'entend les pleurs étouffés de sa mère. Puis la porte se referme et, regagnant en hâte son lit, elle se glisse sous le drap sans se soucier des moustiques. À côté d'elle, Kranti respire doucement, régulièrement. Shanti jette une jambe par-dessus la taille de sa sœur, ferme les yeux et pose la tête contre les omoplates osseuses de Kranti.

8
Pause lacanienne

Le mauvais temps persiste. Robert-Pierre regarde la pluie s'écouler en nappes liquides le long des vitres malpropres et sent la dépression s'insinuer comme un régiment d'insectes minuscules derrière son col de chemise sale. Il frotte de la main son menton mal rasé et examine le paysage de banlieue lugubre, détrempé, constitué de barres minables – appartements exigus identiques, cages d'escalier couvertes de tags, terrains de jeu pelés.

De l'endroit où il est assis, à l'oblique derrière le divan, il a tout loisir d'observer de près sa patiente, de capter les expressions qui se succèdent sur ses traits. C'est une jeune femme révoltée de trente-cinq ans dont le couple est en train de se désintégrer.

– … les toasts brûlaient. J'étais en train d'habiller la plus jeune et l'aînée tripotait la télé avec ses mains poisseuses. Bien sûr on était en retard pour la crèche et pour l'école, mais pendant que je criais, que les enfants braillaient, Éric, lui, chantonnait dans la salle de bains comme si on n'existait pas…

La voix de la femme régresse à l'arrière-plan de son attention. Son histoire, il la connaît par cœur, il pourrait lui réciter d'une traite tout ce qu'elle vient de dire. Afin de l'observer, il est déjà descendu maintes fois dans son enfer personnel. Il s'y trouve toujours quelqu'un pour prendre des coups. Éric la cogne, elle cogne les enfants, les enfants retournent leur rage contre le chien, un escargot du jardin, une araignée dépourvue de la méfiance ou de l'instinct de survie qui l'aurait propulsée hors de leur vue avant que leurs petits doigts cruels n'arrachent ses pattes velues, écrasent son petit corps dans un craquement croustillant si agréable à l'ouïe...

Aujourd'hui, au lieu de la suivre dans son voyage familier, il repasse dans sa tête la conversation qu'il a eue avec Sophie, l'énormité de la trahison de Kranti, le contenu de sa lettre à Olga Savić, ce qu'il a lu de son journal et les premiers chapitres du récit vivement coloré de son enfance. Ses pensées le taraudent comme une langue opiniâtre asticote une dent malade pour localiser la petite crevasse qui lui donnera accès à la source de la douleur.

– ... je ne sais pas comment ça se déclenche. C'est comme si quelque chose se cassait en moi tout d'un coup, et je craque. J'aurais voulu gifler cet idiot d'Éric pour son égoïsme et je me suis retrouvée giflant Émilie à sa place. Je la giflais et je la secouais parce que maintenant tout était collant à cause d'elle, le canapé, la télé, la table, et que je me voyais passant mon samedi matin à nettoyer les meubles – il fallait que tout soit nickel, les potes d'Éric devaient venir regarder le match avec lui. Je n'arrêtais pas de la gifler et de la cogner, elle criait, le bébé hurlait. Alors Éric m'a attrapée par le col et m'a dit : « T'es folle ou quoi ? » J'ai lâché Émilie et je me suis enfermée dans la salle de bains pour pleurer. Je ne pouvais plus m'arrêter. C'est lui qui a déposé les enfants à l'école et à la crèche en allant travailler, et voilà, comme d'habitude, c'est moi la mauvaise mère, la mère indigne...

Elle s'est abîmée dans son chagrin à gros sanglots bruyamment ravalés. Sa tête penchée laisse pendre une chevelure à la teinture criarde et aux mèches torsadées qui s'agitent comme se tortillent les serpents nouveau-nés. Médée des temps modernes maltraitant ses enfants pour se venger de son époux ? Il suit d'un œil indifférent le filet luisant qui glisse le long du sillon naso-labial et va se lover sous forme de goutte dans la crevasse de la bouche.

Le reniflement maladroit qu'elle a pour ravaler sa morve lui répugne. Il lui tend la boîte de mouchoirs en papier tout en détaillant le violet écaillé de ses ongles et ses bottes cloutées terminées en pointe. Une irritation dégoûtée dévale en lui à la manière d'un glissement de terrain et endigue le cours de ce que Sophie appelle ironiquement sa « tendresse pro-prolétaire » pour expliquer le bénévolat d'âme sensible auquel il se soumet une fois par semaine dans ce centre médico-social.

– Nous arrêterons là pour aujourd'hui, coupe-t-il d'un ton sec.

– Mais on vient seulement de commencer ! regimbe-t-elle en tournant vers lui un regard de protestation.

– Nous avons déjà vu tout cela, et cette séance ne nous apporte rien. Nous reprendrons la prochaine fois.

– J'ai encore le droit de parler. Je paie pour quarante minutes.

– La question n'est pas là. Il s'agit de ce que nous appelons une « pause lacanienne », déclare-t-il avec brusquerie. Même heure la semaine prochaine.

En deux mots savants, il l'a réduite au silence, dissimulant sa colère derrière un ton d'autorité, et lui dénie jusqu'à la satisfaction du reproche. Il ne prend pas la peine de lui expliquer que la somme symbolique versée par elle ne lui revient pas, mais va alimenter les caisses du centre pour contribuer à son fonctionnement. Il reporte son attention sur les dossiers de patients posés sur le lourd bureau gris acier et refuse de lever les yeux vers elle tandis qu'elle enfile lentement son manteau et le fixe d'un regard triste et mouillé. Puis elle sort en soupirant.

C'est la première fois qu'il fait ça, qu'il autorise ses problèmes personnels à franchir le seuil de son cabinet de consultation. Il se sent mal, il s'en veut, ses pensées indisciplinées s'égarent.

Kranti embrasse Pierre Keller comme si sa vie en dépendait. Son corps lumineux, perlé de sueur, affamé, est tendu dans l'attente de l'étreinte et elle gémit de plaisir tandis que Keller fait enfler sur sa nuque des suçons rouge violacé. Robert-Pierre est tétanisé de douleur, de colère… et d'excitation.

– La garce ! murmure-t-il.

Pourtant, qui sait si tout cela est vrai ? Maintenant elle s'est esquivée, et aujourd'hui l'heure n'est plus aux certitudes.

« Ce que j'ai fait, je dois le payer de ma vie. » La seule phrase qu'il se rappelle presque mot pour mot de la lettre de Kranti à Olga Savić lui revient à l'esprit. Comment a-t-elle pu entre-temps se construire une personnalité aussi raffinée et maîtresse d'elle-même ? Est-ce cet édifice qui a brusquement cédé ? Qu'a-t-elle bien pu faire de si vil ? Trompé ? Volé ? Tué ? Abandonné un enfant ? La question ne lui laisse aucun répit. Elle fait obstacle à ses efforts pour déchiffrer l'écriture sinueuse de Kranti et brouille sa lecture d'une narration déjà quelque peu touffue.

Le cahier noir, dans un contraste marqué avec les confidences faites à Keller, possède une naïveté de conte de fées. Il contient toutefois des descriptions détaillées de toutes sortes de plantes vénéneuses avec leurs symptômes soigneusement indiqués en caractères d'imprimerie, des notes sur des produits pharmaceutiques, leur posologie et leurs effets, des détails abondants sur la strychnine, le cyanure, le cytise, le sumac. Une effroyable litanie de mort. Favorisée, il n'en doute plus, par Pierre Keller. « Voilà qui a dû éclairer la lanterne de ce sinistre imbécile d'inspecteur Laporte, se dit-il. De telles révélations auraient dispensé n'importe quel enquêteur d'une note de suicide. Il m'a persécuté pour le plaisir, alors qu'il aurait dû s'en prendre à Keller. »

Pourtant, tout horrifié qu'il est par ces détails, c'est le cahier rouge qui l'intrigue le plus. Contient-il des éléments de vérité ? A-t-elle réellement vécu ce qui s'y trouve écrit ?

Il tente de se concentrer sur la tâche la plus urgente. Le meilleur moment pour récupérer ses affaires, c'est maintenant. Il dispose de deux heures avant que Sophie revienne du lycée. Il ne serait pas raisonnable de chercher à la revoir tout de suite.

Une fois annulés ses rendez-vous de l'après-midi, il prend le chemin du domicile conjugal.

Dans l'appartement, c'est le silence. Robert-Pierre erre d'une pièce à l'autre, scrutant comme s'il les voyait pour la première fois les chaises Louis XVI tapissées de velours brun-rose, les parquets grinçants, les candélabres en argent, le pare-feu en laiton. L'esthétique austère du salon contraste vivement avec l'orgie de couleurs chaudes et orientales qu'il vient de quitter. Il s'attarde un instant dans la chambre de Sophie, inhale longuement l'effluve de lavande d'une pile de linge repassé de frais et songe à sa double vie.

Lorsqu'il passe dans son bureau, son regard se pose sur la petite déesse en bronze que Kranti lui a offerte pour Noël. Il sait qu'elle avait dû casser sa tirelire pour payer l'objet.

« J'aurais voulu te la donner à temps pour Lakshmi Puja, lui avait-elle dit avant de lui expliquer les fonctions de la déesse, parèdre de Vishnou et puissance bienfaitrice prodigue de dons. Tu aurais pu la prier de t'accorder santé, longévité, prouesses sexuelles, plus un bon pécule ! C'est encore possible, bien sûr, il n'est jamais trop tard pour bien faire. À moins que tu ne préfères tenter ta chance l'année prochaine. » Elle avait parlé des canons indiens de la beauté féminine : une taille creusée, très fine, des seins hauts, ronds et opulents aux mamelons saillants, des hanches généreuses, des cuisses évasées et toujours, immanquablement, un coussinet sensuel au niveau du ventre, descendant en pente douce vers le nombril. « Aux antipodes de vos mannequins plats comme des limandes et des femmes lourdement charpentées de Titien, aux formes plantureuses, avait-elle remarqué, tournant fiévreusement les pages d'un livre sur la sculpture indienne. Nos déesses avaient les os fins, la taille étroite, l'air réservé, mais, attention, de la séduction à revendre ! »

« C'est vrai », pense-t-il en caressant les amples contours de Lakshmi. Il se demande si Sophie s'était interrogée sur la collection fournie d'objets indiens de son bureau, les miniatures de Nathdwara, les catalogues d'expositions, les boîtes à bétel en argent, le casse-noix ouvragé, l'éventail en tissu ; si elle a noté la disparition récente de la tête d'Africaine en ivoire rapportée du Sénégal. Rien n'échappe à sa femme, il le sait, mais elle s'abstient discrètement de tout commentaire.

Robert-Pierre entre dans sa garde-robe, considère ses costumes et ses cravates pendus en rangées régulières au-dessus d'une ligne bien ordonnée de chaussures cirées. Il dépose sur le lit cinq ou six chemises, des cravates, des mouchoirs et deux ou trois complets, puis entreprend de ranger le tout dans une valise en cuir noir.

En sortant, il laisse son trousseau de clés dans l'entrée pour répondre au désir de Sophie et le lui signifier. C'est aussi un bon moyen de s'assurer qu'elle sera là le jour où il reviendra après avoir appelé pour dire qu'il a oublié quelque chose.

Arrivé rue Chardon-Lagache, il ouvre la penderie et pousse les robes de Kranti pour faire de la place à ses vêtements.

Rien n'aurait fait plus grand plaisir à son amie que de le voir s'installer chez elle. Alors qu'ils se fréquentaient depuis un an, elle avait fait allusion à une cohabitation possible, mais il ne l'a jamais laissée formuler clairement son désir et lui a toujours fait comprendre qu'il ne quitterait jamais le domicile de sa femme, que sa place était auprès d'elle. En voyant ses tenues rangées contre les siennes, il se demande si elle sait. Il faudra bien un jour qu'il se débarrasse des vêtements de Kranti, mais plus tard.

Un sac de courses et un plat couvert l'attendent sur la table. C'est une cassolette de veau qui tire sur la goulasch hongroise, lui révèlent ses narines. Le cabas contient du lait, du beurre, des œufs, des tomates, du café et un sachet de laitue prête à l'emploi. Une note y est jointe, un message bref, qui dit : *Bonne chance ! Si vous avez besoin de quelque chose, téléphonez-moi ou venez frapper à ma porte. Nous ne sortons jamais ! Olga.*

Ils étaient censés dîner dehors, ce soir. « Que va porter Sophie ? se demande-t-il. Et qu'attend-elle de moi ? » Comme Alain et Yasmina sont ses amis à elle plus que les siens, il fait ce qu'il juge le plus convenable et se décommande. « C'est juste une séparation temporaire, déclare-t-il à Alain, rien de sérieux. » Elle leur racontera. Il peut compter sur Sophie pour éluder les questions sans s'expliquer. Expliquer quoi, de toute façon ? Alain est l'avocat des Taquet. Il espère qu'elle n'est pas en train d'entamer une procédure de divorce. Une vie séparé d'elle lui serait insupportable.

Il se rase, prend une douche, déjeune et fait la sieste. Puis, assis sur un des sofas rouges, il allume la télévision. Il tombe sur une rediffusion du match PSG-OM au Parc des Princes, une confrontation meurtrière, sous les cris hystériques des supporters. Il aime le football et d'ordinaire se prend au jeu, mais, aujourd'hui, il ne tient pas en place, peut-être parce qu'il connaît le résultat ? Il traîne un instant, morose, près de la fenêtre ; ses yeux vont du carrefour à l'hôtel Sofitel, repères familiers qui ne lui laissent désormais aucun répit. Finalement, il s'assied au bureau de Kranti avec une tasse de café et se replonge impatiemment dans ses cahiers.

9

Le cahier noir

22 novembre 2005

À chaque fin succède un commencement. Du moins j'aime à le croire. Je pense que je reviendrai à ces pages chaque fois que je prendrai un nouveau départ. Nous verrons bien, alors, combien il y a eu de fins, et combien de débuts…

24 novembre 2005

Vingt-deux heures cinquante. Je reviens toujours trop tard à ces pages. Mais, comme le dit R. au sujet de son travail, la discipline est le maître mot de l'affaire. Encore faut-il avoir la discipline d'être discipliné. Tenir R. à distance, écrire chaque jour doivent devenir mes objectifs prioritaires au cours des deux mois qui viennent.

Aujourd'hui, c'est l'anniversaire de Baba. Il me manque. En dépit de tout ce qu'il a fait de mal, j'ai le cœur gros en pensant à lui, et les larmes me montent aux yeux. Est-ce que j'ajoute vraiment foi aux horreurs que je vomis dans ce cahier ? Je l'ai traité de fouine. Pourtant, quand nous étions petites, il était un père merveilleux et c'est ce qui surnage, je crois, l'emprise de ces premiers souvenirs de bonheur, de pure félicité.

Je fais de lui un tyran, un salaud cruel, égoïste. Était-ce sa nature ou ce qu'il était devenu ? Est-ce son addiction à l'alcool et au sexe qui a éveillé en lui cet homme-là ? Il arborait cette émotion, ce sourire resplendissant, s'abandonnait à l'excès immédiatement aux larmes quand on lui racontait une histoire cruelle ou touchante, fût-elle sentimentale. On dit que les dictateurs aiment les enfants en bas âge et sont gentils envers les chiens. Eh bien, Baba était un peu comme ça – même s'il détestait les chiens ! Mais sa complaisance envers lui-même, sa dévotion à sa personne et aux plaisirs hédonistes étaient inébranlables.

Comment nous étions-nous laissé influencer par lui ? C'est que, avant de devenir un fainéant imbibé d'alcool, il était intelligent, beau et cultivé, indubitablement.

Nous, les trois femmes de la maison (car à cette époque, Taï et moi n'étions plus des petites filles pétrifiées d'admiration mais deux jeunes femmes accomplies, pourvues d'un solide sens critique), nous voyions clair dans son jeu, nous le connaissions, nous savions qu'il était un imposteur. Pourtant nous l'aimions et nous nous le disputions. Âprement.

Avec le recul, je m'aperçois que je n'ai jamais aimé ni haï quelqu'un aussi pleinement, sincèrement et absolument que j'ai aimé et haï mon père. Il était audacieux, farouche, malin, merveilleux, joueur. Il défiait toutes les conventions qui s'attachent au rôle de père tel que le conçoit la culture indienne.

Longtemps, très longtemps, nous l'avons adulé, Taï et moi. Il est resté à mes yeux l'homme doué, généreux, juste et bienveillant, le père parfait qui nous punissait seulement quand nous avions commis un méfait, jusqu'au jour de mes quinze ans où j'ai ouvert les yeux, où le serpent enroulé dans le coffrage du volet du garage est tombé, où tout s'est écroulé.

On a tiré Ayi d'affaire, on l'a sortie de cette épouvantable nuit noire. Mais l'Ayi que nous connaissions n'était plus là, elle était partie pour ne plus jamais revenir, elle avait disparu quelque part au détour du chemin qui l'avait ramenée à la vie. Plus tard, dans un accès de lucidité, elle raconterait qu'elle avait éprouvé à plusieurs reprises, lors de ses absences, la sensation fugitive d'une promesse de liberté, de la possibilité de s'échapper vers un lieu plus heureux et plus tranquille.

Des aiguilles plantées dans les deux bras pour perfuser simultanément glucose et sodium, un tube dans le nez, un autre, en plastique fin, introduit dans une veine par incision à sa cheville pour lui transfuser du sang goutte à goutte : ce petit conduit, devenu au fil des mois un dispositif permanent, garantissait en outre un accès direct et commode à son corps par lequel on pouvait injecter les médicaments et ponctionner des fioles et des fioles de sang pour des examens de plus en plus nombreux.

Baba prenait la situation à la blague : « Oh, elle est nourrie par le nez. Ce matin, on lui a fait ingurgiter un œuf ou deux, en plus d'un verre de lait, d'un jus d'orange et, bien sûr, de ses médicaments. C'est très pratique, cette façon d'alimenter les gens. Garantie sans taches et sans bavures. Aucune goutte ne s'égare entre la tasse et les lèvres, ha ha ! »

Taï, pour sa part, refusa de se rendre à l'hôpital les deux premières semaines. Elle ne supportait pas la vue du sang.

Quant à moi, je ne suis pas sûre d'avoir compris ce que signifiait le fait de perdre sa mère. Je me conduisais comme si tout était parfaitement normal, et ma meilleure amie d'alors m'était pour cela d'un grand secours. Mais aujourd'hui, rétrospectivement, je m'aperçois que cet égoïsme sans limites était devenu partie intégrante de notre philosophie familiale.

Nous étions tous trois si terriblement préoccupés de nous-mêmes qu'en vérité nous ne nous souciions pas le moins du monde de ce qu'Ayi pouvait ressentir. Elle aurait pu rester alitée jusqu'à la fin du monde sans que cela nous émeuve. Ou peut-être suis-je trop sévère, peut-être étions-nous simplement dans le déni.

Un jour, Baba, rentrant du travail vers midi, m'a trouvée dansant avec abandon sur un tube du moment, « Summer Wine », « Delilah » ou quelque chose d'approchant, acheté chez Banga Rhythm Corner à Chandigarh. Ma chambre, à peine plus qu'un couloir en sandwich entre l'office et la salle de bains que je partageais avec Taï, était un espace exigu et triste à la moquette grise en feutre élimé, meublé d'une table en bois écaillé, d'une chaise, d'un lit de corde et d'un placard qui sentait le ciment humide. Baba s'est emporté contre moi. Ne me trouvais-je donc pas indécente, à danser alors que ma mère était en train de mourir ?

Me sentant coupable, j'ai soulevé le bras du pick-up. « Il a raison, évidemment, comment ai-je pu ? » me suis-je d'abord dit. Et j'ai peint sur mes traits une expression endeuillée de circonstance. Mais au fond, je n'étais ni triste ni apathique. Je bouillais de colère. C'était une furie sans motif apparent, aveugle, et qui, par-dessus le marché, restait inexprimée.

Il ne me serait jamais venu à l'idée de lui rétorquer : « Et toi ? Comment peux-tu revenir écluser du gin et faire de longues siestes l'après-midi en sachant que ta femme se meurt ? Qu'est-ce que tu fais quand tu n'es ni à la maison ni au bureau, ou quand tu oublies de te présenter à l'hôpital par un après-midi d'été lourd et moite ? » Il m'était impossible d'héberger des pensées négatives envers la personne que j'aimais le plus au monde et, en dépit de tous les signes, je refusais obstinément d'admettre qu'il eût pu faire quoi que ce soit de mal. Loyauté aveugle, j'imagine. Ou amour aveugle, peut-être.

Il ne cessait de se plaindre qu'il travaillait très dur, qu'il se sacrifiait pour des filles ingrates et pour une épouse chamailleuse dont il devait à présent payer les notes d'hôpital. J'étais sincèrement touchée, je compatissais pour de bon, profondément. Tout en refusant de l'admettre, je le soupçonnais de fréquenter ces cabarets nocturnes où les danseuses n'étaient guère plus que des prostituées à la poitrine provocante. J'ignorais alors complètement qu'il harcelait des femmes désarmées, sans éducation ni moyens, qui découvraient que l'emploi auquel elles avaient postulé n'avait pas grand-chose à voir avec la gestion des réclamations adressées à la compagnie d'assurances, mais impliquait de satisfaire les pulsions donjuanistes de leur patron sur le divan de son bureau. Comment aurais-je pu deviner que ses réunions autour d'une bonne bière, le dimanche, en compagnie de ses copains experts et garagistes, n'étaient qu'un leurre derrière lequel se dissimulait une véritable fabrique de fausses déclarations qui dépouillaient la compagnie de centaines de milliers de roupies ?

Peut-être était-il commode de ne pas savoir, de ne pas poser de questions. Grâce à son salaire avantageux, arrondi du fruit de ses escroqueries, Baba était toujours sûr d'avoir de l'argent plein les poches. Et c'était un billet de cent roupies crissant, tout neuf, extrait nonchalamment d'une de ces liasses devant le plus grand monde possible, qui m'avait valu la possession de « Pearly Shells » de Pat Boone, de « Delilah » de Tom Jones, de l'album des Beatles et d'un cadeau-surprise, la guitare hawaïenne au cylindre plaqué chrome dont j'ai bientôt appris à faire bon usage.

Une guitare hawaïenne ne se prête pas aux saccades du rock'n'roll. C'est un instrument massif dont on joue assis à l'aide d'un plectre en plastique en faisant glisser le cylindre le long des cordes pour produire un son lancinant et plaintif. Grâce au cylindre, le son se prolonge et se mêle au suivant – c'est tout sauf sexy. J'étais furieuse, évidemment. J'aurais voulu une guitare classique, une guitare dont on pouvait jouer debout comme une véritable idole de la pop. Et j'ai boudé ce cadeau de prix acheté sans mon consentement, sans qu'on m'ait consultée.

En fait, j'aurais boudé presque n'importe quoi. Mon humeur maussade était le reflet d'une crise d'adolescence en plein essor. Je venais de découvrir, par l'intermédiaire d'un roman porno introduit clandestinement entre les murs de la fac par une des filles plus âgées, la mécanique obscène de l'acte sexuel. Cette découverte m'avait, littéralement parlant, liquéfiée. Je désespérais de rencontrer des garçons, mais j'étais terrifiée à l'idée qu'on puisse me considérer comme une dépravée et, contrairement à certaines de mes camarades de classe, je n'avais pas la chance d'avoir un frère aîné qui m'eût présentée à tous ses séduisants amis (tous, en fait, de jeunes empotés boutonneux, du genre que je n'allais pas tarder à abhorrer, mais peu m'importait alors).

Je passais la plupart de mes nuits à me faire fondre jusqu'à l'assèchement en contractant mon vagin autour du cylindre de guitare maigrichon, mon esprit en feu fantasmant follement sur un rapport sexuel très cru, mâtiné d'amour romantique. Je puisais mon inspiration dans les gros plans de vedettes masculines efféminées du cinéma hindi (le terme « Bollywood » n'existait pas encore) dont les traits lubriques assuraient une ressemblance avec ceux de mon père et dans ce que j'imaginais être un rapport sexuel sous sa forme la plus fruste. Mais j'avais beau essayer, je ne parvenais pas à me représenter mes parents à l'œuvre, d'autant moins qu'Ayi avait l'air d'une victime des grandes famines.

Chaque après-midi, après les cours, j'allais m'asseoir au chevet de ma mère à l'hôpital. Je prenais mon vélo ou un bus pour le secteur 14 de l'université, puis je traversais à pied vers l'hôpital et le secteur 12. Le secteur 13 ne figurait nulle part sur la carte, mais je savais qu'il existait: c'était le champ de crémation.

Ayi est sortie du coma – ou devrais-je dire qu'elle a émergé? Refait surface? Est-ce arrivé brusquement? Progressivement? S'est-elle réveillée comme Rip Van Winkle pour trouver un monde différent de celui qu'elle avait quitté ou n'a-t-elle eu, comme Blanche-Neige, qu'à cligner des paupières?

Elle avait subi des changements physiques terribles. Comme la salive s'écoulait continuellement de sa bouche sans qu'elle puisse la retenir, nous posions une serviette sur sa poitrine en manière de bavette. Puis elle a commencé à babiller et à mouiller son lit. Ses mains se sont mises à trembler, à se tordre, à se mouvoir en cercles erratiques saccadés – « mouvements anormaux involontaires », disaient les médecins –, comme mues par un robot invisible.

Que lui était-il arrivé? Elle jacassait – la plupart du temps pour ne rien dire de sensé. Elle avait des mouvements gauches des épaules. Non seulement elle ne marchait pas, mais elle ne pouvait ni se dresser sur son séant ni rester debout sans soutien. Ma mère altière, si droite, se tenait à présent penchée, contractée, le torse creux. Son dossier médical était émaillé de points d'interrogation. Symptômes post-encéphalitiques? Parkinson? On ne pouvait trancher. Un seul « p » n'a jamais figuré au rang des hypothèses, celui du mot « poison ».

En effet, je l'ignorais à l'époque, mais j'ai appris des années plus tard de la bouche de Tante Saraswati que les médecins soupçonnaient mon père de tentative d'empoisonnement sur la personne d'Ayi. Alors que je lui rendais visite dans son appartement de veuve solitaire proche de Bangana Pond, elle m'a confié: « Ils nous ont dit de fouiller la maison de fond en comble et de leur apporter tous les comprimés, liquides, sirops et poudres que nous aurions pu trouver. Mais ton père était bien trop malin pour laisser traîner quoi que ce soit de compromettant.» Je me suis esclaffée, ce jour-là, mais à présent il m'arrive de me poser des questions.

Il est vrai que leurs disputes avaient atteint un paroxysme juste avant qu'Ayi tombe malade. Ils se querellaient violemment, parfois jusqu'au petit matin. Baba, qui buvait souvent plus que de raison, l'injuriait copieusement. Elle l'accusait de fornication avec ses secrétaires au bureau, de lancer des œillades à la bonne, à la cuisinière, à la fille de douze ans de la blanchisseuse. Follement amoureuse de lui, je m'obstinais à nier l'évidence et je suis longtemps restée convaincue que ma mère n'était qu'une casse-pieds égoïste et une rabat-joie. Puis, le temps passant, alors que s'accentuaient l'instabilité et les aberrations de son comportement, j'ai fini par croire qu'elle était tout bonnement folle à lier.

Parfois, les mots qui sortaient de la bouche d'Ayi auraient fait rougir un matelot. «Fils de pute», «enculé», «mac», «sodomite», «bhosadicha», «randicha», «mawali», «haramkhor» s'associaient en combinaisons infinies. Mais l'empoisonner?... Mon esprit ne parvenait pas à l'imaginer.

C'est à l'hôpital de Chandigarh que Taï et moi avons appris l'existence de secrets anciens lorsque l'infirmière nous a demandé: «Vos parents se sont épousés en secondes noces, si j'ai bien compris?» Nous avons bafouillé un «non» ahuri. «Tais-toi. On ne leur a probablement rien dit», l'a mise en garde sa collègue.

Mais Taï a fait parler Ayi. Elle a attendu le retour d'une de ses phases de volubilité pour lui laisser entendre qu'elle était au courant de son premier mariage. Ayi n'a pas eu l'air surprise. Elle n'a pas demandé à Taï comment elle l'avait appris, elle n'a pas cherché à nier. C'était comme si un tabou très ancien venait d'être brisé, un mur de silence démoli. Elle a ouvert la bouche et elle a parlé, parlé, comme pour ne jamais plus s'arrêter : « C'était un homo, un gandu impuissant. Et c'est mon propre frère qui m'a fait épouser cet homme qui n'en était pas un, son enculé d'amant ! Quel frère infligerait une chose pareille à sa sœur ? enrageait-elle, maudissant Raghunath, son aîné. J'avais seize ans, j'étais belle. Je voulais chanter et danser. Par l'intermédiaire d'Akka, j'avais déjà reçu des propositions de chasseurs de talents des studios de cinéma V. Shantaram. J'aurais pu devenir actrice, j'aurais pu faire carrière, et au lieu de ça je suis devenue veuve encore vierge. Avez-vous idée de ce que ça peut être ? Veuve à seize ans sans avoir été déflorée ? J'en veux moins à ce crétin de gandu qu'à ce vieux dégoûtant de Raghunath. J'étais naïve, mais pas à ce point. Je savais ce qui se passait entre mari et femme derrière la porte de leur chambre, j'avais vu faire des chiens. Mon mari ne pouvait pas supporter de s'asseoir un moment à côté de moi, mais les sons qui s'échappaient de la chambre quand Raghunath venait rendre visite soi-disant à sa sœur cadette auraient fait rougir de honte une prostituée. » Ayi nous avait littéralement jeté les mots à la figure.

D'instinct, nous avions toujours trouvé Raghunath antipathique, Taï et moi. Comme tous ses frères, il était grand et ses photos de jeunesse le montraient beau, doté d'un charme juvénile et du sourire en biais hollywoodien qui faisait rage dans les années quarante. Avec l'âge, ayant perdu sa fraîcheur et sa séduction, il n'était plus qu'un pauvre type maussade, prêcheur de pacotille, rongé par l'avarice. À Bombay, il s'était élevé dans l'administration au poste de commissaire adjoint à la fiscalité commerciale et il plastronnait, affichant son honnêteté comme d'autres s'épinglent sur la poitrine une quincaillerie de médailles. « J'aurais pu être riche, beaucoup plus riche que votre père, nous a-t-il dit un jour. On m'a offert des milliers de roupies, mais je n'ai jamais accepté le moindre pot-de-vin. Résultat : vous roulez dans vos voitures chic pendant que nous vivons sur un salaire de fonctionnaire dans cet appartement exigu. » Ce « nous » incluait ma grand-mère maternelle. Raghunath ne manquait jamais une occasion de raconter comment il avait sacrifié sa vie et son bonheur à l'éducation de ses plus jeunes frères dans des universités anglaises afin qu'ils fissent de bons mariages et qu'ils mènent une existence agréable ; comment il avait renoncé à se marier pour veiller sur sa mère. Mais Ayi savait bien qu'il n'en était rien.

Il avait beau se vanter de vivre dans la simplicité en cultivant de nobles pensées, j'ai senti dès mon plus jeune âge qu'Oncle Raghunath était malheureux, chargé d'un lourd passé, d'un gros coffre-fort de souvenirs coupables fermé à double tour. La présence de ma mère était pour lui un reproche constant, la virilité de mon père une épine dans le pied ; et notre existence un rappel narquois de sa propre stérilité.

Il m'a fallu trente ans pour reconstituer toute l'histoire.

Janvier 2006

Noël est passé, le nouvel an est venu et je me débats toujours. J'essaie d'écrire « je », mais je me surprends à écrire « R. ». Il doit s'agir d'un lapsus freudien.

Je crois que c'est fini. Il ne me le dit pas, mais il n'y a pas grand-chose à dire. Nous sommes à bout de souffle, à bout de mots, à bout d'histoires à nous raconter. J'ai envie de l'appeler pour lui demander : « C'est fini, c'est ça ? », pour le pousser à me répondre que non, que je dis des bêtises. Mais je ne me fais pas d'illusions, pour R. je ne suis qu'un jouet exotique, cassé par-dessus le marché. Belle et créative, je l'aurai à mes pieds. Si je cesse de l'être, il m'échappera, il s'envolera.

Mon travail de styliste, c'est du vent, rien qui me tienne à cœur, juste un truc commercial. Quel couturier produit de l'Art avec un A majuscule à l'exception de Chanel, d'Alaïa, de Saint-Laurent ou de Courrèges ? Mes dessins me permettent de payer le loyer et de m'acheter de quoi manger, mais ils ne me gagnent pas le cœur de R. Il y jette à peine un coup d'œil, et quand il le fait, c'est sans en avoir l'air, comme s'il avait honte. Est-ce pour cela que nos univers ne communiquent pas ? Après tous les Turner, Tintoret, Titien et Carpaccio que nous avons vus ensemble, après Klimt, Beckmann, Dalí, Freud et Picasso, comment oserais-je lui montrer mes toiles ? Il rirait de son petit rire gentil et m'appellerait son « pauvre canard ».

Je n'ai pas vu Pierre depuis très longtemps. C'est simple, je n'ai rien encore à lui montrer. Je dois suivre son conseil : tout mettre par écrit, faire remonter à la surface cette espèce de tumeur maligne, visqueuse, truffée d'asticots, afin d'examiner pour de bon ce qui me ronge.

Il faut tout cracher, c'est la seule solution, si tant est qu'il en existe une. Des vérités effroyables se terrent à l'intérieur, mais, si dures soient-elles, elles doivent être dites. Toute cette façon de ressasser ne me sert qu'à éluder, j'en ai bien peur. Ce n'est qu'une tactique visant à me protéger de la confrontation directe avec ce qui importe, c'est-à-dire avec leur histoire, notre histoire, mon histoire.

Il ne serait pas inexact de dire que mon monde s'est écroulé – j'avais quinze ans. Pour autant, il serait faux de prétendre que tout nous est tombé subitement sur la tête comme la bombe sur Hiroshima ou Nagasaki, comme ça, en une nanoseconde qui aurait ouvert l'enfer sous nos pieds. Des signes avant-coureurs auraient pu nous alerter. Et si les querelles fréquentes de nos parents, nos déménagements incessants, nos changements d'école, d'amis, d'université avaient été des aperçus de l'enfer, la maladie d'Ayi était de loin le plus insupportable de tous.

Comment nous sommes-nous débrouillés ? D'abord, nous avons engagé un cuisinier, Ram Singh, un Bihari lourd et gauche qui nous servait des currys de mouton mal cuits baignant dans une sauce aqueuse, accompagnés de chapati épais et informes. Les autres domestiques allaient et venaient en fonction de leurs propres besoins. Les sols, dans les coins, devenaient grisâtres ; à l'office, une couche de poussière de deux centimètres d'épaisseur recouvrait les assiettes inutilisées, et il y avait toujours une montagne de vêtements en attente de lessive et de repassage.

Seul le jardinier faisait son travail. Il sifflotait des chansons populaires hindies tout en taillant les rosiers favoris d'Ayi ou en installant une treille pour faire grimper les pois. Elle aimait son potager et il en prenait aussi grand soin que si elle lui en avait confié la garde. Il déterrait ses pommes de terre, nous rapportait carottes, laitues, radis, fèves, aubergines, gombos, tomates et courges. Ce déluge de légumes occupait tout l'espace de l'office. Un jour, je me suis cogné l'orteil contre une citrouille énorme. La cuisine puait l'oignon moisi.

Nous ne voyions pas passer les saisons. Nous ne nous occupions de rien dans la maison, Taï et moi ; quant à Baba, il était pratiquement toujours absent. Nous nous croisions parfois autour du petit déjeuner ou dînions à la même table sans nouer de véritable échange. N'importe qui aurait pu alors entrer dans la maison et vider les pièces inoccupées de tout ce qu'elles contenaient.

C'est à cette époque que j'ai commencé à peindre. Baba m'avait offert un chevalet, ma première toile vierge et une boîte de couleurs pour mes seize ans. Nous avions célébré mon anniversaire sans fanfare, dans la tristesse, alors qu'Ayi était encore à l'hôpital.

Je me revois faisant jaillir du tube une pâte flamboyante pour tracer les contours d'une fleur, les remplir de nuances de violet, de rose vif, sans l'aide d'un crayon, sans dessin préalable, juste la peinture à l'état pur, crue, luisante sur la toile. La maison de Babuji à Poona en émergeait avec son allée bordée de crotons en pots. Ici une touche de couleur, là une autre, et mon enfance, brillante, humide, m'était miraculeusement rendue dans toute sa vie.

Je m'en serais évanouie de plaisir. J'avais toujours été bonne en dessin, mais personne ne m'avait encouragée à développer ce talent. « C'est très bien, Kranti, mais ce ne sont pas tes bonnes notes en dessin qui vont t'ouvrir une carrière, tu ne peux pas en faire ta profession », me disait-on.

Pendant la maladie d'Ayi, peindre me réconfortait un peu, et j'y trouvais un ancrage qui ne s'est jamais démenti. Oncle Nana, son frère, principal au collège d'architecture, me poussait à progresser: « Arrête de faire du décoratif, me rabrouait-il, tu possèdes une patte et tu as beaucoup d'émotion à exprimer, alors vas-y. » C'est lui qui m'a initiée à la peinture des vieux maîtres – Vinci, Vermeer, Rembrandt, Goya, Titien, le Tintoret, Vélasquez – en m'apportant des lithos qu'il empruntait à la bibliothèque de son collège. Il m'a ouverte au monde des pointillistes, des surréalistes et des fauves, des sécessionnistes, des cubistes. Il m'a parlé de Ravi Varma, de Jamini Roy et de l'école du Bengale, m'a révélé l'émerveillement naïf d'Alpana et la beauté classique des motifs traditionnels indiens. Il a posé les fondations sur lesquelles je devais plus tard construire ma pratique. Sous son crâne chauve et démesuré, derrière sa lourde mâchoire, j'ai découvert un cœur sensible, ouvert à la poésie.

Quand Ayi était à l'hôpital, la maison avait perdu son âme et nous ne nous en rendions même pas compte. Je me rappelle la première fois qu'elle est revenue. C'était l'hiver, les plantes étaient en fleurs. Ses roses noires exhalaient un parfum divin. Elle portait un salwar-kamiz gris pâle. Baba avait décrété que les saris étaient trop incommodes, et le pantalon-tunique punjabi était devenu sa tenue d'hôpital. Pour pouvoir baisser plus facilement le salwar, on avait remplacé le cordon de la ceinture par un élastique. J'avais été chargée de faire confectionner six de ces ensembles par le tailleur du coin, et j'avais augmenté le prix de la commande d'une somme rondelette à mon profit.

Ses cheveux étaient coupés court, sans un fil de gris. Elle avait l'air affaiblie et fragile, mais elle était restée belle. Pour sortir de la voiture, elle s'est appuyée de tout son poids sur Baba et sur moi, mais elle a refusé d'entrer dans la maison. Elle voulait d'abord s'attarder au jardin, respirer les fleurs, faire le point sur les massifs de semis. « Il y a huit mois que je n'avais pas senti le soleil sur mon dos et la terre sous mes pieds », a-t-elle dit avant de franchir le seuil.

Chaque fois qu'elle arrivait à la maison après un séjour à l'hôpital, Ayi paraissait aller bien, puis les vomissements la reprenaient, assortis de torsions des poignets et des mains, d'hallucinations et d'accès de rage. Au bout de plusieurs jours, elle était de nouveau confiée aux médecins, dans un état de déshydratation extrême.

Alors elle se mettait à parler, à décrire les mille et une humiliations que Babuji et les frères de Baba lui avaient fait subir. Elle était brahmane, elle aussi, mais le clan non végétarien des Saraswat dont elle faisait partie était de statut inférieur au clan des Chitpavan qui était le leur. « Le teint blême du gecko et les dents en râteau », se plaisait-elle à dire de ses belles-sœurs instruites. Pourtant, je savais qu'elle enviait leurs yeux gris-vert, leur chevelure châtain terne et leur squelette anguleux, traits caractéristiques de ces femmes Chitpavan.

Je l'ai trouvée un jour suppliant Baba. Elle cherchait à lui saisir le pied et il tentait de l'en empêcher.

« Je t'en prie, Vijay, laisse-moi chanter juste un bhajan à Shiva, juste un, s'il te plaît…

– Mais oui, mais oui… » répétait-il, ayant enfin compris les ravages que sa croisade contre la religion et toute forme de culte avait provoqués.

Elle ne l'entendait pas, elle était ailleurs, quelque part où tout lui était toujours refusé, l'implorant sans relâche dans un gémissement plaintif.

Plusieurs années auparavant, à Meerut, une ville de province sale où Baba avait provisoirement installé ses quartiers, il avait convaincu Ayi de se couper les cheveux et de se faire appliquer une permanente. La permanente ne tenait plus depuis longtemps, bien sûr, mais ses cheveux encadraient son visage en ondulations douces que je trouvais très jolies.

Ce n'était toutefois pas l'idée que Baba en avait. Un jour, il est revenu à la charge : « Pourquoi n'irais-tu pas chez le coiffeur pour une nouvelle permanente ? Kranti t'accompagnerait chez les Chinoises d'à côté. Ça te ferait une sortie. » Quel balourd ! Le temps qu'une permanente prenne, il fallait rester assise trois quarts d'heure dans des vapeurs d'ammoniaque épouvantables, ce qu'apparemment il ignorait.

J'ai essayé d'en dissuader Ayi, mais la pauvre femme, même dans son état, cherchait à lui plaire, à se rendre attirante à ses yeux. Ou peut-être voulait-elle simplement se trouver elle-même de nouveau jolie, selon ses critères à elle, la tête couverte de boucles frisottées en tirebouchon, telle une memsahib anglaise en sari.

Nous avons dû emprunter un rickshaw au portail pour nous rendre jusqu'à l'allée perpendiculaire voisine où les jeunes Chinoises de Calcutta avaient ouvert leur salon de coiffure. Baba n'avait pas envoyé la voiture. « C'est tout près, vous vous débrouillerez bien », avait-il dit.

J'avais téléphoné pour prendre rendez-vous et signalé sans entrer dans les détails qu'elle était malade et qu'elle aurait besoin de se reposer. Le visage d'Ayi, ses épaules contractées et sa raideur ont alarmé la coiffeuse.

« Vous êtes sûres que c'est ce que vous voulez ? Ce sont des produits chimiques très puissants et le traitement prend plus d'une heure. On ne peut pas s'arrêter en plein milieu, nous a-t-elle averties.

– Ayi, et si tu te faisais juste couper les pointes ? On pourrait rentrer très vite. »

Rien à faire, elle n'en démordait pas, c'était une permanente qu'elle voulait et elle la voulait à tout prix. Pourquoi ne lui ai-je pas imposé mon point de vue ? Pourquoi ne lui ai-je pas dit qu'elle était trop faible pour le supporter ? Par lâcheté ? Par peur ? Parce que j'ai été élevée à l'ancienne dans une culture où l'on ne contredit pas ses parents ? Ou par indifférence et manque de prévenance ?

Avec ses bigoudis, Ayi ressemblait encore plus à une tête de mort. On avait placé des coussins tout autour d'elle, puis on l'avait allongée sur le dos, la tête renversée au-dessus du lavabo. La puanteur de l'ammoniaque envahit bientôt le salon. La jeune employée chinoise aspergeait continuellement les bigoudis de fixateur en les remuant sans délicatesse pour que le liquide pénètre bien les cheveux serrés autour d'eux. Elle tournait la tête d'Ayi d'un côté et de l'autre comme un crâne inanimé qui lui aurait servi de jouet. Des gémissements sourds s'exhalaient de la bouche de ma mère. Elle se débattait pour s'asseoir, mais la Chinoise la maintenait allongée, appliquant sa main mouillée sur son front pour lui plaquer la tête contre le lavabo.

« Non, non, boucles pas encore pris.

– Kranti, Kranti ! Remmène-moi à la maison, s'il te plaît. »

J'avais peine à entendre ce qu'elle disait tant sa voix était basse et rauque. La Chinoise m'a regardée avec une irritation non dissimulée.

« Pas possible arrêter maintenant. Les boucles doivent prendre. Si on arrête, très laid, cheveux horribles, boucles pas tenir. »

Ayi jetait les bras en avant comme pour agripper l'air, ses yeux de mouton mort écarquillés dans une supplication muette. Honteuse, exaspérée, je me suis précipitée dehors. Aveuglée par des larmes de colère, éblouie par l'or des cytises croulant sous les fleurs qui bordaient la rue, j'ai foncé jusqu'au marché dans la chaleur torride de l'après-midi pour trouver un rickshaw.

La sueur serpentait entre mes cheveux, le cuir chevelu me démangeait furieusement. Il était hors de question de me gratter en public et je poursuivais ma marche à grandes enjambées, sombre comme l'orage, avide d'en découdre, prête à me jeter sur la première personne qui aurait eu le front de croiser mon chemin. C'est le malheureux conducteur de rickshaw qui a tout pris.

Les mèches ont fait illusion durant deux jours. Puis Ayi a décidé qu'elle voulait qu'on lui lave les cheveux. Elle se plaignait que son cuir chevelu exhalait une drôle d'odeur. Elle avait raison. L'ammoniaque, les dépôts de transpiration et les sécrétions de sébum formaient un cocktail plutôt entêtant, indiscutablement !

Nous avons donc procédé au rite du shampooing.

Il était légèrement plus compliqué que celui du bain, que nous accomplissions à présent à la perfection.

Il fallait d'abord la déshabiller. Je faisais glisser son salwar le long de ses jambes blanches et squelettiques, à la peau craquelée comme une terre de famine, pendant que Baba la mettait sur son séant tout en lui enlevant sa chemise d'un seul geste souple et adroit. Puis, oh hisse ! nous la déplacions sur le côté du lit où nous avions étalé une grande serviette de bain. Comme elle était déjà à bout de souffle, nous attendions un moment avant de continuer.

Baba la portait ensuite jusqu'à la salle de bains et l'installait sur un tabouret bas pendant que j'ôtais la serviette. Tandis qu'il la soutenait par-derrière, je me hâtais de faire couler plusieurs verseurs puisés à un seau d'eau bien tiède sur sa tête et ses épaules, puis je la savonnais à l'aide d'une petite serviette en tissu éponge.

La première fois, Baba a fait la toilette du haut de son corps, puis il m'a tendu le carré de tissu pour que je m'occupe du bas. « Tithe kar, fais-le, là », a-t-il dit. Son pubis était rêche au toucher, et j'étais submergée de honte. Ce jour-là, j'ai regardé – regardé vraiment – ma mère pour la première fois depuis de longues années. Son corps était fané avant l'âge, osseux, dépourvu de chair et, presque autant, de sexe. Elle contractait les épaules, ses coudes saillaient, la peau entre ses hanches était tendue à craquer.

Depuis longtemps, même bien avant qu'elle tombe malade, ma mère n'était plus qu'une cuisinière doublée d'une gouvernante et d'une domestique. Je cherchais encore en elle mon Ayi, la mère attentionnée, simple, vêtue de coton filé main, qui me tendait des bouchées de riz aux lentilles sur la véranda de Babuji à Poona. Je tentais de retrouver la fée bienveillante qui m'avait endormie de ses caresses et offrait à ses filles le yaourt sucré d'une si belle couleur quand elles refusaient de boire du lait. Je sondais son visage en quête de la belle femme fière et vulnérable au maintien impeccable, à la démarche altière, au chant si doux. Elle n'existait plus.

J'ai versé sur ses cheveux deux bouchons bien pleins du shampooing que j'avais acheté, et j'ai fait mousser le produit. Il lui en est entré un peu dans les yeux. Elle a commencé à geindre et à secouer la tête en tous sens comme un chien mouillé. Comme je n'avais pas prévu suffisamment d'eau pour le rinçage, j'ai dû en préparer un autre seau, mélangeant eau chaude et eau froide sous le regard coléreux de Baba. Une fois l'opération terminée, nous étions trempés comme des soupes ; Ayi, vacillant sur son tabouret, pleurait tout bas, ses gémissements plus ténus que ceux d'un chaton nouveau-né.

Baba l'a portée ruisselante sur le lit, l'a déposée sur la serviette. Je l'ai tournée sur le ventre pour lui sécher les cheveux avant de les démêler. Mes mains ont rencontré quelque chose de poisseux : une large tache de sang rouge vif s'étendait sous son visage. « Baba ! » ai-je hurlé en la retournant sur le dos.

Le sang jaillissait par à-coups de son nez comme un torrent de montagne, s'élançait le long des pentes de son visage, emplissait les creux, imbibait la serviette, le drap et le matelas. Il coulait plus vite et plus épais que le ketchup gluant des films hindis ; son cou, son torse et les cheveux que nous venions de laver en étaient déjà enduits.

Pour avoir pris un cours de secourisme à la brigade St John, je savais exactement ce qu'il y avait à faire. « Asseyez le patient sur une chaise ou de côté sur le lit, la tête légèrement penchée en avant. Pincez la partie molle du nez durant dix minutes environ. Desserrez le col, faites respirer le patient par la bouche. Ne le laissez pas renifler ou se moucher avant plusieurs heures. » Telles étaient les instructions. Mais on ne vous disait pas comment il convenait de s'y prendre quand il fallait faire face à un père tyrannique, hurlant, au bord de l'hystérie, et à un patient si faible qu'il ne peut même pas soutenir sa tête.

J'ai essayé d'asseoir Ayi, en vain. Elle basculait chaque fois en avant. Baba avait sorti toutes les serviettes propres de l'armoire et les avait posées en pile à nos pieds. Celles du dessus étaient du rouge vif de la poudre que se jettent les fêtards de Holi, celles du dessous avaient viré au brun orangé, de la couleur des pots « Shanti » du jardin de Babuji. Baba persistait à vouloir lui maintenir la tête en arrière, prétendant que c'était ce qu'il fallait faire. « Ne relevez jamais la tête du patient en arrière de crainte qu'il s'étouffe avec son sang », avait averti l'instructeur.

« Ne fais pas ça, Baba ! me suis-je entendue crier. C'est dit dans mon livre, je vais te montrer. » Je n'ai pas pu atteindre la porte, je me suis évanouie sur le tapis beige sale. Quand je suis revenue à moi, j'avais mal au postérieur et Baba me surplombait de toute sa hauteur, me traitant d'idiote, de bonne à rien.

Quant à Ayi, elle ressemblait à Pinocchio. Avec la pince à linge en plastique rouge qui lui fermait les narines, on aurait dit qu'elle nous faisait un pied de nez. Il avait réussi à l'adosser assise contre la tête de lit rembourrée d'une falaise de coussins. Un filet de sang s'écoulait encore de ses cheveux sur l'oreiller, une goutte à la pointe du menton prête à tomber. La peau sur les os et les yeux mi-clos, la mâchoire pendante, elle évoquait une Kali débraillée. Elle tenait une moitié d'oignon cru ensanglantée dans la main. Tout le reste ayant échoué, Baba avait voulu lui faire respirer ce remède de bonne femme, dans une ultime tentative pour arrêter le sang.

« Allez, lève-toi, il faut refaire sa toilette », a-t-il grommelé. Cette fois, nous ne l'avons pas portée jusqu'à la salle de bains. Nous nous sommes contentés de nettoyer du mieux possible le sang à l'aide d'une éponge, négligeant la croûte qui avait séché sur son cuir chevelu.

C'est une semaine plus tard, en la peignant après lui avoir finalement lavé la tête, que nous avons pris la mesure des dégâts provoqués par la permanente avortée. Ses cheveux se dressaient, inertes, sur son crâne, formant comme une auréole d'écume déshydratée, une espèce de barbe à papa brunâtre. Auparavant fragile et délicate, jolie en dépit de sa maigreur extrême, elle ressemblait à présent à une survivante des camps d'extermination nazis, à une apparition surgie de la tombe, propre à effrayer les fantômes.

*

Un jour, à mon retour, j'ai trouvé Taï enfermée avec Ayi dans sa chambre. Notre mère semblait aller mieux et, bien qu'elle fût encore faible, ses mouvements saccadés avaient cessé. J'ai compris qu'il se passait quelque chose en voyant ma sœur se détourner d'un air coupable.

Ayi marmonnait des propos confus parmi lesquels je percevais des injures, du genre féminin cette fois. Puis, dans un élan surhumain de démence maniaque, elle s'est levée et a titubé vers la cuisine. La porte grillagée s'est refermée en claquant derrière elle. Je me suis précipitée à sa poursuite comme elle traversait la friche en direction du deux-pièces des Makhija, alias M. et Mme Fat.

Mme Fat a ouvert la porte en entendant frapper. Son sourire de bienvenue n'a duré que quelques secondes. Ayi venait de se jeter sur elle comme une furie, lui agrippant le visage et les cheveux dans l'intention de lui arracher les yeux.

Je l'ai attrapée par-derrière pour lui immobiliser les bras, mais elle s'est dégagée avec une force terrifiante.

« Kuthe hotis tu rande ! hurlait-elle à l'adresse de Lila Makhija – "rande" en marathi, "randi" en hindi, de la racine "rand" qui signifie "putain".

– Hai Ram ! » s'est exclamée Mme Fat, interdite.

J'ai compris pourquoi Taï avait l'air coupable. Elle avait raconté à Ayi que Ram Singh, notre cuisinier, avait cherché à l'embrasser un soir qu'Ayi était à l'hôpital. Baba était parti pour une de ses équipées nocturnes, tandis que je m'assourdissais en écoutant les Stones à plein volume.

« J'avais laissé mes filles à ta garde. Où étais-tu, sale garce, pendant qu'elles avaient besoin de toi ? » lui a-t-elle hurlé en la secouant par l'épaule.

Ce jour-là, pour avoir l'air élégante, j'avais emprunté le sari favori d'Ayi, en coton de Lucknow, couleur lilas, brodé à jours selon la tradition dite «chikan». Je luttais pour séparer les deux femmes tout en cherchant à maintenir le pan de tissu sur mon épaule et à éviter de marcher sur les plis.

Soudain Ayi s'est affaissée dans mes bras et nous sommes tombées en arrière, manquant de nous cogner la tête sur le bord en ciment des marches. Mme Fat a claqué la porte à toute volée sur nous et nous l'avons entendue hurler comme un loup sous la pleine lune.

Levant les yeux, j'ai vu qu'un attroupement s'était formé dans la rue, savourant le spectacle. Deux conducteurs de rickshaw s'étaient arrêtés pour regarder, bouche bée. Les gamins qui travaillaient pour le réparateur de vélos du coin, hissés sur le rebord du mur, hélaient les passants à qui mieux mieux: «Aarey, bola tha na? Yeh Madrasi log to sub pagaal hain!» Non seulement ils faisaient de nous des Madrasi, des gens du Sud, que nous n'étions pas, mais ils nous traitaient de fous à lier.

Ayi avait purement et simplement perdu connaissance. Nous l'avons portée, Taï et moi, dans sa chambre, avec une première halte sur le canapé en cuir de la véranda de derrière et une autre sur le tapis du salon. Elle s'est réveillée d'un seul coup, marmonnant des sons gutturaux, ses mains animées de mouvements qui nous étaient devenus familiers. Nous l'avions de nouveau perdue.

Le téléphone ne marchait pas. Ram Singh avait disparu. Laissant Taï veiller sur Ayi, j'ai foncé à bicyclette jusqu'à la cabine du marché, pédalant furieusement, maintenant d'une main les plis froissés de mon sari lilas, avec l'air égaré de la folle pour laquelle tout le monde me prenait à présent. Tressautant de cahot en cahot sur les pierres du chemin, vent debout, mes cheveux défaits filant à l'horizontale derrière moi, j'ai pensé, je m'en souviens, à Achille au pied léger et à Mercure, des petites ailes nerveuses à ses chevilles lacées de sandales.

Rendons justice à Baba : il est réapparu vingt minutes plus tard, suivi de Makhija. Comme Mme Fat refusait d'ouvrir la porte, son mari a dû l'enfoncer. Ils sont partis par le train du soir. Elle regardait autour d'elle, l'œil vide, émettant de temps à autre un petit glapissement aigu d'animal sous l'effet de la douleur. Trois ans plus tôt, on l'avait traitée aux électrochocs après la perte de leur bébé. Makhija la reconduisait à l'hôpital psychiatrique, nous a-t-il dit, c'était tout ce qu'il pouvait faire.

Un silence est tombé sur la maison, comme si nous pleurions un mort. Baba avait envoyé deux de ses employés sur les traces de Ram Singh. Ayi dormait, assommée par de généreuses doses de Largactil, tandis que ses mains décrivaient inlassablement des mouvements heurtés.

Il faisait nuit lorsqu'ils l'ont harponné à l'échoppe de bétel du marché. Baba attendait, assis sur le canapé de la véranda de derrière, un verre de whisky à la main. La bourre du siège dépassait entre les jambes de son pantalon par une entaille dans le cuir, telle une touffe pubienne obscène. Dans le deux-pièces des Makhija, des lumières étaient restées allumées que personne ne songeait à aller éteindre. Taï lisait sur une chaise en rotin à côté de Baba, mais je la sentais tendue. Elle regardait fréquemment la montre Favre Leuba qu'on lui avait offerte pour ses dix-sept ans. On entendait les injures des employés et les geignements terrorisés de Ram Singh tandis qu'ils remontaient l'allée du jardin.

Un cache-nez enroulé autour de la tête comme pour se dissimuler aux yeux du monde, Ram Singh avait l'air diminué, rabougri, entre les deux hommes qui le tenaient par les bras. Il jetait autour de lui des regards de lapin terrifié, et lorsque ses yeux, exceptionnellement brillants, se sont posés sur Taï, il s'est laissé tomber aux pieds de Baba, tentant en vain de placer le front sur ses chaussures et pleurant comme un veau, geignant en bhojpuri qu'il n'avait rien fait : « Sahib, hamar koyi galati nahi, Sahib… »

Baba a posé son verre délicatement sur le sol, à côté du canapé. Il a regardé sa montre avec désinvolture et commencé à dénouer le lacet d'une de ses chaussures. Ram Singh redoublait de supplications, le timbre rauque de terreur. « Khamosh ! » La voix de Baba a claqué, pleine d'une colère froide, réduisant le domestique au silence.

Mon père multipliait les ébats avec des femmes de tous horizons, les mensonges et les fourberies, mais il ne jurait jamais. « Je suis un orfèvre de la langue, comment pourrais-je me servir d'outils aussi grossiers pour façonner mes joyaux ? m'avait-il dit un jour. Les gens profèrent des injures faute de trouver le mot juste pour exprimer leur colère ou leur frustration. Un gentleman, jamais. »

Le gentleman, pour l'heure, avait ôté un de ses souliers et s'affairait sur l'autre. Je me suis tournée vers Taï. Les cheveux tirés en arrière, les yeux luisants de mépris, elle avait pris son allure sulfureuse à la Sophia Loren, lèvres ouvertes sur ses dents démesurées. Sa bouche avait l'apparence charnue et pulpeuse des pétales pestilentiels d'une plante carnivore, d'une Rafflesia.

Une chaussure dans chaque main, Baba s'est avancé vers Ram Singh, qui a rentré la tête dans les épaules comme pour se protéger. Baba, cependant, ne visait pas la tête. « Je vais t'apprendre à toucher à ce qui m'appartient ! » a-t-il sifflé avant d'abattre une semelle sur l'entrejambe du cuisinier. Ram Singh, qui jusqu'alors n'avait fait que geindre, s'est mis à hurler de douleur à travers la véranda.

Je ne sais plus à quel moment j'ai détourné le regard pour m'enfuir. Je me revois dans l'obscurité, le dos contre un mur du salon, criant : « Non, non, arrête, arrête de frapper ! S'il te plaît… s'il te plaît… », tandis que des larmes brûlantes ruisselaient le long de mes joues, mes gémissements faisant écho à ceux du serviteur terrifié.

Brusquement, j'ai été catapultée en pensée à Delhi, une nuit, quelques années plus tôt, quand j'avais douze ans. Le garçon manqué passablement stupide que j'étais alors ignorait tout de la chose sexuelle. Réveillée par la sensation de suffoquer sous le poids d'un corps, j'avais découvert Taï me suçant furieusement la bouche que déjà je sentais enflammée et gonflée. Puis, ô honte, mon corps avait répondu par une espèce de décharge électrique et je lui avais rendu son baiser. J'avais peur et j'étais excitée en même temps. Dans la pénombre, les cheveux lâchés à la sauvage lui balayant le visage, elle avait l'air étrange, menaçant. Vêtue d'une chemise de nuit à impressions bleues remontée jusqu'à la taille, elle tentait de stimuler des doigts mes seins naissants, sans autre résultat que de me faire mal. Subitement dégoûtée en sentant sa salive s'accumuler dans ma bouche, je m'étais détournée pour cracher par terre. Elle s'était aussitôt arrêtée et elle avait quitté ma chambre sans un mot.

La nuit suivante, oubliés mon dégoût et ma honte, le corps habité par une fièvre inhabituelle, j'avais attendu qu'elle frappe à ma fenêtre, guettant le bruit de ses pas sur le balcon. Cette fois, elle m'avait prise par la main pour me conduire dans sa chambre. La pièce, comme la mienne, était meublée d'une table en bois gigantesque récupérée par Baba sur son lieu de travail le jour où il avait décidé de remplacer le vieux mobilier colonial par des bureaux en acier gris très laids, signés Godrej. « Si tu fais ce que je te dis, je te donnerai huit anna », avait dit Taï. Huit anna, deux bouteilles de Coca. Ma sœur savait exactement sur quelles touches appuyer quand elle voulait obtenir quelque chose de moi. Le

Coca, c'était ma seule faiblesse réelle, mon talon d'Achille, ma vraie passion. J'aurais tout fait, menti, volé, trompé, pour me procurer le merveilleux breuvage. J'avais acquiescé d'un hochement de tête et m'étais laissé dépouiller de ma chemise de nuit bouton-d'or, puis de ma culotte, et pousser vers son énorme bureau où elle m'avait fait signe de grimper. Perchée sur cette table, inquiète et gênée, je ne reconnaissais plus la sœur qui me regardait fixement de son lit. « Maintenant, randi, m'avait-elle ordonné d'une voix étrangement râpeuse, ouvre les cuisses et montre. Vas-y, lève la jambe, je veux voir le rose que tu as à l'intérieur. » Elle avait le regard avide d'un rapace, une expression que je ne lui connaissais pas. « Maintenant, enfonce le doigt, enfonce et retire, enfonce et retire, plus fort, salope. » Alors que je lui obéissais, debout en équilibre précaire sur une jambe, mon vagin juvénile bien en vue, horriblement mal à l'aise et honteuse, elle s'était approchée, puis avait commencé à passer les mains le long de mes cuisses, y appliquant de grandes claques de temps à autre. « Allez, ouvre-moi ça, espèce de pute ! » Elle m'avait jeté quelques pièces de monnaie à la figure. L'une d'elles m'avait atteinte au genou et un élancement cuisant m'avait traversée. D'un coup, ma honte avait fait place à la colère. Bondissant au bas de la table, je l'avais bourrée de coups de poing, réussissant enfin à changer son rire cruel en larmes de douleur. « Garde ton sale fric, avais-je haleté en enfilant ma chemise de nuit. Espèce de méchante ! Mauvaise fille ! »

À mon retour de l'école l'après-midi suivant, nous nous étions évitées. Après avoir dîné et avoir souhaité bonne nuit à nos parents, une fois fermée la porte qui séparait leurs quartiers des nôtres, Taï était venue jusqu'au seuil de ma chambre et s'était appuyée contre le chambranle de la porte. « Si tu dis quoi que ce soit, je leur raconterai que tu piques dans les poches de pantalon de Baba et que tu imites leurs signatures sur tes mots d'absence. Que tu sèches pour aller voir des films hindis. » *Elle n'avait pas besoin de me menacer, car je n'aurais jamais ouvert la bouche, mais elle s'était ainsi doublement assurée de m'avoir verrouillé les lèvres.*

Le dos au mur du salon plongé dans l'obscurité, les hurlements de Ram Singh résonnant dans mes oreilles, je versais toutes les larmes de mon corps en revivant cette vieille blessure. Je pleurais sur mon innocence perdue et sur la créature terriblement retorse que Taï était devenue. Ram Singh avait répondu à ses avances tacites. Était-il le seul coupable ? Je me lamentais sur notre corruption, ce que nous avions fait de nous-mêmes, ce que notre père avait fait de nous.

Très longtemps après ces rencontres nocturnes, j'ai gardé de Taï l'image d'une personne sale, mal lavée, ses mains moites sentant le rance, des aisselles nauséabondes. Incapable de continuer à l'appeler « *Taï* »*, je m'adressais à elle par son nom, et je m'essuyais les joues d'une main furieuse chaque fois qu'elle essayait de m'embrasser.*

En écrivant ceci, j'éprouve de la pitié pour ma sœur, car elle ne faisait que rejouer physiquement ce qu'elle imaginait être la conduite de Baba avec ses prostituées. Depuis lors, elle a exécuté un virage à cent quatre-vingts degrés. Sa fascination précoce pour les aspects grossiers et violents du sexe a fait place à une sexualité réprimée et à la moralité hypocrite de la classe moyenne. Son nouvel avatar est une puritaine modèle, une érudite probe, une bonne mère doublée d'une épouse grosse et querelleuse. Si elle ne veut pas de moi dans ses parages, c'est peut-être de crainte que je vienne polluer ses précieuses filles : je lui rappelle un peu trop la vulgarité brutale de son adolescence.

J'ai abordé notre « *scène de séduction* » *un jour avec elle, il y a longtemps. Aujourd'hui, la plus infime allusion à ce qui nous est arrivé alors se heurterait à des dénégations horrifiées, mais à cette époque elle a accepté d'en parler. Elle a reconnu avoir été profondément affectée par le comportement de Baba. « Je n'ai aucun souvenir de tout ça, Kranti, m'a-t-elle dit lorsque j'ai voulu lui rafraîchir la mémoire. Mais il est possible que ce soit arrivé. J'étais perturbée, tu sais. Pervertie sexuellement à cause de Baba. Je me glissais dans le couloir, derrière leur porte, et j'écoutais les bruits de leurs ébats. Je les écoutais parler tous les deux, je savais tout de ses expéditions au bordel avec ses collègues de bureau. Il rentrait raconter à Ayi qu'il avait vu des femmes alignées nues le long d'un mur dans une chambre et qu'il les avait toutes baisées à mort. Je crois qu'elle en était blessée et excitée sexuellement en même temps. Bien sûr, ses commentaires laissaient entendre que s'il allait là-bas, c'était qu'elle, son épouse, ne le satisfaisait pas sur ce plan-là. C'est pourquoi elle était à ce point fascinée par le film avec Guru Dutt, "Sahib Bibi aur Ghulam". Elle se comparait à la femme du propriétaire terrien qui adopte des comportements de putain pour retenir son mari d'aller au bordel chaque soir. C'était un véritable pervers, notre père. Il avait besoin de tout lui raconter, c'était ce qui pimentait son désir, comme s'il lui avait montré des films pornos, ou comme une relation sexuelle par téléphone. Il la rendait folle. »*

Taï avait raison. Ayi est bel et bien devenue folle.

Peu après l'épisode de Ram Singh, Babuji est mort dans son sommeil d'une façon très semblable à la manière dont il avait vécu, tranquillement, sans drame. Baba a reçu une copie du testament. À l'exception d'une somme symbolique de quelques milliers de roupies, inférieure à un mois de son salaire, il ne lui laissait pour ainsi dire rien, juste de quoi s'acheter quelques bouteilles de bon whisky de contrebande.

Ayi pleurait de déception. La maison de Poona, où nous avions joué enfants, lui avait été promise. Pourtant, après mûre réflexion, notre grand-père avait décidé de déshériter son dépravé de fils en dépit des attentions et des services que lui avait prodigués l'épouse de ce propre à rien.

Je crois qu'Ayi a pris ce revirement comme une gifle personnelle. Baba avait toujours été épouvantable avec Babuji. Il l'avait volé à l'époque où il était étudiant, s'était moqué de sa frugalité extrême, de sa ponctualité, de son emploi du temps et de ses repas, de sa vénération discrète des dieux hindous dont il gardait les idoles enfermées dans un placard, redoutant les piques et les sarcasmes de son communiste de fils. Ayi, en revanche, avait toujours été la bru modèle qui s'occupait de sa santé, lui préparait ses plats favoris, l'écoutait patiemment raconter ses mille et un exploits au cricket et à la chasse. Il lui avait explicitement promis la maison. Il la réservait, avait-il dit, à la belle-fille vertueuse qui avait réussi à dompter son fils rebelle.

Pour Ayi, ce fut un effondrement sans précédent. Je l'ai trouvée allongée sur le ventre sous la véranda de derrière, adressant des prières à un pied de gombo aspergé de curcuma et de vermillon, sous la forme duquel, croyait-elle, notre grand-père s'était réfugié.

« Qu'est-ce que tu fais, Ayi ? Tu ne peux pas rester couchée par terre comme ça. Allez, lève-toi et rentre, lui ai-je ordonné, irritée, en lui saisissant le bras pour tenter de la dresser sur ses pieds.

– Chut… pas si fort. Babuji n'aime pas le bruit.

– Quel Babuji ? Il n'y a personne ici, Ayi, lève-toi. »

Je l'ai soulevée sans ménagement et reconduite, toujours marmonnant, jusqu'à son lit.

Dès lors, son état n'a fait qu'empirer. On la trouvait vaguant à travers les pièces au milieu de la nuit, versant de l'eau sur elle-même, sur nous, purifiant la maison afin que l'esprit troublé de Babuji puisse trouver la paix.

Elle faisait pénitence pour se racheter, convaincue d'avoir fait quelque chose qui avait déplu au vieil homme. Elle imaginait l'âme torturée, affamée de Babuji rôdant dans les parages, prête à se jeter sur ses filles. Elle nous serrait les poignets à les briser dans son refus de nous laisser partir à la fac. La seule façon de lui échapper était de l'abrutir en triplant ses doses de Largactil.

Terrifiés par ces scènes de folie, les domestiques nous ont quittés l'un après l'autre. Notre famille avait acquis une réputation sulfureuse de magie noire qui nous mettait à l'abri des intrus. Avec ses verrous ouverts et un cadavre dormant à l'intérieur, la maison aurait pu être cambriolée mille fois, mais rien de ce genre n'est jamais arrivé. Un jour, incapable de s'organiser sans serviteurs, en charge d'une épouse folle et de deux filles paresseuses montées contre lui, Baba a décidé de retourner avec nous habiter à Poona.

10
Couleurs vénitiennes

Sur le portable de Robert-Pierre s'affiche le rappel: « confirmer hôtel Venise », dit l'icône souriante. Il coupe le son d'un doigt résolu.

Il fait tout ce qu'il peut pour ne pas penser à Kranti et à ses cahiers, à leur contenu cruel et laid, à la vie de son amie avant leur rencontre. Il est hanté, pourtant, par tout ce qu'elle a traversé. Cette sœur immonde, est-ce bien la bourgeoise conventionnelle dont la photo est accrochée au mur dans le bureau, la personne à qui il a parlé au téléphone l'autre jour?

Il se prend à scruter son portrait en quête d'indices. Elle a peut-être été attirante dans sa jeunesse, en dépit de ses dents en râteau. D'après ce qu'il a lu dans les cahiers, c'est une femme extrêmement abîmée, pervertie par une enfance malheureuse. Son agressivité au téléphone ne le surprend plus, elle confirme ce qui se dégage de la description de Kranti.

Un conflit de nature insolite macère en lui. La pitié le dispute au sentiment de culpabilité et à la colère. La trahison de Kranti avec Pierre Keller est particulièrement douloureuse. Difficile à comprendre. Difficile à pardonner.

L'histoire des fillettes est un compte rendu de la petite enfance de Kranti. Il se demande ce qui l'a poussée à le romancer de la sorte, et pourquoi elle s'y montre si nostalgique d'une époque de toute évidence loin d'être paradisiaque. Elle s'y gratifie d'une pureté enfantine, comme pour se représenter dépassant de ce fumier tel un lotus né de la boue. Le contraste entre les deux cahiers l'intrigue. L'un est dur, sans ambages, direct, honnête. L'autre est la vision d'une enfant innocente. Il a vécu avec un être complexe à plusieurs visages, enclin au mensonge et à la dissimulation. Tandis que son cerveau de clinicien prend le dessus, il éprouve le désir incontrôlable de creuser à fond le personnage de Kranti Goray de Lorel, de le connaître de l'intérieur.

Depuis qu'il est parti de chez lui il y a deux semaines, il fait l'expérience déchirante d'une solitude dont il ignorait tout. Il aspire de tout son être à retrouver le cours ancien de son existence, à recouvrer l'équilibre et une humeur stable. Il a commencé à élaborer des stratégies, à chercher la meilleure façon d'œuvrer à son retour.

Son foyer lui manque. Sophie, son humour à froid, ses façons brusques et raisonnables; leur complicité, leurs blagues privées, leur compréhension tacite. Il a la nostalgie de l'appartement au volume dépouillé, aux lignes patriciennes et nettes, ses bibliothèques élancées, son parquet impeccablement ciré. L'appartement de Kranti, encombré de lourds miroirs dorés, de tentures et de tapis, d'une kyrielle de boîtes en argent et de plantes grasses, l'oppresse. Seuls un tableau, un objet par-ci par-là échappent à ce débordement kitsch de couleurs, de fouillis. Comme un curry indien trop riche dont on se lasse au bout d'un jour ou deux. À présent, il veut son poisson grillé-salade et basta!

« Qu'est-ce que je fais ici, à vivre comme un paria, alors que je devrais être là où je me sens chez moi? Je me donne un mois », se dit-il, et le sang afflue avec une vigueur accrue à son cerveau à l'idée de se lancer dans une nouvelle conquête, fût-ce celle de son épouse de longue date. Il envisage d'inviter Sophie à dîner, de la faire rire, de lui faire la cour comme autrefois. Noël ensemble ! Cette pensée le met de bonne humeur.

« Bip ! » Un nouveau rappel retentit, timbre plus aigu que le premier, et il réduit son portable au silence. Ce n'est sûrement pas le dernier, il y en aura d'autres plus tard, peu avant l'anniversaire de Kranti – il tombe dans un mois exactement, s'avise-t-il avec un serrement de cœur. Elle aurait eu cinquante-quatre ans, non, cinquante-cinq, l'âge auquel est morte sa mère.

Le souvenir de leur dernier dîner à Venise il y a un an, le soir de son anniversaire, est resté très vif à sa mémoire. Avec un semblant d'exagération, il la revoit, chatoyante, vêtue de lamé or aux reflets cuivrés. Elle portait le sari de mariage de sa mère, une soierie diaphane vieille de plusieurs décennies, un peu déchirée le long des plis, qu'elle conservait entre plusieurs couches de papier de soie.

Ils formaient ensemble un couple élégant et conscient de l'être, se regardaient sérieusement dans les yeux, se souriaient, se tenaient les mains. Ils sirotaient des Bellini au Harry's Bar en attendant que leur table se libère et en discutant de la façon dont ils souhaitaient mourir. Ou, plus précisément, de ce qu'ils souhaitaient qu'on fasse de leur corps.

Elle commentait le livre de Ma Jian dans lequel un provincial entreprenant transforme le four à céramique d'une école d'art en crématorium privé. « Elle est comme ça, la Chine nouvelle, sans pitié, avide de profit, capitaliste. Un chant révolutionnaire pour accompagner le mort coûte un yuan, mais il faut en débourser huit pour un morceau censuré de musique décadente réactionnaire, Chopin ou les Rolling Stones. Et, bien sûr, les vêtements neufs obligatoires qui habillent le mort sont discrètement récupérés pour vêtir le mort suivant. Recyclage oblige ! »

Tous les quarts d'heure, le barman au visage saturnin et à la tignasse grise repoussait les aiguilles de la pendule de quinze minutes avec un clin d'œil à Kranti, afin qu'elle indique toujours neuf heures moins cinq. Elle lui répondait d'un sourire, complice d'une plaisanterie quelque peu éculée.

Ils avaient réservé pour neuf heures. Il était dix heures passées et Robert-Pierre attaquait son troisième Bellini, mais Kranti n'avait pas l'air de s'en soucier. Il la revoit qui se penche au-dessus du bar et laisse artistement glisser le pan de son sari pour révéler son décolleté profond où une grosse perle suspendue à une chaîne en or niche entre ses seins telle une larme irisée.

Il se remémore chaque étape de cette soirée, puis de leur séjour entier. Sa mémoire arrondit les angles, sacralise chacun de ces moments, les lui restitue comme à travers un filtre photographique.

En dépit du sujet abordé, leur conversation n'avait rien de morbide. Le matin même, ils avaient visité le cimetière de San Michele, circulé entre les tombes en discutant des styles, des statues, des épitaphes, se demandant combien il en coûtait d'y posséder et d'y entretenir un caveau familial et s'il existait encore des concessions disponibles à la vente. « Je trouve beaucoup plus saine la façon hindoue de disposer des corps en les brûlant, avait déclaré Kranti. La mort devient réelle quand on voit le corps se consumer devant soi. Vous, vous l'enfermez dans une boîte et vous l'enterrez pour toujours. Vous ne pouvez jamais vraiment surmonter votre perte, vous continuez à voir la personne étendue en chair et en os, sereine dans la mort. Cette image ne vous quitte jamais. Il vous est pénible d'imaginer les vers, la chair qui se détache des os, les cheveux qui continuent à pousser. Chez nous, on frotte une allumette et le tour est joué ! il ne reste plus que quelques dents et un tas de cendres. On se fait très vite à un décès. On hausse les épaules et on poursuit son chemin. Nous ne connaissons pas ce lent processus de deuil dont la psychologie occidentale fait tant de cas aujourd'hui ! » Robert-Pierre voulait une pierre tombale lisse en granite, gravée d'une citation de Robespierre ou de Saint-Just. Il reposerait, avait-il dit dans un moment d'inattention, dans le caveau de famille de Sophie, au cimetière Montparnasse.

Il tique en se rappelant le petit moment de malaise déclenché alors par la mention de sa femme. La magie brisée, le silence de Kranti, brusquement retranchée en elle-même. Son irritation se ranime en y pensant. Kranti n'avait jamais rien formulé de précis à propos de Sophie, mais son ressentiment, qu'elle tenait en bride, était palpable et bouillonnait sous la surface. Elle aurait voulu une relation plus durable et une reconnaissance publique. Elle aurait voulu avant tout que Sophie soit au courant de son existence et l'accepte comme partie intégrante de lui, de leurs vies. Une sorte de ménage à trois à distance… « Certaines choses sont tout simplement impossibles », lui avait-il dit, et pour la première fois il avait senti leur relation battre de l'aile. Il lui en avait voulu de lui imposer cette pression, tout en se sentant vaguement coupable.

Leurs séjours à Venise pour célébrer l'anniversaire de Kranti étaient devenus traditionnels. Ils étaient accueillis chaque année dans la chambre 209 du Palazzo Gritti. Le balcon en coin de la façade Renaissance donnait directement sur le Grand Canal et, à gauche en diagonale, sur l'église de la Salute.

Kranti se délectait de la beauté de leur chambre, du haut plafond de bois sculpté terre de Sienne, bleu indigo et or, des tables à plateau de marbre, de l'armoire bombée et marquetée qu'elle disait ressembler à un gros bonhomme trapu, de l'énorme lit aux draps de lin repassés de frais.

Ils avaient instauré leurs propres rites, se réveillaient dans les bras l'un de l'autre au son de l'eau qui lapait les rives du canal et des cris des gondoliers, puis buvaient, avant le petit déjeuner, un thé au lait, au gingembre et au miel qu'elle préparait elle-même avec cérémonie. Elle ouvrait la boîte chinoise laquée – un objet ancien qu'elle emportait partout avec elle – où elle gardait les feuilles, pilait du gingembre frais dans un mortier en bois, faisait bouillir de l'eau dans une petite bouilloire électrique qui trouvait sa juste place au milieu du service japonais, théière et tasses, en porcelaine fragile. Après la lecture du journal pendant le petit déjeuner, ils partaient se promener à pied. Ils avaient pénétré dans les dédales du *ghetto ebraico* ; passé une matinée à la confrérie dalmate, la Scuola di San Giorgio dei Schiavoni, bouche bée devant la splendeur des Carpaccio ; pataugé en cuissardes dans les remous de l'*acqua alta* qui contraignaient toute la ville à relever ses jupes.

Combien de fois s'était-il amusé à l'observer lorsqu'elle tournicotait avec ravissement des *linguine* à la truffe autour de sa fourchette, plaçait adroitement la boulette bien serrée sur sa langue lascive, les yeux fermés, s'abandonnant aux arômes du champignon souterrain qui submergeaient ses sens ? Il lui avait fait découvrir quantité de plaisirs : ils avaient partagé de grands vins, écouté ensemble de la musique, admiré des tableaux, feuilleté des livres. La cuisine italienne ne faisait cependant pas partie des nouveautés auxquelles il l'avait initiée. D'où tenait-elle donc sa maîtrise dans l'art d'équilibrer la *pasta* sur une fourchette ?

« J'ai vécu en Italie, j'ai appris », avait-elle dit, ne révélant que le minimum. Dès leur premier voyage à Venise, il avait deviné qu'elle connaissait mieux l'Italie qu'une simple touriste. « J'ai travaillé comme styliste pour un bureau de design à Gallarate, près de Côme. C'est l'endroit d'où viennent la plupart de tes cravates et de tes écharpes de soie italiennes. J'habitais à Milan et je faisais le trajet tous les jours. Il m'arrive encore de travailler ponctuellement pour eux. C'était bien, mais je préfère Paris. »

Ce n'était pas tout, bien sûr, il y avait probablement un homme. Qui avait pris ces photos de Kranti nue sur les plages de sable noir de Stromboli ? Leur relation n'était pas assez avancée pour qu'il lui pose la question. Un an plus tard, quand il avait abordé le sujet de l'amant italien, elle avait répondu : « C'est fini. Je me suis bien amusée, mais ça n'a pas duré longtemps. Nous sommes restés bons amis. Nous nous téléphonons de temps à autre et il me rend parfois visite, c'est tout. Nous ne faisons pas chambre commune quand il vient chez moi, si c'est la question que tu rumines ! » Elle n'avait donné aucun nom, aucune description de lui, rien qui eût pu le renseigner sur cet homme et sur sa profession.

Ce culte du secret et les tentatives puériles de Kranti pour tisser un mystère autour de son passé l'amusaient. À l'époque, il croyait qu'elle cherchait à exciter sa curiosité. « Je n'entrerai pas dans son jeu, madame peut bien mijoter dans son jus », se disait-il, très satisfait de maîtriser la situation.

C'était à Venise qu'elle lui avait raconté sa première rencontre avec les parents de Guillaume lors d'un dîner au Cercle militaire de Paris.

« Je n'avais aucune idée de ce que je devais porter. Sari ou tenue occidentale ? Voyaient-ils en moi une femme de la ville raffinée ou une charmante paysanne sans instruction ? Après réflexion, j'ai pris la pire des décisions, j'ai choisi de m'habiller à l'européenne d'une jupe plissée grise bon marché (Monoprix – je ne pouvais guère m'offrir mieux, à l'époque), d'un chemisier rose lilas rentré dans la ceinture et d'un foulard de soie gris. Tu vois le tableau ? Moi, et mon amour de la couleur, transformée en petite souris indienne ! J'étais hideuse, le teint cireux, coiffée en queue-de-cheval. Je bafouillais, j'étais empruntée. Bref, j'avais tout de l'immigrée du tiers-monde dans ce décor pompier, formel, surchargé d'ors. Pour ne rien arranger, nous étions arrivés avec trois quarts d'heure de retard et les cuisines étaient en train de fermer. La première chose que ma future belle-mère m'a dite, de la voix traînante et condescendante qu'elle prenait pour parler aux vendeuses et au personnel de service, a été : “Mademoiselle, aimez-vous les *betterâves* ?” Je connaissais le légume, mais pas son nom français. Alors j'ai répondu poliment “Oui, madame”, les seuls mots (outre “merci”) que je possédais dans sa langue, et brusquement je me suis retrouvée face à une assiette remplie à ras bord de betteraves. Je les ai mangées jusqu'au dernier morceau, bien entendu, mais que c'était mauvais ! Depuis, je les déteste cordialement. Comme sa phrase m'avait fait penser à l'*Aimez-vous Brahms*… de Françoise Sagan, j'ai mentionné le fait en manière de conversation, mais ma remarque a reçu un accueil glacial. De toute évidence, ils n'aimaient pas Sagan, une gauchiste décadente et immorale à leurs yeux, alors que je l'adorais. Ça a commencé comme ça entre nous, et ça a continué de la même façon. Un château en Auvergne, un appartement proche du Trocadéro à Paris, une maison au bord de la mer, une autre à la montagne. Les fils généraux ou prêtres, tous. Politiquement à droite, invoquant Dieu et la patrie à tout propos, pourfendeurs de l'avortement. Voilà le genre de famille que c'est, les Lorel. Sauf Guillaume, bien sûr, qui a milité un moment pour le tiers-monde. Il a fini centriste, et il est même devenu député. Il fait d'ailleurs une belle carrière, si j'en crois ce qu'on me dit. Néanmoins, ils étaient bienveillants à mon égard. Toujours gentils, toujours attentionnés. Leur seule exigence aura été ce mariage religieux que j'ai feint d'accepter de bonne grâce pour mieux rendre justice à mes origines en subvertissant la cérémonie dans ses formes. »

Elle avait eu un rire gêné avant de poursuivre :

« Il y a eu des moments comiques. Un jour, par exemple, j'ai trouvé mon beau-père à genoux devant la télé pour recevoir la bénédiction pascale du pape, et ça m'en a vraiment bouché un coin ! Une autre fois, ils sont allés à l'île d'Yeu tout exprès pour poser une couronne sur la tombe du maréchal Pétain... Mais le reste du temps la vie était tranquille, soumise aux règles et aux principes de l'aristocratie, et, pour tout dire, elle manquait de fantaisie. Quand on descendait prendre le petit déjeuner, il fallait être douché, coiffé et habillé, pas question de traîner le matin en peignoir ! On visitait les serviteurs retraités dans les pavillons crasseux qu'ils occupaient sur le domaine, on recevait le curé et autres notables à déjeuner ou pour le thé du dimanche, on allait à la messe à l'église du village. Tout cela m'était insupportable. On me considérait comme une représentante de l'élite indienne, mais aussi comme une païenne sans fortune. De mon point de vue de brahmane, je les regardais comme des gens d'épée, des militaires, mes égaux socialement, mes inférieurs du point de vue de l'esprit. Ils appartenaient à la vieille noblesse française, leur arbre généalogique en attestait depuis les croisades. Cet aspect me plaisait, j'étais attirée par l'aristocratie, et pendant deux ou trois ans j'ai pris plaisir à jouer les comtesses. Le titre avait été une des deux raisons que j'avais eu d'épouser Guillaume, l'autre étant le désir d'échapper à l'Inde, à un mariage brisé et à un amant infidèle dont j'étais encore éperdument amoureuse. À cette époque, Guillaume était évidemment plus facile à approcher, car les problèmes du tiers-monde qui me tenaient à cœur figuraient au premier rang de ses préoccupations. Il n'était pas encore devenu ce qu'il est aujourd'hui, un homme suffisant. Dans les premiers temps, il était amoureux fou de moi, puis il est devenu froid, distant, absorbé par un travail – politique, lobbying et j'en passe – que je considérais comme profondément stérile. D'une certaine façon, j'étais beaucoup plus cultivée qu'eux, et même que Guillaume. Et puis ce devoir d'honorer son rang en permanence a fini par m'ennuyer, sûrement. J'ai commencé à prendre des amants… et nous nous sommes séparés. »

Robert-Pierre se rappelle avoir ri avec elle tandis qu'elle le régalait des coutumes de table des Lorel : le vin bon marché servi dans des carafes en cristal, la lavasse de poisson surgelé, pêchée au congélateur le vendredi, les bouchées à la reine farcies d'une crème aux champignons grisâtre qui lui donnaient la nausée.

« Si tu voyais comment on mégote sur les centimes dans ces soi-disant grandes familles ! On fait passer le surgelé pour du frais. Même la pâte à tarte, on se contente de la faire décongeler et de la réchauffer, comme les sauces qu'on achète en bocal. La seule chose que ma belle-mère cuisinait vraiment bien, c'était la soupe de légumes (ça ne lui coûtait pas cher, ils venaient tous du potager), et le rôti… mais, là encore, on regardait à la dépense : la viande était coupée ultrafin et la politesse exigeait qu'on n'en mange pas plus de deux tranches. Je devais chaque fois réprimer mon envie de planter les dents dans un bon morceau de viande bien consistant ! Quelle frustration ! »

Ces souvenirs le font sourire et le détournent de ses angoisses. L'espace d'une seconde, il a oublié que Kranti était morte. Et pourtant elle est partie pour de bon, en lui laissant un héritage empoisonné. Dans un élan douloureux de culpabilité, ses pensées rejoignent Sophie au grand galop.

Quand il l'a appelée ce matin, elle était aimable, mais distante.

« Je file rue Daguerre faire quelques courses. Il n'y a rien à la maison, et si je n'achète pas une nouvelle serpillière et des sacs-poubelle à Maria elle va encore râler.

– Je peux t'accompagner ? Je porterai le panier.

– Depuis quand te proposes-tu pour porter les sacs de courses, Pierre, surtout le samedi ? La dernière fois que je t'ai demandé de le faire, tu m'as accusée de te priver de ta grasse matinée du week-end… »

Derrière la voix impersonnelle, il a perçu un sourire, mais il ne saurait dire s'il était gentiment espiègle ou caustique.

La vie quotidienne suit un schéma auquel il se conforme avec la plus grande réticence. Olga Savićpasse la tête par la porte presque chaque soir à son retour du travail, mais ils évitent soigneusement d'évoquer Kranti. Elle lui parle de Peter et d'Ivan, lui demande conseil sur la meilleure façon de répondre à la colère de son mari envers leur fils. Ivan déteste tout ce qui concerne Peter : son homosexualité, sa façon de vivre, de s'asseoir, de parler, de manger. Mais ce qui déchaîne vraiment sa fureur, à y bien regarder, c'est le fait d'être dépendant économiquement de quelqu'un qu'il considère comme un moins-que-rien. Olga Savićlui raconte ses problèmes un peu comme elle se confiait à l'oreille compatissante de Kranti, et il l'écoute. Ce qui revient à lui consentir des consultations gratuites, mais il s'en moque. Olga lui apporte en général à dîner, et ils font une partie de scopa, un jeu sicilien à quarante cartes que Kranti leur a appris à tous les deux.

Il est bien sorti deux ou trois fois avec des amis, mais en l'absence de Sophie les échanges sont demeurés formels. Il s'est donc habitué à saturer ses soirées de lectures professionnelles. Parfois, il consacre son temps à faire le tri parmi les articles soumis pour publication à la revue dont il est le rédacteur en chef. Une part de lui-même approuve cette existence monastique. C'est sa façon à lui de se repentir, de demander pardon, d'expier.

Cependant, il s'irrite aussi de ce qu'il regarde comme un exil forcé. Il déteste le lit trop court de Kranti d'où ses pieds dépassent, alors qu'il n'y attachait aucune importance auparavant, et ce qui encombre la salle de bains, tous ces tubes de crème et de shampooing, ces flacons de parfum et autres produits de beauté qui lui ont sûrement coûté une fortune. Il réprime souvent, sans savoir pourquoi, une envie furieuse de tout jeter, de rendre l'appartement au confort de son espace initial.

L'épouvante l'envahit lorsqu'il pense aux manuscrits de Kranti, mais inexorablement, au fil de la nuit, l'attraction des cahiers réaffirme son emprise et, y cédant, il se bagarre avec la prose désordonnée de Kranti jusqu'à ce qu'un sommeil agité l'emporte.

11

Le cahier rouge

Kranti se dresse d'un bond sur son séant, réveillée en sursaut par une voix d'homme rauque qui crie dans un mégaphone non loin de la maison. En un clin d'œil, elle est dehors et traverse le jardin pieds nus en courant. Ayi la trouve devant le portail, les yeux rivés au tricycle à moteur qui passe lentement sur la route. Attachée à son flanc, la bannière tricolore du drapeau national volette dans la petite brise fraîche du matin. Fixé à la remorque, un porte-voix braille son message.

Le ciel d'Aurangabad est couvert. La tempête de la nuit a fait tomber une branche du margousier et le ruban noir du goudron est jonché de ses petites baies vertes. La procession avance à une allure d'escargot. Le tricycle est suivi par une voiture aussi délabrée que lui et plusieurs gamins des rues poussés par la curiosité.

– Frères et sœurs, dit en anglais l'homme assis à côté du conducteur, ce matin, à quatre heures, Maulana Abul Kalam Azad, notre ministre de l'Éducation, respecté de tous, a rendu l'âme. Tous les bureaux administratifs et toutes les écoles resteront fermés.

Il répète ensuite son annonce en marathi et en hindi. C'est un matin d'août 1958, et Kranti va sur ses six ans.

Elle glisse sa petite main douce dans la paume de sa mère, et toutes deux attendent en silence que la procession s'éloigne, puis, sans se lâcher, elles s'en retournent d'un même pas par le jardin. L'herbe moussue, encore trempée, est douillette à leurs pieds et Ayi sent monter en elle une bouffée d'amour pour cette étrange enfant vulnérable, solitaire et pourtant si confiante.

– S'il pleut, rentre aussitôt ! lui dit-elle avant de pénétrer dans la maison.

Ayi et Baba parlent ensemble, ils n'entendent pas Kranti se faufiler à l'intérieur.

– Je peux les envoyer chez une voisine pendant que tu les recevras, dit Ayi sur un ton soucieux.

– Ça n'est pas nécessaire. Il faudra bien qu'elles sachent un jour. On ne peut pas les déraciner d'un seul coup, il faut les prévenir pour leur laisser le temps de se faire à cette idée. Le plus tôt sera le mieux, dit Baba.

– Je les appellerai pour déjeuner et je ferai en sorte qu'elles soient prêtes à trois heures, répond Ayi.

Baba n'est pas allé travailler. Vêtu de son plus beau costume, il ressemble à une vedette de cinéma. Ayi a disposé des assiettes de biscuits salés et de gâteaux secs au chocolat sur la table du salon. Ganga, la domestique, a sorti le service à thé en argent et l'a soigneusement astiqué. Les filles portent leur tenue de Diwali. L'ensemble *parkar-polke* de Kranti, jupe longue et corsage assorti, arbore de minuscules perruches rouges et vertes sur fond noir ; Shanti est en bleu et or à paillettes. Ayi et Baba veulent qu'elles fassent bonne impression sur les visiteurs. Ayi leur murmure « BC », « bonne conduite » en dialecte Goray.

Trois hommes se présentent à quatre heures de l'après-midi avec des boîtes de bonbons pour les filles. Ce sont les patrons de Baba, dépêchés spécialement de Bombay pour tenter de le faire changer d'avis. Ils restent enfermés avec lui un long moment dans son bureau, puis sortent tous ensemble pour partager une tasse de thé avant de s'en aller.

– Je suis ravie que vous ayez pu résoudre le problème à l'amiable, dit Ayi à M. Prabhu.

– Votre mari est un homme très intelligent, madame Goray, répond ce dernier. Nous n'avons pas réussi à le convaincre de rester, mais, vous savez, il peut revenir quand il le souhaite. Merci pour ce thé absolument délicieux.

Le soir, Ayi et Baba annoncent aux filles qu'ils vont déménager pour une ville lointaine du nom de Lucknow, où Baba est allé à l'école étant enfant.

– Baba est arrivé premier dans un concours pour partir à Singapour, mais on a préféré y envoyer le fils du président, dit Ayi. Baba a démissionné parce que c'est injuste et il a trouvé un meilleur emploi. Donc, nous déménageons pour Lucknow et vous irez dans une nouvelle école. Il faudra apprendre le hindi.

Baba souhaite préparer les bagages et partir sur-le-champ.

– On peut tout organiser sur place en une semaine, assure-t-il.

Ayi n'en est pas convaincue. Selon elle, mieux vaut attendre qu'il ait effectué le préavis mentionné dans son contrat.

– Les enfants auront des difficultés à intégrer une nouvelle école en milieu de trimestre, surtout Kranti. Attendons au moins décembre, qu'elles terminent leur année scolaire.

Ayi a peur d'aller à Lucknow, où elle ne connaît personne, dont elle ne parle pas la langue. Peur d'abandonner son enseignement de la musique et ses élèves.

Baba suggère plusieurs solutions qui ne conviennent pas à Ayi. Pour finir, il sort son joker :

– À Bombay, ils veulent que le nouveau bureau soit ouvert dans six semaines. Il faudra que j'envoie Barbara en éclaireur pour acheter le mobilier et préparer les lieux.

– Mme d'Costa ? Tu ne m'as jamais dit qu'elle devait venir ! Tu ne peux pas me faire ça, Vijay, je m'y oppose.

– Te faire quoi ? C'est la maison mère qui l'a embauchée et elle ne m'a jamais parlé de sa candidature. Sa famille est du Nord, c'est là qu'elle a grandi et elle voulait y retourner. C'est une employée efficace, elle fera une excellente assistante. Je ne peux pas faire obstacle à son recrutement. Tu peux rester avec les enfants si tu veux. Je partirai le premier, j'organiserai tout, je ferai l'ouverture du bureau et vous me rejoindrez plus tard.

– Quand part-elle, Vijay ?

– Ils partent tous les deux le mois prochain. Son mari a trouvé un travail dans l'atelier de mécanique d'un cousin. Elle dit que l'admission d'Yvonne à l'école ne rencontrera pas d'obstacles. Les catholiques n'ont jamais ce genre de problème, tu sais.

– Pourquoi ne m'as-tu pas prévenue avant ? Tu préfères toujours me cacher des choses…

– Je n'ai rien à cacher. Comment aurais-je pu t'en parler plus tôt ? Je viens juste de l'apprendre.

– Si c'est comme ça, nous partirons en même temps qu'eux, Vijay.

– D'accord. J'aurai juste besoin d'y faire un aller-retour en éclaireur pour louer un bureau, une maison, trouver des domestiques et régler l'inscription des enfants à l'école.

– Je sais, Vijay, je sais.

Et Ayi cède, comme il s'y attendait.

*

C'était il y a deux mois, et le jour du départ est arrivé. Comme on est en octobre, au beau milieu des vacances scolaires de Dussehra, les petites ne peuvent même pas adresser un dernier adieu à leurs camarades. Le mobilier est parti à la salle des ventes dans un grand camion, la maison est vide, les murs parsemés de plaques claires à la place des tableaux et des photographies qui y étaient accrochés. Une longue traînée sale signale l'endroit où se dressait leur lit.

Kranti parcourt une dernière fois la maison. « Au revoir ! » s'écrie-t-elle en sortant de chaque pièce, et sa voix lui revient en écho, renvoyée par des murs dont la hauteur semble avoir subitement augmenté.

Une foule de questions se pressent dans sa tête, elle est incapable de se concentrer sur l'ultime grille de marelle qu'elle vient de tracer sous le tamarinier. C'est le crépuscule, le ciel est déjà strié de rouge écarlate et l'ombre qui se déplace devant elle est une longue silhouette filiforme semblable aux schémas que sœur Margaret dessine au tableau noir pendant les cours de sciences naturelles.

Le train les emporte maintenant à travers d'étranges paysages arides parfois bruns, parfois rouges ou presque noirs. Kranti est rivée à la fenêtre, hypnotisée par la danse des fils télégraphiques qui montent et descendent au rythme des roues. Le bruit passe de sourd à sonore lorsqu'ils traversent une des larges rivières réduites en cette saison à des lits de cailloux et de rocs. Dans le halètement poussif de la locomotive, ils longent des villages endormis, adressent de grands signes de la main aux piétons arrêtés par la barrière du passage à niveau.

D'abord, ils font cap vers l'ouest sur une voie étroite jusqu'à Manmad, importante jonction où ils embarqueront dans l'Amritsar Express en direction du nord. À Jhansi, également grand nœud ferroviaire, leur voiture sera détachée et attelée à un autre train pour poursuivre vers Lucknow à l'est, tandis que l'Amritsar continuera sa route jusqu'à son terminus, non loin de la frontière du Pakistan.

La mousson a été très mauvaise, et, bien qu'on soit en octobre, il fait une chaleur insupportable. Une mouche horripilante revient sans cesse se poser à la commissure des lèvres de Kranti. Baba, nanti de cartes et d'un horaire ferroviaire détaillé, leur lit les noms insolites des gares où ils vont s'arrêter: Bhusawal, Khandwa, Hoshangbad, Bina, Babina, Itarsi.

– À Manmad, qui se trouve ici, dit-il en désignant un point sur la carte aux fillettes excitées, nous ferons un souper grandiose. J'ai déjà commandé des biscuits et de l'Ovaltine pour vous. Thé du matin à Bhusawal, petit déjeuner à Khandwa, déjeuner à Itarsi, avec peut-être un arrêt boisson à Jalgaon. Et si vous êtes très gentilles et que vous ne vous disputez pas, vous aurez peut-être même droit à un jus d'orange.

– Je veux boire à Bina ! s'écrie Kranti.

– Et moi, à Babina ! renchérit Shanti.

– Bon, mais il faudra choisir, c'est l'un ou l'autre. On va jouer à pile ou face, décide Baba en tirant une pièce de quatre anna de sa poche.

Shanti réagit au quart de tour :

– Je prends face !

– Face pour moi aussi, dit Kranti, dont la bouche se crispe aussitôt pour empêcher sa lèvre inférieure de trembler.

– Baba, c'est moi qui ai dit « face » la première ! Elle veut toujours faire comme moi !

– Du calme, vous deux, coupe-t-il avec irritation en rangeant la pièce. Cette fois-ci, ce sera comme Kranti le veut parce qu'elle est la plus jeune. La prochaine fois, ce sera ton tour, Shanti.

Ayi, les narines à vif, souffre d'un rhume de cerveau. Elle a refusé qu'on ouvre les fenêtres et les deux petits ventilateurs bruyants accrochés au plafond brassent un air torride. Ils sont installés dans un compartiment de première classe à quatre couchettes. Une cuvette en fer-blanc trône au centre, contenant un gros bloc de glace. Ils ont leur salle d'eau particulière avec douche, et une porte qu'ils peuvent verrouiller pour s'isoler du monde extérieur.

Baba a glissé ses bouteilles de soda sous la glace et Ayi a placé sur le bloc plusieurs petites boîtes rondes en inox. Baba déteste ces arrangements compliqués. Ils auraient parfaitement pu commander leurs repas au service restaurant. Ayi n'était pas de cet avis : « Kranti a toujours des problèmes de digestion et je ne veux pas qu'elle attrape une diarrhée dans le train. Chez elle, ça entraîne toujours de la fièvre et tu sais qu'il lui en faut peu pour se mettre à délirer. »

– C'est comme si on était chez nous dans notre petite maison, hein, Ayi ? dit Shanti.

Ayi garde le silence comme elle le fait depuis déjà longtemps, répondant à peine et sans sourire.

Elle a passé les dernières semaines à tout empaqueter, à envelopper la vaisselle fragile dans de vieux saris, serviettes et journaux, aidée par les domestiques. Baba a inscrit son nom, ses titres universitaires et leur trajet – Aurangabad-Lucknow – sur chacun des bagages. Il y en a trente et un en tout, paniers, couchages, fourre-tout, malles, caisses en bois petites et grandes.

– Nous allons avoir de superbes meubles neufs, une belle voiture, des lits séparés pour mes deux petites oiselles, vous allez voir ça ! s'esclaffe Baba en enfouissant la tête dans le ventre de Kranti, ce qui la fait hurler de rire et battre des jambes pour échapper au chatouillement.

Lors du premier voyage de Baba à Lucknow pour organiser leur séjour, il a fait la connaissance de son nouvel assistant, M. Chaturvedi, qui les accueillera à la gare. Avec leur nouvelle voiture.

Ils poursuivent résolument vers le nord et les sifflements de la locomotive fatiguée résonnent dans la nuit. Kranti se réveille en sursaut tandis que le train ralentit aux abords d'une gare dans la brume matinale. On entend une vitre se lever et une voix qui nasille sans interruption: « *Tchaï garam, tchaï garam...* »

– Kuka, descends de ta couchette et goûte-moi ça. C'est du *kulhad tchaï*. Tu n'en boiras jamais de semblable ailleurs, dit Baba en montrant à Kranti une petite tasse en terre emplie d'un breuvage brun et fumant.

Il a raison. Le thé a l'odeur puissante de la terre asséchée qui s'imprègne avidement de la première averse de mousson. Assise sur les cuisses de Baba, sirotant son thé, Kranti ferme les yeux. Il lui caresse la tête et les cheveux, son souffle est doux comme des baisers sur sa nuque. Elle voudrait que le temps s'arrête, là, tout de suite, pour ne jamais se remettre en marche. Rêveusement, entre deux gorgées, elle tapote les joues de son père.

C'est alors qu'elle perçoit sous elle un mouvement, un mouvement insolite, suivi d'une impression d'humidité un peu collante à l'arrière de son pantalon de pyjama. Elle sait que cela ne vient pas d'elle. Pour une fois. Baba la soulève doucement de ses genoux et la dépose par terre sur ses pieds. Elle se retourne pour le regarder tandis qu'il se lève. L'avant de son pantalon bleu est mouillé d'une grosse tache sombre semblable à la zone de pluie qu'il leur a montrée hier sur la carte.

– Chut... murmure Baba, un doigt sur les lèvres, en se penchant vers elle et en lui désignant la silhouette d'Ayi endormie. Parfois, ça arrive aussi aux grandes personnes. Tu ne diras rien, promis?

Et il la laisse acquiesçant d'un hochement solennel de la tête tandis que, sur son postérieur, l'humidité cède place peu à peu à la sensation rêche de l'amidon avec lequel Ganga rince les chemises blanches de Baba.

Pauvre Baba. Maintenant, elle comprend pourquoi Ayi crie toujours après lui et pourquoi elle lui fait la tête. Elle s'imagine expliquant à sa mère d'une douce voix adulte : « Tu sais, Ayi, on ne peut pas toujours se retenir. Regarde ce qui est arrivé à Baba… Moi, c'est la même chose quand je mouille ma *chaddi*, je ne le fais pas exprès. Ça vient tout seul. » Mais son interlocutrice imaginaire reste de pierre, elle n'écoute rien, ne voit rien. Rien ne suggère qu'elle a entendu, un peu comme la véritable Ayi qui dort devant elle en ce moment.

C'est un monde nouveau. Aux consonnes dures du marathi succède un grasseyement plus suave. Les cadences du hindi sont différentes, les femmes ont des formes moins anguleuses, plus rondes, plus opulentes.

À la gare de Jhansi, ils doivent attendre de longues heures que leur voiture soit détachée, puis attelée à un autre train en direction de l'est. Baba leur raconte l'histoire de la Maharani Lakshmi Baï, la souveraine intrépide de Jhansi qui a tenu tête aux Anglais. Elle combattait à cheval et fauchait des soldats britanniques, son bébé de six mois sanglé dans son dos.

Le premier poème en hindi qu'elles apprennent est à son sujet :

Bundele Harbolon se yeh humne suni kahani thi,
Khub ladi mardani, woh to Jhansi wali Rani thi…

Les mots leur semblent curieux, prononcés avec une douceur que n'offrait pas leur langue maternelle.

– Tu dois être aussi courageuse qu'elle, Kuka, lui déclare Baba.

– Est-ce que je pourrai monter à cheval et me battre à l'épée, moi aussi ?

– Les temps ont changé. À son époque, il n'existait pas de voitures, c'est pourquoi on se déplaçait à cheval. Toi, tu apprendras à conduire une automobile. Ou même un avion. On n'a plus besoin de chevaux pour faire la guerre, aujourd'hui. On peut combattre avec son cerveau. Mais, pour ça, tu dois étudier sérieusement et réussir tes examens. Allez, je vais voir si on a bien chargé nos bagages, dit-il en sautant sur le quai du haut du marchepied.

Les deux sœurs se tiennent à la portière de la voiture et l'observent qui s'éloigne à grands pas lorsque Taï glousse de rire et chantonne :

– Je connais un secret, un secret que tu ne connais pas, toi…

– Oh, dis-moi, Taï, dis-le-moi !

– Qu'est-ce que tu me donneras en échange ?

– Qu'est-ce que tu veux ?

– Ta poupée. Et moi je te donnerai la mienne à la place.

– Non.

– Alors je ne te dirai rien. Je garderai le secret. Tu ne sauras rien.

Kranti cède, mais elle ne peut réprimer un élancement douloureux de culpabilité tandis qu'elle dit adieu en l'embrassant à sa poupée favorite avant de la déposer entre les mains tendues de Taï. Son aînée lui fait signe de sortir du compartiment. Pas ici, pas devant Ayi, dit son geste.

Elles se blottissent l'une contre l'autre dans le couloir.

– Tante Cou-ii, Yvonne et Oncle Vincent, ils viennent tous les trois à Lucknow avec nous. Baba est allé chercher Tante Cou-ii. Mais n'en parle pas devant Ayi parce qu'elle ne serait pas contente, si elle savait.

– Ce n'est pas vrai. Tu inventes, juste pour avoir ma poupée. Je vais demander à Ayi…

Taï lui a saisi la main.

– Tais-toi, espèce de petite gourde, ou elle va vraiment se mettre en colère. Elle ne veut pas qu'ils viennent, je le sais, je les ai entendus se disputer à leur sujet. Ils sont dans le même train que nous, dans un compartiment de troisième classe. Et Baba est parti les voir.

– Coucou, ma chérie, où est Ayi ? demande Baba avec entrain à Shanti, tout occupée à lire, assise sur une malle en acier dans le couloir.

– À l'intérieur, évidemment, marmonne Shanti d'un ton maussade en levant les yeux vers Tante Cou-ii, debout sur le quai, vêtue d'une jupe en coton froissée par le voyage et d'un chemisier rouge sans manches.

Ses avant-bras charnus ressemblent à deux poteaux beiges et ses aisselles s'auréolent de deux grosses taches sombres, mais son rouge à lèvres est impeccable, comme toujours, et ses cheveux encadrent son visage de leurs mèches brillantes.

Baba et Tante Cou-ii dépassent Shanti en se faisant tout petits dans l'étroit boyau et pénètrent dans le compartiment où Kranti joue à la bataille avec Ayi. Elle saute dans un cri de ravissement au cou de Tante Cou-ii, jetant un bref coup d'œil coupable en direction de sa mère qui regarde au-dehors avec une indifférence étudiée.

– Cou-ii, Cou-ii, comment va ma petite souris, mon bébé chéri ? gazouille Tante Cou-ii en lui chatouillant les côtes.

Et elle laisse sur chacune des joues rebondies de l'enfant une empreinte brun-rouge.

– Vous venez avec nous ? Je suis tellement HEUREUSE ! Et Yvonne, elle est là ? On peut jouer avec elle ? demande Kranti en sautillant de joie.

– Ma chérie, nous ne sommes pas riches, pas comme ton papa. Alors Yvonne est dans notre compartiment, à l'autre bout du train. Mais comme il s'arrête ici pour deux heures, peut-être que Shanti et toi vous pouvez aller la voir ? Et puis, on ne peut pas se serrer tous ici, n'est-ce pas ? dit-elle en regardant Baba.

Ayi tourne la tête d'un geste vif et leur présente le masque froid de son visage.

– Non, Vijay, je ne laisserai pas les filles partir comme ça. C'est trop dangereux.

– Mais, Lalita, c'est absurde, elles sont coincées ici, elles ont besoin de quelqu'un avec qui jouer.

– Si c'est comme ça, je préfère les accompagner.

– Nous sommes dans la voiture 22, l'informe Tante Cou-ii.

Sans un mot, Ayi saisit Kranti rudement par la main et elles sortent, laissant Shanti à sa lecture dans le couloir. Comme le quai ne se prolonge pas jusqu'au bout du train, elles doivent marcher sur le gravier raboteux qui borde les voies jusqu'à la voiture 22, bondée de passagers assis à même le sol. Ayi et Kranti se fraient un passage entre les paniers, couchages, corps, chaussures et pieds nus dans les odeurs de curry, de condiments, d'urine et d'excréments.

Vincent et Yvonne se font face, chacun près d'une fenêtre, mais les places qui jouxtent les leurs sont occupées par ce qu'Ayi décrit d'ordinaire comme des « gens terriblement pauvres qui ne se lavent pas et qui risquent de vous donner la teigne ». La femme assise à côté d'Oncle Vincent, le corsage ouvert, allaite son bébé, l'autre sein presque dénudé. Kranti, les yeux ronds comme des soucoupes, se prend à les comparer aux melons bruns de Ganga. La mère chasse d'un revers de main indolent les mouches qui tournoient autour de la tête du nourrisson. Son mari ronfle à grand bruit sur son épaule libre, sa bouche ouverte révélant une grosse langue rouge et des dents colorées par le bétel.

Vincent est un petit homme noueux qui arbore en permanence des ongles noirs de mécanicien.

– Bon après-midi, madame. Comme c'est gentil de venir nous voir. Vous n'auriez pas dû. Comment vas-tu, ma petite Kranti ? demande-t-il, les yeux pleins de honte, conscient du fouillis qui règne autour de lui et s'efforçant d'y mettre un peu d'ordre.

– Maman m'a prévenue que vous alliez peut-être venir. C'est vraiment gentil, dit Yvonne en repoussant sa frange du dos de la main.

Autour d'elle, le sol est tapissé de cosses de cacahuètes. Ses mains et sa bouche sont tachées de jus d'orange. Elle a jeté la pelure et les pépins à ses pieds.

Ayi reste debout sans trop savoir quoi faire. Vincent recueille prestement des cosses de cacahuètes dans sa paume et les jette par la fenêtre. De sa poche, il tire un mouchoir à carreaux en coton, l'humecte d'un peu d'eau prise à une tasse en émail pour essuyer la bouche et les mains d'Yvonne.

– Ce siège est à nous, laisse-le à la dame, dit-il au jeune homme qui occupe la place de Tante Cou-ii à côté d'Yvonne.

Puis il lance au passager de la couchette du dessus :

– Et toi, là-haut, relève tes pieds, tu veux !

Leur propriétaire s'exécute de mauvaise grâce.

– Je vous en prie, madame, asseyez-vous, reprend-il aimablement à l'adresse d'Ayi en lui désignant le siège évacué. Baby Kranti, assieds-toi sur mes genoux.

Des regards curieux se fixent sur Ayi et sur Kranti. Les passagers se sont approchés imperceptiblement et les entourent comme si elles s'apprêtaient à donner une représentation.

Ayi décline gracieusement le thé que Vincent lui propose.

– Savez-vous où vous allez habiter ? lui demande-t-elle.

– Dans un premier temps chez Eric, le cousin de Barbara. Son épouse est partie chez sa mère pour accoucher. Ils nous demandent depuis longtemps de venir les voir. Quelle chance que Barbara ait obtenu cet emploi ! Vous êtes si bons pour nous et pour Yvonne, vous et votre mari. Je vous en remercie, madame.

Ayi lui pose poliment des questions sur Lucknow, sur l'école qu'Yvonne va fréquenter, sur l'organisation de leur cohabitation. Pendant ce temps, les deux filles jouent aux osselets avec une petite balle en caoutchouc et quatre cailloux arrondis. Comme la balle rebondit et tombe fréquemment de la tablette fixée sous la fenêtre, elles abandonnent la partie pour observer ce qui se passe dehors.

– Oh, regarde ! *Pyaasa !* glapit Kranti en pointant du doigt l'affiche collée à un mur dans la rue animée qui longe la voie ferrée.

– C'est juste un navet indien, rétorque Yvonne. On a vu *Le Pont de la rivière Kwaï*, ça c'était un bon film !

– C'est pas vrai, c'est pas un navet ! Mon papa dit que c'est un très bon film, qui parle des riches et des pauvres, et les chansons sont belles. Je les ai entendues dans l'émission *Binaca Geetmala*.

– Nous, on écoute seulement les programmes en anglais de Radio Ceylon et ma maman dit que tous les films indiens sont des navets.

– Qu'est-ce qu'elle en sait, ta mère ? Moi, mon papa, il est très intelligent et il est son patron. Ton père à toi, c'est seulement un mécanicien qui répare des voitures. Vous êtes pauvres et bêtes et c'est pour ça que vous voyagez en troisième !

Yvonne a les yeux noyés de larmes.

– Papa, dis-lui que ce n'est pas vrai.

Pendant le silence gêné qui suit, Ayi se lève et secoue les jupes de son sari.

– Allez, il faut qu'on regagne notre voiture, le train repart dans dix minutes. Kranti, demande pardon à Yvonne de l'avoir fait pleurer.

– Mais, Ayi, elle a dit que *Pyaasa* était un mauvais film et Baba…

– Demande-lui pardon, un point c'est tout.

Elles sortent en trébuchant sur le gravier de la voie et reprennent le chemin de la voiture 6. En approchant, elles aperçoivent Baba et Tante Cou-ii qui échangent un regard en entrechoquant leurs verres. Le breuvage ambré est du whisky. Baba a l'air radieux, juvénile, heureux. Ses fossettes étincellent de séduction. Tante Cou-ii, qui se détache avec un petit air d'Ava Gardner sur le fond vert foncé des sièges d'Indian Railways, rejette la tête en arrière en riant, exhibant ses dents blanches et la colonne ferme de son cou. Elle se lève dans un froufrou de jupes, serre Ayi dans ses bras et s'en retourne vers sa famille le long du quai.

– Baba, pourquoi Tante Cou-ii, Yvonne et Oncle Vincent voyagent en troisième ? Pourquoi est-ce qu'ils ne peuvent pas venir ici ? C'est si sale, là-bas ! Et puis, tout ce bruit ! En plus, il fait si chaud ! Ils sont pauvres à ce point ? Quand même moins que Ganga, non ?

– Ganga est une domestique, Tante Cou-ii, non. Elle est sténotypiste, explique Shanti. Mais, Baba, comment se fait-il qu'ils soient pauvres si son grand-père était anglais ?

– Les Anglais nous méprisaient parce que nous n'étions pas blancs comme eux. Ils traitaient leurs propres enfants indiens comme des esclaves. Vous avez de la chance d'être nées dans une Inde libre, bien que la liberté ne nous ait pas apporté l'égalité. Elle n'a éradiqué ni la hiérarchie des castes ni la pauvreté. Des gens comme le Mahatma Gandhi ont demandé aux riches des castes supérieures d'avoir du respect à l'égard des pauvres qu'ils administraient et qui s'en remettaient à eux. Mais les riches ont-ils jamais redistribué leurs richesses ? C'est seulement quand les moyens de production seront contrôlés par l'ouvrier et quand le profit n'existera plus que l'Inde fera des progrès. Mais, pour ça, il nous faut une révolution communiste.

– Vijay, ne leur parle pas de politique, le rabroue Ayi, elles sont trop jeunes. Elles ne comprennent pas ce que tu leur dis.

– Parle pour toi ! Bien sûr que si, elles comprennent. J'explique simplement. On n'est jamais trop jeune pour commencer à apprendre ces choses, rétorque Baba.

À l'entendre, ce sera un monde heureux où chacun sera comblé, où personne ne sera plus pauvre. Néanmoins, il ne peut éviter de prononcer des expressions du type « dictature du prolétariat » et « dépérissement de l'État ». Tandis que Taï marque son approbation de hochements de tête enthousiastes, Kranti, qui n'entend rien à ses propos, se récite « Patjhad », le poème qu'elle a appris au sujet de la saison où les feuilles se flétrissent et tombent.

Quand Baba parle de cette façon, elle se sent perdue, exclue. Elle n'arrive pas à suivre lorsqu'il discute avec Taï du parti communiste, de Marx, de Lénine, d'un certain Albert Einstein et de tous ces livres que son aînée a lus. Celle-ci voudrait devenir scientifique plus tard, sans parvenir encore à décider si elle s'orientera vers la physique pure ou vers la physique nucléaire.

Taï rafle tous les prix à l'école, même celui d'assiduité, et l'institutrice de Kranti, Mme Menon, soupire souvent en exhalant une haleine de café : « Regarde ta sœur… Elle travaille très bien, elle. Pourquoi traînes-tu si loin derrière ? » Mais Kranti ne comprend pas les raisons de ces soupirs. « Shanti a un cerveau remarquable, elle saisit très vite les concepts, dit Baba à Ayi, mais les résultats de Kranti m'inquiètent un peu. Il faut que tu suives ses devoirs de plus près, Lalita, et que tu cesses de la dorloter comme tu le fais. »

Kranti est dodue et placide, jolie, mais dispersée et fourbe. Shanti est intelligente, coriace, autoritaire, impulsive, mais aussi généreuse. Et très susceptible, surtout quand il est question de son apparence. De grandes dents saillantes lui poussent la lèvre inférieure vers l'avant, en exposent le versant intérieur charnu et rose. Chaque fois qu'elle rit, sa main vient se poser devant sa bouche pour la dissimuler. Plus tard, un traitement orthodontique corrigera ce défaut, mais Shanti ne cessera jamais de se croire laide, tout comme Kranti émergeant de sa chrysalide ne se percevra jamais comme un papillon splendide prêt à s'envoler mais gardera d'elle-même l'image d'une chenille attardée et bête.

Face à un ennemi commun, Shanti protège férocement Kranti, et comme toutes les sœurs elles rêvent ensemble, se battent, jouent, inventent des jeux, pleurent et se réconcilient. Contrairement à la plupart, en revanche, elles se vouent une haine farouche qui ne les quittera jamais, aussi profonde que l'amour inconditionnel qu'elles portent à leur père. Jalousie et rivalité les poursuivront bien après que Baba et Ayi auront été réduits en cendres.

Tandis que le train ralentit, le souffle court, dans la gare de Lucknow Central, les voilà sur le point d'entamer une nouvelle vie. Lucknow est la première des quelque dix à douze villes indiennes, grandes et petites, qu'elles habiteront dans les quinze années à venir, déménageant et changeant d'école à un rythme étourdissant.

Pour l'heure, M. Chaturvedi et sa petite femme voilée les attendent sur le quai, les bras chargés de longs boudins tissés de roses, de soucis et de jasmin. Une photo en noir et blanc, prise quelques minutes plus tard, représente Ayi, Baba, Kranti et Shanti debout, immobiles et raides. Leurs têtes privées de cou flottent au-dessus d'imposantes guirlandes de fleurs filetées d'argent.

12

Chagrins cachés

Annoncer leur rupture à sa mère est le plus difficile. Il essaie bien d'être léger, mais sa tentative n'obtient pas le résultat escompté.

– Sophie dit que vous ne viendrez pas déjeuner dimanche. Apparemment, vous ne vivez plus ensemble. Elle m'a donné ce numéro pour te joindre.

– J'habite chez un ami pour le moment. C'est provisoire, maman, ce n'est qu'un malentendu.

– Ce n'est pas l'impression que j'en ai retirée. Et d'ailleurs, qui est cet ami ? Par quel heureux hasard dispose-t-il d'un appartement à te prêter à point nommé ? N'est-ce pas plutôt une femme avec laquelle tu vis ? Est-ce pour ça que tu as déménagé ?

Brutale, directe selon son habitude, elle le plonge dans un profond malaise.

– Je te raconterai, maman, mais pas au téléphone. Veux-tu que je vienne te voir dimanche ?

– Viens plutôt me chercher gare Montparnasse et nous irons à la Coupole, c'est tout près. Je n'y suis jamais retournée depuis la mort de ton père. C'est moi qui t'invite. J'attraperai le train de onze heures trente et nous pourrons y être vers une heure moins le quart, avant la foule.

Il voudrait dire non, mais comment lui expliquer qu'il ne peut pas l'emmener dans cet endroit ? Il en a fait un usage éhonté, y a déjeuné avec sa maîtresse, dîné avec sa femme, l'a traité comme son réfectoire personnel. Y être vu en compagnie de sa mère serait la goutte qui fait déborder le vase de l'inconvenance.

– Nous verrons, maman. C'est une bonne idée, mais peut-être préférerais-tu un endroit que tu ne connais pas encore ? La Coupole n'est plus ce qu'elle était, tu sais. Aujourd'hui, on y chante « Joyeux anniversaire ! » et on y souffle des bougies... On se croirait en Amérique.

Sa mère n'est pas femme à se laisser dissuader aussi facilement et, le dimanche venu, il fait les cent pas sur le quai dans l'attente de son train en provenance de Fontainebleau. Elle émerge de la voiture, vêtue d'un tailleur classique bleu marine, d'un chemisier assorti en soie imprimée et d'un trois-quarts élégant. La retraite lui va bien. Elle se consacre à son jardin, elle a bonne mine et les joues roses. Elle apprécie de pouvoir à présent voyager à moitié prix en première classe, un luxe inaccessible pour elle auparavant. Il remarque le souci du détail qui a guidé les préparatifs de sa sortie parisienne, sac à main assorti aux chaussures, cheveux teints et laqués. Il ressent un soupçon de gêne, presque de l'embarras, devant cet aveu involontaire de condition provinciale.

Quand ils lui rendent visite, Sophie et lui, dans le vieux pavillon aux murs de pierre où elle habite, tout semble naturel : la nappe en plastique à grandes fleurs jaunes mille fois essuyée, les roses largement ouvertes dans le pot à lait en faïence écaillé « qui peut encore servir », les paniers en paille tachés du jus des pommes piquées cueillies au jardin, triées par tailles et par degrés de maturité, les serviettes qui ne vont jamais avec le reste, le bon repas paysan qu'elle leur a cuisiné. Ici, en revanche, bichonnée en vue de sa journée dans la capitale, elle a l'air décalée et il se prend à lui opposer la mère de Sophie, son élégance désinvolte, ses pantalons à jambes fines et ses spencers Saint Laurent.

À mille lieux des pensées qui occupent son fils, Mme Perrin s'est lancée dans une diatribe contre le plombier du coin. L'homme lui a posé un lapin trois fois de suite.

– Un robinet qui fuit, ce n'est pas grand-chose à réparer, mais c'est bien là le problème. Si j'avais besoin de changer le chauffe-eau, il rappliquerait en moins de temps qu'il n'en faut pour le dire. Pareil si ton père était encore là. Il est vrai que je ne lui offre pas son verre de calva comme papa avait l'habitude de le faire, et il ne peut rien commencer sans avoir fait le plein de carburant. Je crains que tu ne sois condamné à venir me changer ce joint toi-même, Robert.

Elle l'appelle toujours par ce nom, alors que Sophie, sans pour autant y être hostile, s'en tient résolument à « Pierre ». « Quand on dit "Robert", on croirait s'adresser à un dictionnaire. Je préfère de beaucoup "Pierre", c'est plus doux », lui a-t-elle dit un jour.

Les deux femmes n'ont jamais eu une relation très chaleureuse ni tout à fait détendue. Elles sont dévouées l'une à l'autre par devoir, mais la distance de Sophie, son ironie, son assurance froide désorientent trop souvent Françoise Perrin. Elles sont toutes deux enseignantes, toutefois ce point commun ne tient qu'à un fil : Françoise Perrin travaillait comme institutrice d'école primaire dans une petite ville, tandis que Sophie est professeur de français dans un des lycées les plus prestigieux de la capitale.

Fille de maraîcher, Françoise a dû déployer de gros efforts pour poursuivre ses études. Il lui fallait aider au potager après les cours, désherber, arroser, cueillir des fruits, accompagner parfois ses parents sur les marchés locaux. Elle croit fermement à l'école de la République, milite et vote communiste depuis toujours, dévore les livres d'histoire, de philosophie et de littérature. Jamais elle n'a pour autant coupé avec ses solides racines rurales, jamais elle n'a été attirée par les lumières de Paris que son fils unique, baptisé d'après son héros de la Révolution, trouve si séduisantes.

Françoise est passionnée, Sophie réservée, et, bien qu'elle soit toujours un peu intimidée par le raffinement de sa bru, Mme Perrin est persuadée d'être la meilleure, la plus authentique des deux. Ses commentaires sur sa belle-fille, si élogieux soient-ils, ne sont jamais exempts d'une touche de mépris.

Depuis son mariage avec Sophie, Robert-Pierre oscille entre ces deux muses antagonistes. La force dominante de cette petite famille farouchement soudée, c'était Françoise, et non Jean, son défunt mari. Elle a applaudi le soulèvement étudiant de Mai 68, allumé la flamme révolutionnaire dans le cœur de son fils. Elle l'a soutenu alors qu'il s'affirmait comme agitateur politique à l'École de médecine de Paris. Sa décision de pratiquer la médecine en privé l'a déçue, tout comme son choix de Sophie pour épouse, « une bourgeoise issue des écoles chic ». Cependant, elle n'a jamais voulu afficher ses doutes, et bien que leurs rapports n'aient jamais perdu de leur raideur, même après la mort de Jean, elle nourrit une affection sincère pour sa bru. « Nous sommes différentes », a-t-elle conclu une fois pour toutes.

Ils sont à la Coupole. Elle a réussi à imposer son choix, et, bien entendu, on l'a reconnu. Le maître d'hôtel les guide à leur table à travers la vaste salle avec un sourire entendu.

– Monsieur, madame, par ici, s'il vous plaît… dit-il avec une déférence trop excessive pour ne pas être moqueuse.

Sans détecter l'ironie, elle acquiesce d'un hochement de tête royal, puis commande des asperges sauce hollandaise, cultivées en serre à cette saison, qu'elle déguste avec ravissement. Puis elle glisse le coin de sa serviette dans son col en prévision de l'assiette de fruits de mer.

Robert-Pierre n'a pas faim. Il y a presque un mois qu'il a été chassé de chez lui, et aucune des tentatives qu'il a engagées pour reconquérir Sophie n'a été couronnée du succès escompté. Elle a décliné plusieurs invitations à déjeuner. Il n'a pas osé lui proposer de dîner avec lui, et tous ses efforts pour arranger une rencontre « fortuite » par l'intermédiaire des rares amis qui lui restent ont échoué. La seule personne qui pourrait, peut-être, la convaincre de lui pardonner et d'oublier est sa mère. Pour l'amener à cette démarche, cependant, il va devoir la préparer.

Françoise a terminé sa crêpe. Elle repousse son assiette dans un soupir de regret.

– Maintenant, explique-moi ce qui se passe. Pourquoi êtes-vous si perturbés, Sophie et toi ? Ce n'est pas ton genre, de perdre l'appétit comme ça.

– En fait, tu sais, l'appartement dans lequel j'habite, c'est le mien. Il m'a été légué par une personne qui est morte.

– Mon Dieu ! s'exclame-t-elle, ses sourcils se propulsant tout en haut de son front. Qui était-ce ?

– Kranti, elle s'appelait Kranti. Elle était indienne. Je la voyais de temps en temps depuis cinq ans…

– Cinq ans, c'est long, Robert, la moitié d'une décennie. Qu'est-ce qui s'est passé ? Elle était malade ? Tu la suivais comme patiente ?

– Non, maman, je ne la soignais pas, j'avais une liaison avec elle.

– Depuis cinq ans ? Autant dire que tu étais bigame, que tu avais une deuxième famille !

– Pas exactement, non. Elle était très indépendante, économiquement et sur tous les autres plans. Bien sûr, par respect pour Sophie, je ne la voyais jamais dehors, sauf pour quelques excursions discrètes hors de Paris.

– Et tu appelles ça du respect pour Sophie ? Pas moi. Était-elle au courant ? En tout cas aujourd'hui, manifestement, elle sait.

– En fait, c'est la police qui le lui a appris.

– La police ? Qu'est-ce que la police vient faire dans cette histoire ? Ce n'est pas étonnant que Sophie soit bouleversée. À quoi t'attendais-tu ? À un bouquet de fleurs ?

– Ce n'est pas ce que tu crois. Cette femme s'est suicidée, dit-il, sur la défensive.

Et subitement il ne peut plus rien dire.

– Tu ferais mieux de venir avec moi à l'appartement, reprend-il enfin.

Chez Kranti, Françoise Perrin regarde autour d'elle avec admiration.

– C'est un bel endroit, très original. Ton amie était artiste ?

– En quelque sorte. Elle était styliste, et elle avait du talent. Elle s'est lancée dans plusieurs projets sérieux. Elle voulait devenir écrivain, mais je crois qu'elle a compris qu'elle ne passerait pas la barre, ni comme styliste ni comme écrivain.

– C'est pour ça qu'elle s'est tuée ? Ou bien souffrait-elle de troubles mentaux ?

« Tout psy a besoin d'une mère à qui se confesser », se dit Robert-Pierre, et il saute le pas :

– Je n'en sais rien, maman. Absolument rien ! C'était tellement étrange, on dirait qu'elle a voulu mettre sa mort en scène. Elle a tout préparé, comme si elle s'apprêtait à tenir un rôle dans une pièce de théâtre. Mais elle n'a donné aucun signe d'avertissement.

Il savait qu'elle n'était pas toujours heureuse, poursuit-il, mais qui en ce monde ne nourrit pas quelque chagrin caché ? Elle paraissait toujours si assurée, si maîtresse d'elle-même, sauf peut-être quand elle dormait. Elle ne parlait presque jamais de son enfance en Inde qui avait été, à en juger par ce qu'elle a écrit, rien de moins que traumatisante.

Devant le sourcil interrogateur de Françoise, il comprend qu'il piétine. Sa mère attend qu'il lui raconte, pour de vrai, ce qui s'est passé.

Alors, assis sur le tapis, la tête appuyée sur un genou maternel, il lui dit tout. Comment ils se sont rencontrés, ce qu'ils ont fait. La jalousie de Kranti, l'impatience qui le prenait parfois. Il se met à pleurer, enfin, à expulser à gros sanglots sa colère et ses récriminations.

– Elle avait tout préparé, maman, et elle l'a fait dans l'intention de me faire du mal. Elle a voulu me punir à cause de ma relation avec Sophie. Elle ne comprenait pas comment je pouvais en même temps l'aimer et vivre une vie de couple heureuse avec une autre. Elle voulait que je choisisse entre elles deux. Je ne pouvais pas, je le lui ai dit. Elle m'en voulait si fort de partir en vacances avec Sophie qu'elle gâchait toute la joie des moments que nous passions ensemble.

– Cinq ans, c'est long dans la vie de n'importe quelle femme. Comment pourrais-tu lui reprocher d'avoir fini par espérer que votre relation deviendrait permanente ?

– Elle remettait toujours sur le tapis la question de mes vacances avec Sophie. Pourtant, je partais plusieurs fois par an avec elle pour de longs week-ends. Elle en voulait toujours plus !

– Je ne suis pas sûre de lui donner tort, Robert, surtout si elle vivait seule, sans parents ni amis.

– C'était un geste délibéré, très soigneusement préparé. Elle n'a négligé aucun détail. Elle a même laissé une lettre à la voisine, dans laquelle elle évoque quelque chose de terrible qu'elle aurait fait par le passé. La police ne m'a pas montré le rapport du légiste, mais il y a eu une autopsie, ils l'ont dit à Sophie. Moi, ils me soupçonnaient et j'étais si inquiet que je n'ai jamais osé poser de questions. Un peu plus tard, en lisant les papiers de Kranti, je suis tombé sur des notes détaillées concernant le datura, un poison qu'on utilise communément en Inde.

– Je connais bien le datura. N'oublie pas que j'ai grandi dans une ferme.

– Je sais. Moi, j'ai lu tout ce qui concerne le stramonium, son élément actif, quand j'étais étudiant en médecine. Elle en a ingurgité une quantité impressionnante. Je crois qu'elle était profondément perturbée. Je suis en train de lire son journal. Il contient des épisodes dont elle n'a jamais parlé. C'est terrible, parfois même terrifiant. Elle n'a connu aucune stabilité, sa vie était dictée par l'inconstance et les caprices de ses parents, qui formaient un couple mal assorti. Elle était en quête de permanence. Elle ne pouvait tout simplement pas accepter que je refuse de quitter Sophie ou même que je lui parle de nous. En plus, elle voyait ce sale type de Pierre Keller ! Je suis sûr qu'il l'a incitée d'une manière ou d'une autre à se tuer.

– Tu ne peux pas mettre tous les torts de son côté, Robert. Imagine qu'on dise de toi que tu as poussé un patient au suicide. Comment le prendrais-tu ?

– Tu ne le connais pas. C'est une ordure sans scrupule.

– Tu veux dire que Pierre Keller l'aurait manipulée pour la pousser à mettre fin à ses jours ? C'est une accusation très grave que tu devrais t'abstenir de porter, étant donné ta situation. Tu as un avis biaisé sur la question. Il est absurde de croire qu'un homme de la réputation de Pierre Keller puisse s'abaisser à une manœuvre de ce genre.

– Je ne sais pas. Kranti le voyait, c'est pour lui qu'a été écrite cette confession sur sa famille. Le texte est lugubre à lire, crois-moi, maman.

– Admettons. Mais je n'arrive toujours pas à croire que vous ayez eu cette relation cinq ans durant. Et pendant tout ce temps tu t'es arrangé pour le cacher à Sophie ? Je sais que vous avez établi une sorte de pacte entre vous, que vous viviez plus ou moins chacun de votre côté. Mais Sophie t'aime. Mariage libre ou non, il est normal qu'elle soit bouleversée, d'autant plus que cette femme est morte dans des circonstances horribles. Elle ne m'a pas donné de détails, elle m'a juste raconté que la police avait mené une enquête, ce qu'elle a trouvé extrêmement humiliant, soit dit en passant. Elle m'a appris que quelqu'un était mort et que tu avais déménagé. Je croyais que c'était un problème en rapport avec un de tes patients. Je ne savais pas que tu étais impliqué à ce point dans cette affaire.

Sa voix ralentit.

– Et puis, il y a cet héritage…

Elle se tait. Ils restent assis sans bouger, à écouter le soliloque de la pluie sur les vitres tandis que l'obscurité s'insinue à l'intérieur de la pièce et que les réverbères s'allument un à un dans la rue.

Robert-Pierre lui prend la main et la serre brièvement, sans éveiller de réaction. Il se lève pour allumer les lampes, tirer les rideaux, faire du café. En revenant muni du plateau, il la retrouve assise dans la même position, un peu guindée, sur le bord du sofa. Elle ne se sent pas chez son fils. Pour elle, il s'agit du domicile de Kranti et l'absence de la propriétaire la met mal à l'aise.

– Tu ne peux pas accepter, finit-elle par dire. Tout doit aller à sa famille.

Robert-Pierre, lui, a déjà une petite idée de ce qu'il va faire de ce legs. Il transformera l'appartement en pied-à-terre et en cabinet. La chambre d'amis deviendra la sienne. Il utilisera le salon de Kranti comme salle de réception, fera de l'atelier un espace privé pour ses rendez-vous éditoriaux et convertira sa chambre en cabinet de consultation. Il gardera la majeure partie du mobilier, ainsi que les tableaux et les plus beaux objets. Une part de l'argent sera investie dans sa revue de psychanalyse, et il organisera un concours doté d'un prix généreux portant le nom de Kranti pour récompenser le meilleur article. Peut-être par le biais d'une Fondation Kranti-Goray. Il devra trouver une solution pour le reste, bien sûr, pour le linge, les vêtements, les livres, le matériel d'artiste de Kranti et les archives.

– J'espère que tu n'as pas en tête de garder quoi que ce soit ! Vu sa situation et sa taille, l'appartement vaut sûrement plus de un million d'euros ! s'exclame Françoise en regardant autour d'elle. Robert ! l'interpelle-t-elle à la vue de son expression fermée. Tu ne peux pas faire ça ! Ça ne serait pas correct. D'autant moins qu'en se tuant, selon toi, elle a cherché à te punir. Si c'est vrai, tu t'infligerais une punition encore plus grande en te chargeant de ses biens, car tu lui serais redevable à jamais, quand bien même elle n'est plus là. Elle acquerrait sur toi un pouvoir qu'elle n'a jamais eu de son vivant. Et puis, si tu veux vraiment te réconcilier avec Sophie, tu dois faire table rase de tout ce passé. Tu ne dois rien garder de tout ça.

Pas de réponse. Il réfléchit à ce qu'elle vient de dire. Elle attribue son silence à l'obstination inflexible dont il a toujours été la proie, à cet égocentrisme abyssal qu'elle considère comme le grand point faible de son caractère.

– Il n'est pas question que je parle à Sophie si tu n'es pas prêt à liquider le passé. Peut-être vaut-il mieux que tu restes ici encore un moment, pour te donner le temps, dit-elle.

Il se tait. Elle est compréhensive, mais ferme, réprimant l'élan d'amour protecteur qui la saisit devant la détresse manifeste de son fils.

– Bon, je dois y aller si je ne veux pas rater le dernier train direct pour Fontainebleau, lui dit-elle en jetant un coup d'œil à sa petite montre en or.

Lorsque la cabine de l'ascenseur s'arrête dans un tressautement sur le palier du troisième, Robert-Pierre tend la main vers la poignée, mais avant même qu'il l'atteigne la porte s'ouvre pour laisser passage à Olga Savić accompagnée d'un homme jeune de haute taille. Robert-Pierre n'a jamais vu un homme aux traits aussi fins. Plus beau qu'Alain Delon l'a jamais été, se dit-il en examinant la silhouette élancée, les boucles ténébreuses à la Byron, les yeux d'un bleu profond.

– Bonsoir, docteur, comment allez-vous ? Permettez-moi de vous présenter Peter, mon fils, dit Mme Savić, l'air follement heureuse, débordante de fierté et de joie.

– Bonsoir, Peter. Robert-Pierre Perrin. Je suis content de faire enfin votre connaissance. Votre mère parle de vous tout le temps. Quand êtes-vous arrivé ? Olga, je vous présente ma mère, Françoise. Elle retourne à Fontainebleau. Je suis désolé, mais nous devons faire vite, sinon elle va rater son train. Nous nous rattraperons une autre fois, si vous restez un moment, monsieur.

– Au moins deux semaines, j'espère, dit Peter en souriant. À moins qu'on ne se dispute et que mon père ne me jette dehors comme la dernière fois.

– Quel magnifique jeune homme ! Comme il est élégant ! Il doit être bien difficile d'avoir une vie normale quand on est doté de ce genre de beauté.

– Tu parles… En fait il est homo, il vit à Hollywood, où il est très recherché, il maquille les plus grandes stars. Il dirige une marque de produits de beauté et est propriétaire de je ne sais combien de maisons. C'est lui qui fait bouillir la marmite chez ses parents. Il ne peut pas supporter son père, qui lui-même ne peut pas supporter son homosexualité. Sa mère se fait du souci pour lui, elle a peur qu'on le retrouve un jour tabassé à mort ou qu'il meure du sida. Ce qui pourrait bien lui arriver.

– Comment peux-tu dire des choses pareilles, Robert ? Quel cynisme !

– Oh, maman, si tu en avais entendu et vu autant que moi, ou même seulement la moitié, je t'assure que tu serais devenue cynique, toi aussi. En ce moment, j'ai quelques patientes très difficiles, des jeunes filles anorexiques qui cherchent à se détruire et qui jouent des jeux de pouvoir stupides et dangereux. Aujourd'hui, qui plus est, je découvre des aspects horribles chez une personne que je croyais connaître, que j'aimais et dont je croyais être aimé en retour. Sur ce dernier point, je me suis peut-être trompé, on ne fait pas des coups pareils aux gens qu'on aime. En fait, elle n'a pas eu une seule pensée pour moi. Elle ne s'est préoccupée que de l'apparence, de la mise en scène. Ça aura été sa façon de se venger. Je me demande ce que la vie voulait vraiment dire pour elle, au fond. Peut-être Olga Savić a-t-elle raison, peut-être ne s'agissait-il pour elle que d'un jeu macabre ?

13

Le cahier noir

Paris, avril 2006

Je suis malade d'amour, malheureuse. C'est de nouveau à cause de R. J'ai du mal à me retenir de saisir le téléphone pour l'appeler. Mais je sais que je tomberai sur cette voix enregistrée et je ne veux pas, je ne peux plus la supporter.

J'ai collé des messages sur tous les combinés : « ne pas appeler R. ». J'espère que ces aide-mémoire auront un effet. Est-ce de l'amour ou un simple engouement ? Qu'importe, tout cela me semble assez réel, que ce soit le désir, la frustration, la douleur ou la joie. Ou l'acte d'amour. En sa présence je suis radieuse, un courant d'énergie puissant me traverse. Devrais-je le nier et perdre tout ça au nom d'un orgueil puéril et idiot ? Mais peut-on vraiment parler d'orgueil puéril ou s'agit-il d'un instinct profond de résistance en réaction à l'instinct de domination de R. ?

J'essaie de ne pas penser à sa femme. Je sais qu'il l'aime, qu'il ne peut pas la quitter. Ce n'est d'ailleurs pas ce que je cherche. Je veux seulement la connaître et qu'elle me connaisse. Non, ce n'est pas vrai, j'en veux beaucoup plus : je veux qu'elle m'accepte. L'épouse et la maîtresse, esclaves du même homme, devenant même amies, selon le concept indien de « sautan ». De mon point de vue, c'est bien ce que je suis, une sautan, une femme entretenue qui gagne sa vie, mais qu'en sait-elle ? Et en admettant qu'elle le sache, serait-elle capable de l'assumer publiquement ? C'est dire à quel point je suis restée indienne, en dépit du vernis occidental.

6 avril 2006

Je reviens à ma table. Procrastination hallucinante. Être séparée de R. me rend grincheuse, hargneuse, incapable de me concentrer. Des conversations imaginaires tourbillonnent dans ma tête. Je me promets de ne pas

7 mai 2006

De ne pas quoi ? Ai-je été interrompue en pleine phrase ou me suis-je figée dans mes pensées ? Un mois s'est écoulé et c'est seulement maintenant que je recommence à écrire.

Je parle à peine à Pierre. Il lit ce que je lui donne, quand je le lui donne. J'attends impatiemment qu'il ait fini de lire, ce qu'il fait lentement, en prenant délibérément son temps. Nos séances sont devenues irrégulières, dépendantes de mon travail, de mes déplacements, de ce que j'ai été capable de coucher sur le papier. Le résultat est plutôt maigre, je dois le reconnaître.

Je sais que je ne pourrai pas m'arrêter avant de lui avoir tout raconté. Pourquoi alors est-il si difficile de persévérer ? Ma volonté me lâche à chaque pas, et pourtant je reviens toujours, titubant, honteuse et hésitante, à ma maîtresse véritable, comme un alcoolique froussard revient à l'alcool. Quelle est cette dynamique d'attraction-répulsion, d'addiction, même, qui me fait chaque fois revenir à la charge ? Ce que j'écris est aussi fragmenté que je le suis moi-même. Miettes et bribes, dispersées au fil du temps. Est-ce pourquoi je suis désespérée ?

J'ai l'impression horrible, terrifiante, d'être absolument seule et sans défense, comme une enfant abandonnée. Je porte en moi cette petite fille en pleurs, les yeux écarquillés d'épouvante, incapable de trouver les ancrages rassurants qu'elle est en droit d'attendre et qui porte sur le monde un regard blessé. Pierre dit que la peur et le désir se livrent en moi une lutte acharnée et que les dés semblent avoir été pipés en faveur de la peur. « Qui regarde par-dessus votre épaule quand vous écrivez ? » m'a-t-il demandé. « Moi et moi-même », ai-je répondu. Et lui, évidemment. Mon père. Qui d'autre ?

Tout absent qu'il est, il me tient captive, ce père. Tu es moi, me dit-il, tu dois vivre ma vie, imiter chacune de mes paroles, chacun de mes actes, de mes gestes, de mes sourires. Prompte à fondre en larmes, égoïste jusqu'au fond du cœur, tu dois charmer, séduire, fasciner. Tu dois t'attacher les autres par des liens invisibles. Car sans eux, sans l'admiration que tu lis dans leurs yeux, tu n'es rien, tout comme je n'étais rien. J'ai vécu à travers le miroir des autres, obscurément, et à présent tu dois faire de même, puisque tu es moi.

Il ne relâchera pas son emprise, bien qu'il soit mort. Dans le cauchemar qui me réveille presque toutes les nuits, je suis un tout petit insecte écrasé sous le poids d'un énorme rocher. Est-il le rocher et moi l'insecte, fille-amante soumise portant le fardeau insupportable de mon père invisible assis sur ma poitrine ? Ou suis-je les deux à la fois, rocher et insecte ?

L'attitude de R. aujourd'hui m'a blessée. Il est trop fuyant, une vraie anguille, il me glisse entre les doigts. En fait, je suis en colère, je suis frustrée, et je me sers de lui comme d'un souffre-douleur. Il ne trouve pas le temps de venir me voir. J'ai l'impression qu'il m'évite. C'est idiot, je sais. Il a son travail, après tout.

12 juin 2006

Je suis encore fâchée contre moi-même. J'ai perdu un temps fou, ces dernières semaines. R. semble savoir ce qu'il veut, tout bien considéré. Je cafouille.

Dîner avec R. hier soir. La Coupole. Huîtres et gewurztraminer. Je portais ma perruque et j'étais renversante. Jeune, a-t-il dit. Je me sentais sexy. J'étais accrochée à ses lèvres, littéralement, et incapable de m'en détacher. De me détacher de lui.

*

C'était un accident, je sais. Pourtant, comment savoir si cet « accident » ne se serait pas produit de toute façon, dans d'autres circonstances ?

On était en mai, juste avant l'arrivée de la mousson. Il faisait une chaleur moite, insupportable. Mai, la saison des mariages. Nous étions venus à Bombay pour les noces de ma cousine Vasudha. Ayi était heureuse, chose rare, parce que tout son clan était là. Elle bavardait avec ses frères, ses cousins, elle revivait son enfance à Kohlapur, elle était animée, le rose aux joues pour la première fois depuis de longs mois. Nous avions déménagé à Poona, où je fréquentais l'université, où les fantômes du passé de mon père allaient revenir me hanter.

Ma tante avait loué à Mahim, dans la banlieue de Bombay, une maison reconvertie en immense salle de mariage. Tous les invités y étaient rassemblés, assis sur des matelas alignés le long des murs, se prélassant sur des traversins, trempant les lèvres dans une tasse de thé et les doigts dans les batata vada, chantant, échangeant des potins. Les cuisiniers professionnels qui préparaient midi et soir un

« festin de mariage » délicieux nous gâtaient. C'étaient des currys épicés et sucrés à base de mangue mûre, de jaque et d'ananas ; du condiment au tamarin frais, acidulé et sur, qui laissait sur la langue une traînée de chaleur ; des jalebi orange sortis tout grésillants de la friture et dégoulinants de sirop que nous descendions à grandes goulées de tak, caillé liquide épicé, avant de passer au srikhand, cette confiserie à base de yaourt égoutté qui vous tapisse l'estomac comme une dalle de béton frais.

Après déjeuner, bien entendu, il était prévu que nous nous retirions pour la sieste avant d'entamer de nouvelles agapes. Pour les amateurs impénitents de sucre, il y avait des boîtes de halwa de Mahim, fin comme des gaufrettes et parfumé à souhait, des motichur laddu de petite taille et d'un beau jaune franc, des anarsas à la croûte parsemée de graines de pavot et des karanji en forme de croissant, fourrés au sucre et à la noix de coco râpée. Du chivda épicé et des chukli craquants pour grignoter entre le déjeuner et le thé. Il y avait aussi du bétel à volonté pour tout le monde, et nous nous déplacions joyeusement, la bouche teintée d'un rouge lascif. Personne ne semblait se formaliser du fait que la centaine d'invités n'avait que six toilettes à sa disposition et que l'odeur montant des latrines avait commencé à envahir le grand hall des festivités principales.

Des petits groupes s'étaient formés. Les parents proches de ma tante avaient tendance à rester ensemble, de même que, de leur côté, les membres de la famille de son mari. Maushi, la sœur d'Ayi, était la seule personne qui donnait l'impression d'être sous pression, conférant avec les cuisiniers, s'assurant qu'aucune des femmes revêches du clan de son mari ne puisse trouver matière à se plaindre.

Taï était allongée derrière une pile de matelas roulés, le nez plongé dans un livre. La voyant, Akka s'est tournée vers Ayi : « Tu as de la chance qu'elle veuille faire des études.

Elle pourra au moins enseigner comme professeur quelque part. Avec sa peau noire et ses dents écartées, quel homme voudrait l'épouser ? »

Cruelle, ma grand-mère l'avait toujours été, d'aussi loin que je me rappelle. Elle faisait passer ce trait de caractère pour une honnêteté sans détour, mais je sais qu'elle cherchait à blesser. Critiquer Taï de cette façon, c'était aussi régler ses comptes par la bande avec Baba, un gendre qu'elle n'aurait jamais accepté si sa fille veuve avait eu une chance de se remarier avec quelqu'un d'autre. Elle ne reconnaissait en lui que de très mauvaise grâce le sauveur d'Ayi.

Ayi a piqué un fard. Un silence embarrassé a suivi, rompu par un de ses cousins qui a commenté avec diplomatie : « De nos jours, Akka Saheb, le mariage n'est pas tout. Les femmes deviennent ministres, patronnes d'entreprise. Shanti a de la chance de recevoir autant d'encouragements de la part de son père. » Akka lui a lancé un regard furibond, mais a tenu sa langue.

Elle voyait Taï comme une extension de Baba. Ma sœur était téméraire, elle disait ce qu'elle pensait et se moquait à l'occasion des jeûnes et des tabous qui occupaient tant notre grand-mère. J'étais beaucoup plus adaptée à ce qu'Akka appelait « notre moule ». Je leur ressemblais. Mince, les traits aigus, conciliante et pas du tout studieuse, je faisais une fille convenable, normale, bonne à marier, alors que Taï, selon Akka, appartenait au clan intellectuellement supérieur des Goray. Faute d'oser s'en prendre directement à mon père, elle avait fait de ma pauvre sœur une cible de substitution.

Ces piques n'avaient altéré en rien notre appartenance à la grande assemblée volubile et bruyante unie dans la célébration du mariage. Nous échangions des ragots, disputions d'interminables parties de cartes, chantions des romances sirupeuses en marathi et des chansons de films hindis à voix fortes et fausses, accentuant avec emphase la délicatesse des mots hindis avec notre accent rude de Maharashtriens.

Seuls Taï, qui méprisait l'inanité de l'exercice, et Baba, toujours un peu décalé dans la famille d'Ayi, demeuraient à l'écart. Les idées communistes de mon père, le fait qu'il mettait les membres du clan mal à l'aise en décriant leurs croyances religieuses, qu'il leur faisait la leçon, leur reprochant d'être superstitieux et trouvant ridicules leurs rituels, les tenaient à distance, y compris mes oncles, pourtant respectivement avocat et architecte. Car en dépit de leurs diplômes, ceux-ci ne possédaient pas les outils intellectuels qui leur auraient permis de lui tenir la dragée haute. Par ailleurs, contrairement à nous, ils étaient au courant de ses années de prison, de son passé d'homme à femmes, qui ajoutaient à leur méfiance. Ils le regardaient d'un œil réprobateur, le jugeaient moralement corrompu. Comme ils lui devaient du respect en tant que mari de ma mère (c'est toujours le clan de la fille qui avale les couleuvres), ils lui faisaient des compliments par-devant, mais le descendaient en flèche auprès des autres par-derrière, et le pauvre imbécile, la plupart du temps, ne se rendait compte de rien.

Après les salutations du premier jour, ils avaient commencé à l'éviter et Baba passait le plus clair de son temps en compagnie du groupe de jeunes cousins dont je faisais partie. Il riait et plaisantait avec nous. Nous avions de la chance, Taï et moi, de l'avoir pour père, pensaient les autres. Ils devaient en être d'autant plus convaincus que les leurs étaient le plus souvent guindés et conservateurs.

J'aimais m'habiller et Ayi m'avait permis, pour une fois, de lui emprunter l'un de ses plus beaux saris. Elle ne voulait pas que sa sœur, mariée à un avocat fortuné, pense que nous n'avions rien à nous mettre sur le dos ! Il m'était déjà arrivé d'en porter, mais jamais en public. Mince comme je l'étais, il faut dire que je ressemblais à un manche à balai enroulé dans cinq mètres de tissu. Je n'avais pour ainsi dire pas de formes. Pourtant, ce jour de mai, en nouant mon chemisier beaucoup plus haut que mon nombril à la façon d'un choli, je m'étais rendu compte qu'il m'était enfin poussé une paire de seins parfaitement acceptables – petits mais doux, ronds, terminés en noix de muscade –, et que, sous la colonne de ma taille, mes hanches s'arrondissaient de part et d'autre en courbes féminines.

Vêtue d'une lourde soierie émeraude de Paithan, les cheveux tirés en un chignon classique, yeux et sourcils noircis au mascara et au crayon, les bijoux en or d'Ayi étincelant à mes oreilles et à mon cou, je faisais beaucoup plus âgée que mes dix-sept ans. Ma peau sombre était douce, mes traits finement ciselés, mes yeux offraient un velouté séduisant. J'étais extrêmement satisfaite de moi-même, consciente d'être scrutée d'un air inquisiteur comme si on me voyait pour la première fois. Ma main se levait souvent dans un geste coquet pour tapoter mes cheveux ou tripoter le pan de mon sari afin de vérifier que mes tout jeunes seins restaient couverts.

« Arrête de te comporter comme une catin, on dirait une starlette de série B », m'a dit Taï, sans doute parce que son propre sari pendait à sa taille en un tas informe. Pourtant, elle avait raison. J'étais outrageusement maquillée et je me déplaçais avec un déhanché nouveau qui semblait dire : C'est moi, je suis là, par ici les regards ! Mais que m'importait ? Contrairement à Taï, j'étais follement heureuse d'être là et je m'amusais beaucoup.

La cérémonie devait avoir lieu dans un mandapa, une large aire carrée délimitée par quatre jeunes bananiers maintenus à la verticale dans des pots en cuivre remplis de sable. Une fleur de banane rouge foncé, qui évoquait un pénis moucheté en érection complète, pendait à l'une des branches, symbole évident de fécondité dont aucun mariage hindou ne saurait se passer – pas plus que de la noix de coco omniprésente. Nous approchions du muhurta, le moment propice entre tous, calculé par les astrologues de la famille du marié. Leur homologue du côté de ma tante en avait suggéré un autre, plus tard dans la journée, mais elle avait dû céder à la pression du clan « supérieur ». Il faut dire que ma cousine Vasudha était tout simplement énorme et que, en dépit d'une dot considérable, il n'avait pas été facile de lui trouver un conjoint satisfaisant.

Au milieu d'un groupe qui attendait debout près du mandapa, je m'étais assuré d'une des meilleures places pour pouvoir bombarder le couple de grains de riz aussitôt qu'ils seraient déclarés mari et femme. On venait de faire pénétrer Vasudha et son promis dans l'aire cérémonielle. Vasudha faisait de son mieux pour paraître timide tout en coulant un œil sur les invités derrière le rideau de fleurs qui lui couvrait le visage. Des bûches entassées en pyramide formaient le havan, le foyer sacré autour duquel le couple devait prononcer ses vœux. Il était environ onze heures ; la chaleur était infernale. Nous suions toutes à grosses gouttes sous nos soieries pesantes, cheveux collés au crâne, tandis que des taches sombres s'étendaient sous les aisselles et qu'un liquide salé ruisselait librement le long des cous et des dos.

Afin de tenter de me rafraîchir, je m'étais déplacée à côté d'un énorme ventilateur vrombissant qui brassait l'air torride, et ramenais gauchement le pan de mon sari sur moi pour l'empêcher de quitter mon épaule. Un remous dans la foule m'a fait comprendre que les prêtres s'avançaient, portant des braises chaudes pour allumer le feu. J'ai entendu Baba me crier « Attention ! » alors que je me dévissais le cou pour mieux voir. Trop tard. Une seconde d'inattention avait suffi pour que le pan du sari, soulevé par le flux d'air, se pose sur le récipient contenant les braises. Le bras de mon père, qui avait jailli dans un geste protecteur pour me repousser en arrière, se plaquait sur ma poitrine, la main refermée sur mon sein à travers le choli décolleté. Par-dessus les cris de « Au feu ! », mon regard s'est rivé au sien et il s'est écoulé une éternité avant qu'il s'y arrache. Peut-être est-ce néanmoins le produit de mon imagination surchauffée, car aussitôt j'ai vu les flammes m'entourer. Une bouffée de terreur m'a saisie et, gémissant un faible « Ayi… », j'ai perdu connaissance.

En me sauvant la vie, mon père est devenu le héros du jour. Avec une présence d'esprit remarquable, il avait arraché de moi le tissu qui avait pris feu et l'avait piétiné à plusieurs reprises pour l'éteindre. Mais avant même qu'il m'en dépouille les flammes avaient touché ma taille et la soie tissée de fils d'or m'avait brûlée au deuxième degré. La plante des pieds de Baba présentait des plaies hideuses.

En dépit de l'accident, il fallait respecter le muhurta et procéder à la cérémonie, si bien que deux événements se sont déroulés simultanément, l'un dramatique, l'autre haut en couleur, solennel et festif.

On a appelé un médecin. Il a pansé les pieds de Baba, enduit mes blessures de Burnol, les a recouvertes de coton et d'une gaze blanche et douce. J'étais en état de choc, a-t-il déclaré, et j'allais peut-être faire une poussée de fièvre. Je me rappelle avoir bu du thé en corsage et en jupon, à demi étendue sur un matelas dans un coin de la grande salle, tandis que les prêtres tendaient l'antarpat, un rideau, entre le marié et son épouse tout en psalmodiant le « Mandalashtaka », et que les invités déversaient sur les nouveaux conjoints une pluie de grains de riz et de pétales de roses.

Ayi avait perdu tout intérêt pour le déroulement des festivités. Elle était en proie à une colère glaciale et m'aurait frappée s'il n'y avait eu tous ces témoins autour de nous. « Qui t'a dit d'aller te fourrer si près de ce ventilateur ? Tu n'as pas honte de t'être donnée en spectacle de cette façon ?

De quoi vais-je avoir l'air, moi, maintenant qu'on a gâché un moment aussi important ? Et couvre-toi convenablement ! » m'a-t-elle soufflé en me jetant un drap blanc sale arraché à un matelas voisin.

À peine la cérémonie était-elle achevée que les langues se sont dénouées. Les femmes m'ont adressé de grandes manifestations de sympathie, contrastant, pour certaines, avec l'expression malveillante de leur regard. Dépouillée de mes beaux atours d'emprunt, j'étais devenue une candidate malvenue sur le marché du mariage. Apparemment, Ayi avait reçu plusieurs propositions pour moi avant l'accident, qui ont été tranquillement annulées par la suite. Le bruit courait que je souffrais d'un « Saturne très puissant dans la maison du mariage ». Qui aurait souhaité m'épouser s'exposait à de graves dangers. Ma présence n'avait-elle pas failli transformer les noces de Vasudha en tragédie ? Le mandapa tout entier aurait pu être englouti dans les flammes.

« C'était la faute des astrologues du garçon ; ils avaient tout faux, et surtout l'heure du muhurta », a dit ma tante quelques semaines plus tard, lorsque Vasudha est venue nous rendre visite le bras cassé et un œil au beurre noir. Quant à leurs déclarations concernant mon mariage, nul ne saurait nier qu'elles avaient quelque chose de prophétique, comme la suite des événements l'a montré. Peut-être aurais-je dû me tenir sur mes gardes avant de prendre le large avec tous ces hommes, M., G., G., R., sans compter tous ceux qui se sont présentés dans l'intervalle.

14
Une lettre de Chennai

Une enveloppe bleue est posée sur le paillasson. Elle porte des timbres étrangers. Robert-Pierre la ramasse, la tourne et la retourne. Son adresse est libellée dans une écriture très proche de celle de Kranti, mais plus structurée et plus ferme, sans ces fioritures baroques. Le cachet de la poste indique qu'elle a été envoyée de Chennai il y a près de deux semaines.

Écrite sur une feuille de papier réglé arrachée à un cahier d'écolier, la lettre s'ouvre sur un simple « *Hello* ».

Robert-Pierre n'aime pas les surprises, mais il s'attendait un peu à cette tournure des événements en même temps qu'il la redoutait. « Et merde, nous n'avons pas gardé les vaches ensemble, tout de même ! rage-t-il. Jusqu'où peut aller la grossièreté ! Je savais qu'elle allait s'accrocher. »

> *Je vous informe de ma prochaine arrivée à Paris en vue de récupérer les cendres de ma sœur. Vous comprendrez aisément que, le billet d'avion m'ayant coûté très cher, je désire habiter chez elle lors de mon séjour. Je vous serais également reconnaissante de venir me chercher à l'aéroport car je ne parle pas français et c'est ma première expérience hors de l'Inde. Sinon, il se poserait un problème de clé, etc.*

J'arriverai par le vol Air India du 5 novembre à 11 h 30 à l'aéroport Charles-de-Gaulle. J'espère que cette lettre vous parviendra suffisamment tôt pour que vous puissiez procéder aux préparatifs de mon séjour.

Je désire faire l'inventaire de toutes les possessions de Kranti. Si donc il y a des papiers ou des bijoux dans un coffre à la banque, veillez s'il vous plaît à les en retirer pour les apporter à l'appartement. J'aimerais que ce processus se déroule de façon positive et il serait souhaitable que je sois la seule occupante de l'appartement durant tout mon séjour.

Prévenez-moi, s'il vous plaît, par téléphone au 914428576361 ou par fax chez notre voisin au 9144267572920. Je ne peux pas vous appeler, car nous n'avons pas d'accès à l'international et la cabine la plus proche est à bonne distance de chez nous.

Cordialement,

Shanti Aiyar (née Goray)

Quel culot ! Elle peut bien rester ici si elle en a envie, pense-t-il, mais il n'est pas question que je m'en aille. Ni, bien entendu, de la laisser « faire un inventaire » ou quoi que ce soit d'approchant. Elle n'a aucun droit sur l'héritage, et la voilà qui lui donne des ordres à distance comme s'il était sa boniche ! Il lui envoie un fax laconique, tout juste aimable, pour accuser réception de sa lettre, et ne reçoit pas de réponse.

Le jour venu, cependant, il se retrouve au volant de sa voiture, en route pour Roissy. Il reste bloqué une heure entière dans un embouteillage sur le périphérique. Sur France-Culture, un astronome expose l'avenir de la comète de Halley. Suit l'émission de onze heures sur la psychologie. Pierre Keller décrivant avec éloquence de sa voix doucereuse les difficultés rencontrées par le thérapeute dans le traitement de patients de cultures très éloignées ne fait qu'accroître sa mauvaise humeur.

« Pourquoi pas "exotiques" pendant qu'il y est ? » marmonne-t-il.

Il se demande si Keller ne fait pas allusion à Kranti. Et soudain, à sa stupéfaction, il l'entend effectivement parler d'elle à mots à peine voilés : « Voyez-vous, j'ai eu parmi mes patients une Asiatique, une femme remarquable, très talentueuse, et je n'ai rien pu faire pour la secourir, dit Keller, une voix de miel. Car même si nos émotions primaires, nos pulsions sont les mêmes, elles sont conditionnées et déclenchées par de puissants facteurs culturels spécifiques. J'ai fait tout ce que je pouvais, mais en fin de compte je n'ai pas pu aider véritablement cette patiente. Nos mondes étaient trop éloignés l'un de l'autre, et ce qu'elle me disait ne signifiait parfois pas grand-chose pour moi bien que, littéralement, son discours ait été parfaitement cohérent. Peut-être ces patients ont-ils besoin d'un thérapeute issu du même milieu culturel qu'eux, qui puisse replacer leurs peurs et leurs angoisses dans la perspective contextuelle adéquate. C'est un problème, indubitablement, pour les non-Occidentaux qui vivent ici. » Robert-Pierre remarque au passage qu'en taisant l'âge et l'origine précise de sa patiente, Keller se tient prudemment en lisière du terrain miné du secret professionnel. Mais c'est bien de Kranti qu'il est question, il en est certain.

« Salaud ! s'exclame-t-il en appuyant de toutes ses forces sur le klaxon comme si, par ce geste, il pouvait décider la voiture de devant, bloquée comme lui, à démarrer. »

Il n'a pas beaucoup avancé, avec Sophie. Elle se montre agréable au téléphone mais évite toute discussion sur son retour éventuel, et ils ne se sont rencontrés qu'une fois, dans le vieux café de leur quartier, autour d'une orange pressée. Elle a insisté pour qu'il lui laisse plus de temps. « Peut-être est-ce maman qui a raison, se dit-il, je devrais refuser cet héritage, en faire don. » Cependant, l'idée que les biens de Kranti reviennent à sa sœur le révulse. « À n'importe qui, mais pas à elle ! Si je dis à Sophie que je ne suis plus en possession de l'appartement, que j'ai tourné la page, que je me suis défait de l'héritage, elle reconsidérera peut-être sa position. Ce faisant, je laisserais tout de même filer plus de un million d'euros… Peut-être devrais-je tout transférer sur le compte de la revue en créant cette fondation », rumine-t-il.

Quand enfin il arrive à l'aéroport, nulle trace de Shanti. L'avion a atterri un quart d'heure plus tôt que prévu. Les passagers qui s'écoulent par la porte annoncée sont, pour la plupart, des Africains, du vol en provenance de Nairobi qui a succédé sur le tarmac à l'AI 137 Bombay-Paris. Il arpente nerveusement le secteur pendant une quinzaine de minutes avant de quitter les lieux. Il aurait pu venir plus tôt. Il aurait dû ne pas venir. Pourquoi ne pas l'avoir invitée à prendre un taxi comme tout le monde ? Il rentre rue Chardon-Lagache, complètement exaspéré.

Personne ne l'attend devant l'immeuble de Kranti, personne sur le palier non plus. Peut-être la sœur a-t-elle raté son avion ? Et si elle n'avait jamais eu l'intention de faire ce voyage ? Zut ! Il a annulé un rendez-vous pour rien.

En ouvrant la porte, il entend des voix et ses récepteurs olfactifs sont titillés par une odeur insolite, forte, plutôt agréable. Il trouve Mme Savić en compagnie de l'étrangère, insistant pour lui servir thé et chocolat. Shanti Aiyar semble frigorifiée en dépit du chauffage. Sous le grand manteau de laine moucheté vert et blanc dans lequel elle s'emmitoufle, il distingue le sari brun et rose qui forme une flaque autour de ses jambes. Elle porte des chaussettes beiges dans des sandales découvrant les orteils. Tenue loin d'être idéale contre le froid déjà pinçant de ce début de novembre.

Les deux femmes se livrent à une curieuse pantomime. Il est évident qu'Olga Savić ne sait rien dire d'autre que « *yes* » en anglais, même son « no » sonne distinctement français. Ses gestes et le charabia qui se déverse de sa bouche compensent toutefois largement cette carence. L'étrangère est bel et bien la sœur de Kranti, il la reconnaît. Elle a juste pris quelques kilos depuis les photos qu'il a vues d'elle, les pommettes englouties sous des coussins de chair. Elle regarde Olga Savić d'un air perplexe, désemparé et, à la satisfaction de Robert-Pierre, quelque peu inquiet.

Elle bondit sur ses pieds en le voyant approcher.

– Vous devez être Robert-Pierre, dit-elle en anglais en le saluant à l'indienne, mains jointes devant la poitrine.

– Bienvenue, dit-il en tendant une main qu'elle choisit de ne pas voir. *I go to airport. Little late. But your plane arrives early. You are gone. I am sorry*, résume-t-il dans un anglais minimaliste.

– J'ai attendu, mais je n'ai vu personne qui paraissait m'attendre. Alors j'ai pris un taxi. À un prix inabordable ! Presque cinq mille roupies pour seulement quarante kilomètres ! C'est complètement au-dessus de mes moyens et je suis sûre que le chauffeur m'a escroquée. Mais enfin, me voilà rendue. Si vous n'y voyez pas d'inconvénient, je vais appeler mon mari pour lui dire que je suis arrivée et que je vais bien. Il a tendance à s'inquiéter.

Robert-Pierre lui désigne le téléphone d'un geste de la main, et une minute plus tard, Shanti Aiyar converse avec son époux dans une langue aux consonnes rudes. Il ne saisit que les mots « cinq mille roupies » prononcés en anglais à plusieurs reprises sur un ton de colère mêlée d'incrédulité. Le nom du conjoint semble être Raja.

– J'ai posé sa valise dans le couloir. Elle pèse lourd. Je me demande ce qu'elle contient. Des briques ? lui souffle Mme Savić dans un murmure rauque. Peut-être qu'on devrait lui montrer sa chambre. Elle attendait en bas, sur les marches. Mme Benoît l'a fait monter et je lui ai ouvert. Elle m'a fait comprendre que le taxi l'avait fait payer plus cher que le tarif. Je ne sais pas si c'est vrai, mais elle est dans tous ses états.

Encadrant Shanti, qui a raccroché, ils la conduisent à la chambre d'amis qui servait d'atelier à Kranti.

– C'est là qu'il va falloir que je dorme ? dit-elle en désignant le divan, le chevalet, les toiles adossées en séries contre les murs. Pourquoi pas dans la chambre, la vraie, celle de ma sœur ?

– C'est moi qui y dors. Je vis ici, c'est mon domicile maintenant. Il y a une troisième chambre, mais elle est pleine, elle contient tout son matériel d'artiste, pas de place. Alors vous dormirez dans cette pièce, dit Robert-Pierre, toujours dans un anglais approximatif, mais avec la plus grande fermeté.

À la consternation de ses hôtes, Mme Aiyar se frappe le front de la paume et se met à pleurer en silence. Elle se laisse tomber sur le sofa dans un état de désolation extrême.

– Je vais chercher Peter, déclare Mme Savić, qui fait volte-face et sort en hâte.

Robert-Pierre laisse la femme en larmes et s'enferme dans sa chambre.

– Qu'est-ce que j'ai donc fait pour mériter ça ! marmonne-t-il.

Quelques minutes plus tard, Mme Savić est de retour, accompagnée de son fils. Peter entre dans l'atelier à grandes enjambées, ensevelit Mme Aiyar sous son étreinte sans se présenter et lui murmure, en anglais :

– Pauvre chère petite dame ! Vous devez être en état de choc. Nous allons nous occuper de vous, ma mère et moi. Ne vous inquiétez pas, nous sommes vos amis. Nous allons faire le lit, vous verrez, il est très confortable, très spacieux.

Et vous vous rendez compte ! Dormir au milieu de toutes les peintures de votre sœur… Que peut-on demander de mieux ?

Il la berce d'avant en arrière, et Shanti Aiyar pleure de plus belle, agrippée à sa main. Enfin, elle s'essuie les yeux et lui adresse un sourire mouillé :

– C'est si bon d'entendre parler anglais ! renifle-t-elle. Même avec un accent américain.

Peter sourit.

– Écoutez-moi. Robert va rester dans la chambre de Kranti parce qu'il n'a pas d'autre endroit où aller, mais il ne faut pas que cela vous contrarie. Et vous pouvez nous appeler chaque fois que vous aurez besoin de quelque chose, nous habitons juste à côté. Nous vous aurions volontiers hébergée chez nous, mais mon père a eu récemment une attaque et il faut lui ménager le plus grand calme possible. Nous aimions beaucoup votre sœur, Shanti. Vous êtes tout à fait la bienvenue ici. Kranti était une personne très singulière. C'est ma mère qui… qui l'a trouvée. Nous étions sa seule famille à Paris. Alors n'hésitez pas. Pour le moment, vous devriez prendre une bonne douche et vous changer. Il est presque l'heure de déjeuner. Ensuite, vous pourrez faire une sieste et plus tard, dans la soirée, nous nous réunirons tous pour parler et je serai votre interprète.

Sous l'effet de l'enchantement, la tension est retombée. Mme Aiyar adresse un sourire hésitant à Peter et lui reprend la main.

– Merci, dit-elle. Vous êtes si bon. En marathi, on dit des gens comme vous qu'ils sont des *devmanus*, des dieux sous forme humaine. Si mon fils avait survécu, il aurait été comme vous.

Il se raidit, puis lui tapote gentiment l'épaule et la pousse vers la salle de bains.

– Prenez une bonne douche bien chaude, ou même un bain. Vous vous sentirez mieux après. Et ne portez pas votre manteau à la maison, sinon vous aurez très froid en sortant. Puis défaites vos bagages. Pendant ce temps, je vais préparer le déjeuner.

– Je suis végétarienne, dit-elle, sur le qui-vive.

Et dans sa voix perce de nouveau un ton querelleur.

– Pas de problème, moi aussi.

Ils déjeunent ensemble autour de la grande table. C'est un moment difficile. Peter a préparé le repas pour tout le monde : une omelette pour Robert-Pierre et sa mère ; une salade à la mozzarella pour Shanti ; pour lui, un plateau de fromages copieux et une baguette croustillante.

– Oh, ça sent mauvais ! s'exclame Mme Aiyar en repoussant le plateau.

– C'est vrai, au début. Mais on finit par aimer l'odeur, parfois même beaucoup. À Los Angeles, où j'habite, j'ai un boulanger-fromager merveilleux. Il me met de côté les munsters et les époisses les plus faits. Brie et camembert, très peu pour moi. J'aime les fromages forts, accompagnés d'un très bon rouge. C'est d'eux que je tiens mes protéines et mon calcium. Où trouvez-vous les vôtres ? Dans le *dal* et le yaourt, rien d'autre ?

– Dans toutes sortes de lentilles et de pois, de graines germées et dans le yaourt, répond Mme Aiyar avec animation. Je pourrai vous faire à manger, si vous voulez. J'ai apporté toutes mes épices et mes *dal*.

– Votre sœur était une excellente cuisinière, elle m'a donné plusieurs leçons et des recettes. Maintenant, mon partenaire Emil et moi, nous nous préparons de la cuisine indienne assez souvent. Maman aime bien ça, elle aussi, mais tous les plats que je prépare sont végétariens, or c'est une carnivore impénitente. Mon père, lui, n'a jamais touché à un plat de cuisine étrangère. Pour lui, c'est goulasch et soupe ou rien – ma mère confirmera.

– Je ne supporte pas la viande. Je me suis mariée jeune et dans ma famille brahmane on est strictement végétarien. Je ne peux même pas imaginer manger la chair des animaux morts.

– Nous ne sommes pas des barbares, et vous êtes prête à faire vous aussi quelques concessions, j'en suis sûr, *non* ?

C'est une déclaration sans appel, la phrase de Robert-Pierre n'a d'interrogatif que la forme. Il n'est pas prêt à la laisser dicter ses exigences.

– Il m'arrive de me cuire un steak. Vous voudrez peut-être y goûter. C'est très bon, surtout quand il fait froid comme maintenant, dit-il.

Il la voit tiquer.

– Mais bien sûr, je ne cuisinerai pas en même temps que vous, concède-t-il.

– Oh, je pensais faire à manger pour tout le monde. Mais une chose est certaine, je ne peux pas toucher à la viande, répond-elle, manifestement dépitée.

– Pourquoi ne pas utiliser la cuisine quand Robert est absent, dans la journée ? Il vous succédera à son retour pour se préparer à manger, et vous pourrez réchauffer votre repas au micro-ondes, arbitre Peter.

– Je ne sais pas me servir d'un micro-ondes. J'en ai vu seulement à la télévision, dit-elle, sur la défensive.

– Je vous montrerai. Le fonctionnement est très simple et ça prend à peine quelques minutes. C'est un appareil si pratique que vous voudrez sûrement vous en procurer un pour le remporter chez vous ! Voulez-vous que je vous serve une gorgée de ce vin blanc ?

Mme Aiyar dodeline de la tête. Elle semble être en train de sombrer dans le sommeil. Peter se lève pour la conduire à sa chambre.

– Venez, laissez tout ça, on remplira le lave-vaisselle. Vous avez besoin de vous reposer. Vous n'avez pas dormi depuis longtemps et vous êtes sous l'effet du décalage horaire, surtout si c'était votre premier voyage. Vous rangerez vos affaires plus tard. Et puis ne pensez plus à cette histoire de taxi, dit-il en posant un billet de cent euros sur sa table de chevet.

– Non, je ne peux pas accepter d'argent de vous, et de toute façon c'est trop. J'ai payé soixante euros, proteste-t-elle. Sans compter que j'aurais pu prendre le car, mais j'ai eu peur de me perdre. Ah, j'aurais dû écouter Raja, mon mari, et le laisser venir à ma place, ou ne pas venir du tout. Qu'est-ce que je fais là ?

– Vous avez besoin de dormir, puis d'une bonne tasse de café bien fort au réveil, dit Peter en refermant doucement la porte sur lui.

« Oh là là, ça risque d'être dur », se dit-il.

Ils tiennent conférence à voix basse au salon.

– La pauvre, dit Olga, elle a l'air complètement perdue. Je serais dans le même état si je devais aller toute seule en Inde – à Los Angeles aussi, d'ailleurs.

– J'aurais pu lui envoyer les cendres par courrier spécial, elle n'aurait pas eu besoin de faire tous ces kilomètres. Je remarque tout de même que cette femme qui n'avait pas assez d'argent pour venir aux obsèques de Kranti en a subitement trouvé suffisamment pour s'installer ici !

– Nous savons tous que ce n'est pas pour les cendres, mais pour l'héritage, dit Olga, c'est évident. La question est : qu'est-ce qu'elle s'apprête à faire ? Je peux l'aider à s'acclimater, mais Ivan a un trop grand besoin de moi pour que j'aille me promener avec elle. Tu pourrais peut-être l'accompagner, toi, Peter ?

– Je ne sais pas. C'est vrai qu'elle est tendue et très secouée, on le serait d'ailleurs à moins. Mais j'ai beau compatir, j'aurais l'impression de trahir Kranti si je la prenais sous mon aile. Cette femme n'a jamais été très gentille avec sa sœur, n'est-ce pas, maman ? Kranti m'a dit un jour qu'elle l'avait insultée et qu'elle lui avait interdit de venir la voir, à cause de ce qu'auraient pu dire les voisins.

– Oh, mais Kranti aimait bien enjoliver la réalité, elle aussi, Peter. Avec elle, ce n'était pas « toute la vérité, rien que la vérité », tu sais bien. Tu es fils unique, tu ne peux pas savoir combien les relations entre frères et sœurs sont dures et complexes. Regarde Magda... Tu as entendu la façon dont elle parle de moi ? On croirait que je suis son ennemie.

– La question n'est pas là, maman. Qu'est-ce que Robert va faire avec elle ici ?

– Moi ? Rien du tout. Je préférerais mille fois qu'elle ne soit pas là, et le moment venu je ne manquerai pas de le lui faire comprendre. En attendant, ce soir, je lui donnerai une clé de la maison. Elle pourra aller et venir à sa guise, cuisiner ce qu'elle veut. Qu'elle emporte les cendres en Inde, je n'ai rien à objecter. Laissons-la prendre l'initiative et exprimer ce qu'elle a derrière la tête. Alors je lui dirai très précisément ce que je pense.

15

Le cahier rouge

Lucknow. Leur nouvelle maison appartenait à un *nawab* qui avait englouti toute la fortune de sa famille dans le jeu et les danseuses *nautch*, dit Baba.

La demeure décrépite se dresse dans un jardin laissé à l'abandon, planté de grands arbres et de bougainvillées buissonnantes rouges, magenta, orange. L'intérieur, peint en bleu, vert, argent et or, témoigne des goûts et du mode de vie extravagants du *nawab*.

– Tapageur, dit Ayi en fronçant le nez.

En outre, elle est contrariée par la décision de Baba d'installer son local professionnel dans la maison. Le personnel s'entassera dans les pièces de devant et la famille occupera l'arrière.

Ayi se plaint. Les mosaïques bleu et blanc à motifs de vagues qui ornent les murs d'une salle à manger démesurée lui donnent le tournis. Cette sensation est renforcée par le vrombissement des gros ventilateurs qui pendent du très haut plafond au bout de longues tiges métalliques. Aux yeux de Kranti, on dirait la mer.

Un jour une barque entrera, manœuvrée à la rame, dans ces murs, mais, pour l'heure, les dactylos sont rassemblées dans l'ancien salon de musique du *nawab* et Tante Cou-ii gouverne son royaume d'une petite cabine en contreplaqué à paroi de verre frontale, édifiée dans un coin de la pièce. Promue au poste d'assistante administrative, elle houspille les débutantes inquiètes qui tapent toute la journée des polices d'assurance sur leurs claviers. Elles corrigent leurs stencils à l'aide d'un liquide rose fluorescent que Kranti dérobe pour s'en vernir les ongles.

Ayi, qui désire n'avoir aucun contact avec l'espace bureau, fait comme s'il n'existait pas. Elle exige que soit aménagée une entrée spéciale cloisonnée pour le personnel afin de s'épargner la vue de Barbara d'Costa. Une fois les parois montées, les deux femmes sont destinées à ne plus jamais se croiser. Ayi ne permet plus à Yvonne de venir les voir mais laisse Kranti aller jouer avec elle chez Tante Cou-ii après l'école.

Oncle Vincent a proposé ses services à Eric, le cousin de sa femme, et travaille dans son atelier de mécanique. Eric partage désormais avec eux son pavillon blanchi à la chaux, entouré de margousiers, de figuiers des pagodes et de carcasses de voitures. Un martèlement assourdissant monte du hangar qui sert à la fois de bureau, d'atelier et de garage.

Sur l'insistance de Baba, Ayi s'inscrit au collège de musique Stella Maris (appelé à devenir l'Université de Bhatkhande) pour y préparer son diplôme de musique. Kranti la voit partir à bicyclette chaque matin, ses livres et sa boîte-repas rangés dans le panier en paille qu'elle accroche au guidon. Dans l'Inde du Pandit Nehru, tout semble possible. La guerre avec la Chine n'a pas encore éclaté et l'on parle beaucoup de paix, de plans quinquennaux, de socialisme, d'alphabétisation et d'assistance publique. Ayi et Baba semblent y croire tous les deux, surtout Baba qui, tout communiste qu'il soit, voue une admiration sans bornes à Panditji. « Quelle intelligence ! Quel style ! » s'exalte-t-il en parlant avec Taï de son *Autobiographie* et de *La Découverte de l'Inde*.

Il envie secrètement le Pandit d'avoir écrit d'aussi belles lettres de prison à sa fille. Baba n'aurait pu en faire autant, il n'était pas marié, il n'avait même pas encore rencontré Ayi quand il a séjourné derrière les barreaux.

Il raconte aux filles son séjour à la prison de Yeravda « avec Achyut Rao Patwardhan et d'autres combattants pour la liberté », les chants patriotiques qu'ils entonnaient pour se soutenir mutuellement et les notes secrètes qui changeaient de main dans la cour pendant l'heure d'exercice physique. À l'entendre, Baba était le plus courageux et le plus malin de tous. C'était à lui qu'on administrait le plus souvent des punitions, car il tenait tête systématiquement aux gardiens.

Un calme relatif est descendu sur la maisonnée des Goray et, bien que les résultats de Kranti à l'école ne connaissent aucune amélioration, elle s'accroche pour apprendre le hindi et cherche à se faire des amis.

Jusqu'au jour où elle voit Tante Cou-ii enflée et ronde comme un ballon de football, vêtue d'une robe de grossesse jaune, sa couleur fétiche.

– Ma mère va avoir un bébé, annonce Yvonne à Kranti d'une voix nonchalante. Mais mon père n'est pas content et ils se battent tout le temps comme des chiffonniers. La naissance est prévue dans quelques semaines. J'espère que ce sera un garçon, ce serait chouette d'avoir un frère avec qui jouer.

Ce soir-là au dîner, Kranti, de retour de chez Yvonne, déclare :

– Ayi, Tante Cou-ii est toute grosse et toute ronde, elle a un bébé dans le ventre et Yvonne dit qu'Oncle Vincent n'est pas content et qu'ils se disputent sans arrêt.

À peine a-t-elle lâché sa phrase qu'elle se rend compte de son erreur. Ce n'était pas une chose à répéter. Un silence oppressant tombe sur eux et s'installe, tel un épais rideau qui les étoufferait et les empêcherait de parler.

Ayi se lève dans un raclement bruyant des pieds de sa chaise et sort de la pièce en claquant la porte. Baba se sert un whisky et gagne son bureau de l'autre côté de la cloison qui sépare la maison en deux. Les filles l'entendent qui s'enferme en claquant la porte, lui aussi.

La mousson est en avance et il pleut sans interruption depuis quatre jours à grosses gouttes pesantes qui frappent la peau comme du gravier et tambourinent en permanence sur le toit, les arbres, la pelouse assoiffée. Ayi découvre que la couverture en tuiles de la demeure baroque du *nawab* est pleine de trous. Une mélodie se crée à partir des notes émises par les pots, seaux, casseroles et cuvettes qui recueillent leur part du déluge. Le jardin est détrempé, les plantes courbées jusqu'au sol subissent un matraquage incessant. La pluie refuse de se calmer, les murs bleu et or de la salle à manger se tapissent d'une fine couche verte, les vêtements pendent lourdement sur la corde tendue à la hâte à l'intérieur ; imprégnés d'une humidité persistante, ils sentent le moisi. De gros vers de terre violets rampent dans la salle de bains. L'air est envahi par l'odeur sulfureuse, nauséabonde, du végétal en décomposition.

La radio diffuse des nouvelles inquiétantes. La Gomti est en crue. Ses eaux ont dépassé la cote d'alerte et menacent d'emporter Monkey Bridge. Baba a décidé de ne pas envoyer les filles à l'école et, après avoir donné une journée de congé à tout son personnel, il entasse Kranti, Shanti et Ayi dans son Austin bordeaux après avoir chargé le coffre de valises de vêtements, de livres d'école, de provisions et de paquets de nourriture. Il les conduit chez son ami Rehman, qui possède une énorme maison victorienne en granite appelée

Burlington Hotel. Ils s'installent tant bien que mal dans une suite lugubre du premier étage, aux meubles lourds et noirs, chichement éclairée par de faibles ampoules.

Ce jour-là, le ciel est bas, envahi d'énormes cumulonimbus ténébreux. Kranti ne dort pas de la nuit. Des éclairs bleus font surgir de l'ombre les meubles noirs avec un relief effrayant. Ils sont suivis de grondements de tonnerre assourdissants qui la précipitent la tête sous l'oreiller. Le vent forcit et, bientôt, il souffle en tempête. Elle entend les pulsations saccadées de la pluie fouettée par l'air, le fracas des toits de tôle arrachés et balayés, des claquements de porte lointains et répétés.

Le matin révèle l'étendue de la dévastation. Un grand *ashoka* déraciné gît sur le sol tel un ivrogne tombé endormi. À voir le jardin, on croirait qu'un hélicoptère y a déversé une tonne d'ordures pendant la nuit. Des chiffons, des lambeaux plastique pendent aux branches des arbres. Le sol est jonché de détritus divers, morceaux de tôle, brindilles, papiers, branchages arrachés par le vent furieux, et l'on y trouve même une enseigne entière annonçant « Suresh Cloth Stores, bonneterie fine ». La pluie ne faiblit pas et les flaques se transforment rapidement en ruisseaux au cours rapide.

Suit l'information que tout le monde redoutait : la Gomti est sortie de son lit, Monkey Bridge a été emporté. La seule voie de retour possible sera le fleuve.

Kranti, penchée au-dessus de la balustrade, regarde monter l'inondation. Le jardin et l'allée de l'hôtel ont disparu. L'eau, à seulement quelques centimètres au-dessous d'eux, clapote contre la véranda du premier étage. Elle ne voit plus que la cime des arbres et le reflet haché de la splendide folie victorienne de Burlington dans une mer brune turbulente et boueuse.

Des gens flottent sur cette étendue tourbillonnante, agrippés à des morceaux de bois, d'autres tendent désespérément la main vers des débris tandis que le courant les emporte. Des vaches, des buffles, des charrettes, et même, de temps à autre, une automobile glissent rapidement devant ses yeux stupéfaits. Le rugissement de la crue est immense et effrayant. Kranti est clouée sur place.

Il faudra dix jours pour que la rivière se retire et que les deux sœurs puissent retourner à l'école, beaucoup plus éloignée de l'endroit où elles habitent maintenant. Durant ces dix jours, ils restent terrés, dînent à la chandelle, se nourrissent de riz aux lentilles et de biscuits au glucose trempés dans de l'Ostermilk. Le kérosène, le sucre et les légumes ont disparu du marché. Il n'y a pas de lait frais, pas de radio, pas de journaux, et, en guise de nouvelles, ils doivent se contenter de rumeurs : des bébés meurent de faim, des milliers de victimes humaines ont été emportées par le courant, une épidémie de choléra s'est déclarée dans la vieille ville.

Dans ces circonstances, ce qui devait n'être qu'un campement provisoire est devenu leur domicile permanent. L'Austin de Baba est morte, le moteur noyé. Ayi gagne la demeure du *nawab* en rickshaw, puis en barque, et revient, les lèvres serrées et les larmes aux yeux. Une croûte de boue et de vase couvre les murs de leur maison, leur rapporte-t-elle. Les réserves de riz, dans leurs sacs de jute, sont imbibées d'eau, des champignons y germent. Les portes et les fenêtres au bois dilaté refusent de s'ouvrir et, quand elles cèdent, on ne peut plus les refermer. Sa radio, ses sofas neufs, les lits *newar* sont bons pour la décharge. Des pillards sillonnant les environs en barque ont emporté la vaisselle et les ustensiles de cuisine. Il n'y a rien à récupérer. Pas un couvert.

Pourtant, quand elles reprennent enfin l'école, c'est comme si presque rien n'avait changé. Elles disent une prière pour Anjana Massey, tuée avec son père, un missionnaire, et toute sa famille dans l'effondrement de la léproserie dû à un glissement de terrain. Seul dommage causé à l'école, la trace du niveau de la crue s'étire le long des murs. Les religieuses ont eu la présence d'esprit de monter bureaux, chaises, tableaux noirs, registres, placards et le coffre-fort au troisième étage pour les mettre à l'abri, recouverts de bâches. L'inondation fait son entrée au programme de leurs cours de géographie et de mathématiques. Cinq cent cinquante-trois corps (pour la plupart des habitants des bidonvilles) ont été récupérés, il est probable que la majorité des cent huit disparus s'est noyée, des milliers de personnes se retrouvent sans domicile.

Kranti n'a pas revu Yvonne depuis la réouverture de l'école, il y a plus d'une semaine. Sans écouter les avertissements de Taï et de leur conducteur de rickshaw, qui redoute de s'attirer les foudres de ses parents, elle descend à un endroit proche du foyer-garage des d'Costa.

Elle est accueillie par le silence et par un air d'abandon. Un arrosoir d'enfant engorgé par la boue gît dans l'allée, les margousiers n'ont plus de feuilles, le jardin semble en colère, défait, ébouriffé, comme chatouillé à le rendre malade par les doigts d'un géant. Aucun martèlement ne s'échappe plus de l'atelier ou de l'appentis consacré à la peinture des carrosseries. Un calme surnaturel s'est posé sur le garage flanqué d'une voiture solitaire, capot ouvert, dont la portière avant pend sur ses gonds. Le sol n'est plus qu'une mare mousseuse. Une grenouille se tient sur le siège du conducteur, prête à démarrer.

Kranti souffle un « Oh ! » silencieux et sa main se porte devant sa bouche dans un geste d'incrédulité. Un figuier des pagodes est tombé en oblique sur le toit du pavillon, manquant de peu de le couper en deux. Il expose d'un côté ses racines tortueuses tandis que de l'autre sa frondaison forme une canopée au-dessus du toit. Près de la porte, une branche encore feuillue se balance alanguie, tel un bras fracturé devenu inutile. La maison, par miracle, est restée debout. Cette scène de désolation possède une beauté indescriptible qui évoque un paysage de Turner, les couleurs tropicales en prime.

Kranti s'apprête à faire volte-face pour rentrer chez elle, mais la curiosité est la plus forte et elle frappe timidement à la porte, ouverte presque aussitôt par Yvonne. Son amie a changé. Elle ne porte plus son uniforme d'écolière, mais une robe miteuse qui exhibe des trous béants dans le dos à l'emplacement des boutons disparus, et elle a perdu son sourire chaleureux et ouvert de fille dégourdie. Sans un mot, elle se retourne. Kranti la suit à l'intérieur. Son instinct d'enfant l'avertit qu'elle vient de pénétrer dans une maison en deuil.

Les meubles ont été poussés négligemment contre un mur. Un assortiment de pots cabossés, de cuvettes en émail et en aluminium a été disposé sous le trou béant du toit qui laisse entrer les rayons gris sale de la lumière d'après-midi. Elle cherche des yeux son repère favori, le tableau peint sur bois qui représente Jésus, barbe et cheveux longs, bras étendus, bénissant un pavillon dont la cheminée laisse échapper de la fumée. Les mots: « Bénissez cette maison et bénissez-nous, Seigneur » sont inscrits dans la courbe d'un arc-en-ciel. Elle est soulagée de le trouver encore là, bien que légèrement de guingois, au-dessus de la tête de Tante Cou-ii.

Celle-ci est assise sur un lit de corde, adossée à une planche, les jambes largement écartées. La peau terne, l'air malade, les cheveux tombant devant son visage, elle a complètement dégonflé, comme un ballon crevé, depuis la dernière fois qu'elles se sont vues. Kranti se demande ce qui est arrivé au bébé qui était dans son ventre et lui donnait ses rondeurs.

– Alors, comment va ma souris ? demande-t-elle à Kranti dans un pâle sourire. Et ton papa ? Et ta maman ? Tout va bien ?

Sa voix vient de très loin, comme si la personne ou la chose qui lui a aplati le ventre la lui avait dérobée en partant. Elle allume une cigarette d'une main tremblante et inspire si profondément qu'elle se met à tousser.

– Dis bonjour à ton papa pour moi, dit-elle entre deux quintes, et à ta maman. Dis-lui qu'elle n'a rien à craindre de moi. Rien du tout.

Sur les derniers mots, ses yeux se mettent à briller d'une lueur déplaisante. Elle a une expression hostile, crispée, un je-ne-sais-quoi d'accusateur dans le regard.

Kranti a l'impression d'avoir été giflée. Elle sort sans répondre, Yvonne à ses côtés. Les deux fillettes s'arrêtent près du portail et se tiennent brièvement les mains.

– Elle est tombée dans le jardin en portant la lessive et mon papa n'a pas pu trouver un docteur à cause de la pluie et tout. Il y avait de l'eau jusqu'ici, dit Yvonne, la main à sa taille. Il est mort, le bébé, mon frère. Qu'est-ce qu'on y peut ?

Elle lui désigne un petit monticule surmonté d'un crucifix tordu.

Elles demeurent sans rien dire, désorientées, enlacées dans une tentative de réconfort mutuel. Puis Kranti prend, toujours sans un mot, le chemin du Burlington Hotel. Le silence ne cesse de croître en elle. Elle a été témoin de la destitution, de la souffrance sans fard, et cette expérience l'a frappée de mutisme.

Ils l'attendent à table, l'air sévère. Ayi fronce un sourcil préoccupé, Baba a posé une règle à côté de lui. Tante Cou-ii l'a chargée de leur donner le bonjour, mais Kranti ne parvient pas à le leur transmettre.

– Où étais-tu ? Pourquoi es-tu partie sans permission ? demande Baba.

Silence. Elle baisse les yeux de honte sur ses chaussures boueuses.

– Kuka, dis à Baba où tu étais. Nous étions très inquiets. Pourquoi es-tu descendue du rickshaw ? questionne gentiment Ayi.

Mais la voix de Kranti est emprisonnée en elle comme un génie dans sa bouteille. Baba lui applique six coups de règle cinglants, deux pour l'impolitesse, deux pour le défi, deux pour la désobéissance. Pour la première fois de sa vie, elle ne verse pas de larmes, elle ne va pas trouver Ayi en pleurnichant pour se faire consoler. On l'envoie au lit tout de suite après le dîner.

Elle parlera de nouveau dans quelques jours, mais jamais plus avec la spontanéité insouciante d'antan. Elle appréciera, pèsera, jaugera chacun de ses mots lentement, avec grand soin.

C'est pendant le repas des enfants, Taï bavardant, Kranti se taisant, qu'Oncle Vincent arrive. D'ordinaire, il leur rend visite uniquement le jour de Noël, quand il vient en compagnie de sa femme et de sa fille saluer la famille du patron, l'air gêné, brillantiné, propre comme s'il sortait du nettoyage à sec, apportant un gâteau de Noël et du massepain maison. Mais ce soir il n'a pas quitté son bleu de travail taché d'huile et ne dit bonjour ni à Ayi ni aux filles. Il gagne directement la véranda en compagnie de Baba. Leurs voix montent, ils échangent quantité de cris et d'injures.

Baba rentre en claquant la porte derrière lui tandis que Kranti se faufile dans sa chambre pour aller dormir. Personne n'a remarqué son silence.

– Qu'est-ce qu'il croit ? Qu'il peut venir chez moi me menacer comme ça ? s'exclame Baba d'un ton querelleur en tendant le bras vers la bouteille de whisky.

– Mais, Vijay, tu aurais dû leur proposer quelque chose, même une somme symbolique. Car enfin, ils ont tout perdu, non ?

– Nous aussi on a tout perdu. Est-ce qu'on va se plaindre ?

– Non, marmonne Ayi par-devers elle, car elle sait bien qu'il vaut mieux ne pas le contredire quand le whisky allume cette lueur dans ses yeux. On ne peut pas se plaindre. Grâce à ta position, nous avons reçu une compensation très confortable, bien plus élevée que le montant de nos pertes.

– De toute façon, que peut faire contre moi un type de son genre ? poursuit-il. Je peux l'écraser en deux secondes, d'un revers de main, comme une vermine.

Peut-être, mais Oncle Vincent est maigre, affamé, et – c'est bien connu – ces gens-là sont dangereux. Il a perdu son gagne-pain, son enfant à naître et l'Ava Gardner qui sommeillait jadis en sa femme… Il est au pied du mur et résolu à se venger.

Baba avait sous-estimé les ressources de l'amour-propre blessé.

Les lettres envoyées au siège de la société de Baba à Bombay sont accompagnées de factures tachées de graisse de moteur. Elles apportent la preuve tangible que Baba a manœuvré pour extorquer à la compagnie des milliers de roupies en fausses déclarations d'accidents.

Ce chapitre de leurs vies va connaître une fin accélérée. Quelques jours plus tard, Bombay dépêche un certain M. Tyagi, du service administratif, pour examiner les comptes dans leurs moindres détails. Mais si Baba a sous-estimé les réactions possibles d'Oncle Vincent, il connaît la juste valeur de certains papiers compromettants en sa possession qui pourraient intéresser les inspecteurs des activités du personnel. En effet, son escroquerie est pratiquement insignifiante comparée aux sommes énormes ponctionnées par ses patrons dans les caisses de la compagnie et, bien entendu, il est prêt à cracher le morceau.

C'était vrai, ce qu'il disait : un type comme Oncle Vincent, simple mécanicien dans un garage, pas même propriétaire de son entreprise, qu'aurait-il bien pu faire contre lui ? Baba est promu directeur régional à Delhi parce que, disent les pontes de la compagnie, il possède la formule magique pour amener les clients et que, au fond, c'est bien l'essentiel, non ? Et puis, qui pourrait lui en vouloir de s'être attribué une petite part du gâteau ? C'est ce dont nous rêvons tous, pas vrai ?

Ayi retourne donc à ses bagages. Les filles rendent des visites éclairs aux Tailleurs Miracles de Hazrat Ganj, aux Chaussures Rasta de Nishat Ganj et à Ghulam Rasool, Spécialiste en Accessoires de Voyage, dans le quartier du Chowk, pour s'équiper en vue de leur admission dans un internat des contreforts de l'Himalaya. Une école d'un chic fou. Bien sûr, puisque Baba est un grand patron, maintenant.

Tout se passe en un clin d'œil. La malle bleu azur de Shanti et la malle framboise de Kranti, avec leurs noms imprimés en haut et sur le flanc, sont chargées sur la galerie de l'Ambassador Mark II flambant neuve de Baba, qui gravit peu après les lacets de la colline en direction de Mussoorie, et les dépose devant le portail du Couvent du Sacré-Cœur. Kranti va avoir dix ans. Shanti en a douze.

Nouvelle école, nouveau domicile, nouvelle ville. Tel est le motif récurrent de leur vie au cours des dix années qui suivent tandis que Baba évolue d'un poste à l'autre, d'un lieu à l'autre, et devient chaque année plus vulgaire et plus dissolu. Bien qu'il reste bel homme, son allure change et devient excentrique, à l'image de la poésie qui a ses faveurs. Il abandonne Auden et Yeats en faveur des compositions en ourdou de sa propre plume, qu'il déclame d'un ton théâtral devant un parterre de parasites admiratifs, grands amateurs de whisky.

Shanti devient dévote, vociférante, chauvine, tout le contraire de Baba, tandis qu'Ayi s'enferme dans le silence. Hantée par des cauchemars récurrents dans lesquels son mari, emmené menottes aux poignets par la police, traîne misérablement ses pieds enchaînés sur le sol, elle finit, un beau jour, par refuser de quitter son lit, où elle se ratatine de corps et d'esprit.

Ses peurs, ses sensations d'insécurité, elle les transmettra à sa fille la plus jeune et la plus fragile à qui l'on avait fait croire qu'elle n'était qu'une chenille stupide et léthargique. Un jour, pourtant, la cadette se rendra compte de l'effet qu'elle produit sur les hommes, qu'ils soient jeunes, vieux ou entre deux âges, trapus, gros, grands ou nabots, sombres ou clairs de peau, noirs, bruns ou blonds. Même sur son père. Surtout sur son père. Alors, dépouillant sa chrysalide, déployant ses ailes irisées, elle prendra son envol dans le vaste monde. Et retournera la situation à son avantage.

16

Une femme corpulente, un point rouge au front

L'obscurité se dépose lentement autour d'elle telle une couverture douce et protectrice. Shanti se fraie un chemin sur les pavés inégaux qui bordent le chemin de halage. Vêtue de son grand manteau vert et blanc sur un sari bleu, étroitement enveloppée dans un châle brodé, chaussée de tennis fluo trouvés dans l'armoire de sa sœur, elle a l'air d'une clocharde avec le disque rouge sang qui lui fait comme un stigmate sur le front. Créature lente, parente de la baleine, insolite dans ce paysage ordonné, elle est l'objet des regards curieux d'un couple de sans-logis qui se réchauffent à un feu de brindilles.

Il faisait grand jour et soleil quand elle est sortie, mais c'était il y a deux heures, et elle a l'impression de tourner en rond, bien qu'elle longe scrupuleusement la rive. A-t-elle traversé deux ponts ou trois ? Marche-t-elle en direction du nord ou du sud ? Est-elle déjà passée par ici ? Elle ne se rappelle pas avoir vu ces remorqueurs bleu marine amarrés au bord du fleuve. Un peu plus tôt, elle distinguait des noms, *Isadora*, *Nova*, *Arabella*, *Mars*, *Oceania*, *Reine de la Seine*, *Kiss Me, James*, qu'elle a gardés en mémoire, mais la pénombre grandissante l'empêche à présent de déchiffrer ce qui est écrit sur les coques.

Elle se retourne, apeurée, toutes les deux minutes pour s'assurer qu'aucun prédateur ne la suit. Nourrie de toutes les histoires lugubres qu'elle a entendues sur Paris, elle a pris soin de laisser son passeport et ses objets de valeur à l'appartement. Sans ses lourds bracelets en or aux poignets, elle éprouve la sensation étrange d'avoir les mains nues et, bien qu'elle ait froid et le nez qui coule, une force irrépressible la pousse à marcher, à se remplir d'air les poumons.

Elle jette de fréquents coups d'œil à l'intérieur des bateaux et des péniches, admirant leurs touffes de houx piquetées de rouge, leurs décorations de Noël et leurs jolis rideaux de dentelle. Sa tête est si pleine d'images qu'elle se sent complètement désorientée, incapable de se rappeler sur quelle rive, droite ou gauche, elle se trouve.

Gagnée par la panique, elle cherche à tâtons dans son sac son plan et le numéro de téléphone que Peter lui a donné. Au même moment, elle aperçoit le *Canaïma 1888*, un sloop peint en bordeaux dont la silhouette sombre se détache sur le fleuve noir d'encre. En levant les yeux au loin, elle reconnaît la tour du Sofitel et le soulagement la submerge. Elle fait face au sud, il lui suffit de traverser le pont et de tourner à gauche pour regagner la maison.

La magnificence de l'immeuble de Kranti – du Cupidon en marbre aux tableaux de l'appartement, en passant par les objets en argent disposés selon une esthétique purement intuitive dans les différentes pièces – renforce sa sensation de médiocrité personnelle. Elle a l'impression d'être une paysanne inculte jetée brusquement dans un monde de faste, de séduction et de codes secrets bien gardés. Kranti a toujours eu le don inquiétant de la faire se regarder comme minable et déplacée.

« J'ai accompli si peu de choses dans ma vie ! En fait de voyages, j'ai rendu visite ici et là aux membres de la famille, un point c'est tout, pense-t-elle à cet instant. Il en allait autrement quand on vivait avec Ayi et Baba. Comme mon univers s'est rétréci ! À présent, il se limite à Raja et aux filles. Et à Girish, qui continue à vivre en moi.

« Ces gens ne connaissent pas Kranti comme je la connais. Ils n'ont jamais percé son côté manipulateur et froid. Elle savait parfaitement embobiner Baba, et comme elle était méprisante envers Ayi ! Ils la défendent, ils ne jurent que par elle parce qu'elle s'est toujours arrangée pour cacher ses véritables desseins derrière une façade lisse et charmeuse. Elle couchait avec les uns et les autres pour obtenir ce qu'elle voulait, elle se servait du sexe comme d'un levier, exploitant les faiblesses des uns et des autres. Elle a notamment manipulé ce pauvre Guillaume alors qu'il était fou amoureux d'elle, pour ne pas parler des autres. Et aujourd'hui, cette ultime trahison. Oui, comme d'habitude, elle a relégué la famille à la deuxième place. Comme toujours, les amis et les amants comptaient plus pour elle que n'importe lequel d'entre nous.

« Pourquoi cet homme grossier, qui n'était probablement qu'un amant parmi tant d'autres et qui, sans le savoir, n'avait sans doute pas une grande importance dans sa vie, devrait-il hériter de tout ce qui me revient de droit ? J'ai si peu reçu et tant perdu. Comment Kranti aurait-elle pu jamais savoir ce que cela signifie que d'avoir un enfant, un garçon, et de le perdre ? C'est une blessure qui ne se referme jamais, seule une nouvelle peau se forme, mais il suffit de gratter un peu pour qu'elle se rouvre et saigne. Pas de voyages. Pas de vacances. La corvée du travail quotidien pour joindre les deux bouts et élever les filles.

« Mon tout-petit, mon Girish, mort à deux mois.

« Il vit toujours en moi. Il est plus vivant même que les filles. Si elles découvrent que je lui parle, elles croiront que j'ai perdu la boule. La première fois que j'ai vu ce Peter, il m'a fait penser à lui. Parce qu'il est très beau et qu'il m'a paru très gentil, comme mon Girish l'aurait été. Mon fils est une étoile au ciel, quelque part, et il me sourit de là-haut. Oh, Girish, tu aurais trente-deux ans aujourd'hui si tu avais survécu. Imagine un peu, trente-deux ! Je suis la mère d'un enfant de trente-deux ans. Tu aurais aimé cet endroit, ces bateaux, ce fleuve... peut-être même ta tante.

« La beauté de Paris est tout simplement époustouflante. Propre, lisse, efficace. Mais froid et indifférent aussi, hautain comme son peuple. Je n'ai jamais vu d'immeubles aussi gracieux et majestueux, jamais rencontré de gens aussi revêches, maussades, sérieux. Certes, ils sont élégants, surtout les femmes, mais durs, brillants comme des pierres fines, calculateurs et pragmatiques. Rien d'étonnant à ce que Kranti ait aimé cet endroit. Elle devait se couler dans ce moule comme une main dans un gant. Dure comme le diamant, c'est comme ça qu'elle était, ma sœur, quoi qu'ils en disent.

« Comment aurait-elle pu amasser tant de richesses sans tomber dans la malhonnêteté à un moment ou à un autre ? C'était pourtant jadis une enfant solaire, heureuse, presque un ange. Je l'aimais tant ! Quand nous marchions ensemble, je me plaçais du côté de la circulation pour éviter qu'elle se fasse écraser. Tout l'amour, toute l'affection, l'attention que je lui ai prodigués me reviennent aujourd'hui comme une gifle en pleine figure. »

Cette semaine a été terrible pour Shanti. Le premier jour, la somnolence, la fatigue étaient telles qu'elle s'est allongée sur le lit en sari, en manteau, et qu'elle s'est endormie instantanément. Au petit matin, elle s'est levée d'un bond, étourdie et désorientée, mue par une soif brûlante et une envie impérieuse d'uriner. Elle a suivi le couloir en tâtonnant dans l'obscurité le long des murs jusqu'aux toilettes. Sa montre, encore réglée sur l'heure de Chennai, indiquait « 7:00 AM ». Elle avait dormi beaucoup plus longtemps que d'ordinaire.

Serrant les pans de son manteau contre sa poitrine, elle a gagné le salon dans la pénombre du petit jour et s'est assise, regrettant déjà d'être venue, d'avoir été si obstinée, d'avoir balayé les objections de Raja en déclarant : « Je suis sa plus proche parente par le sang, tout de même ! Je lui ferai rendre gorge, tu verras. Nous n'aurons pas dépensé cet argent en vain. »

Une ONG de légistes bénévoles à Chennai l'a mise en relation avec son homologue à Paris, et la lettre encourageante d'un certain Marty Weinstein lui a donné espoir. « Je suis pratiquement analphabète ici, se dit-elle, je suis capable de lire les lettres une par une, mais incapable de comprendre les mots et de les prononcer. »

Complètement débordée, elle flotte dans un univers étrange et hostile où rien n'a de sens pour elle, qu'il s'agisse de l'odeur permanente que dégagent les bougies et le pot-pourri ou de l'opulence insolite des lieux, de cette salle de bains, certes luxueuse mais qu'elle doit partager avec un étranger, de l'absence de domestique pour faire le ménage ou la lessive. Dieu merci, elle a pensé à apporter son huile parfumée au vétiver avec elle. Sa senteur pénétrante, tenace, lui procure une sensation de familiarité qui la rassure.

À force d'utiliser du produit à vaisselle, ses mains, sa seule coquetterie, sont devenues rêches. La remarque de Peter au sujet du micro-ondes lui a suffi, il n'est pas question pour elle d'admettre qu'elle ne sait pas faire fonctionner le lave-vaisselle. Elle passe donc son temps les mains dans la mousse, prétendant que le procédé est plus propre, plus pur, en adéquation avec son rituel de brahmane, sous le regard irrité de Robert-Pierre.

S'il pouvait, il lui ferait mordre la poussière. Shanti a détecté l'hostilité qu'il éprouve pour elle aussi infailliblement qu'une mauvaise odeur. Tout en elle l'irrite, elle le sait. Réciproquement, l'air pompeux et suffisant de cet homme l'exaspère. Il n'a pas fait le moindre effort de gentillesse pour l'accueillir et, quand il sourit, sa lèvre semble se soulever dans un pli de dédain. Le pire, c'est sa méfiance proprement insupportable. Il ferme la porte de sa chambre à clé derrière lui comme pour la mettre à l'abri d'un cambrioleur, alors qu'il s'agit de l'appartement de sa sœur ! Alors qu'elle est dans son droit le plus strict ! La lèvre de ce type affectera un autre genre de rictus quand il recevra la notification de l'avocat ! Ce jour-là, c'est elle qui rira bien !

Elle sent la colère de Robert-Pierre lui monter à la tête comme l'huile à la surface de son faitout quand elle prépare de l'*uppuma*, du *kichadi* ou du *poha* pour le petit déjeuner. Il porte un regard railleur sur son habitude de se lever à quatre heures et demie pour faire ses ablutions et ses prières. Il n'a que mépris pour le sanctuaire qu'elle a érigé dans un coin de l'atelier de Kranti, devant lequel elle fait brûler de l'encens et agite une clochette tout en psalmodiant les *sloka* du petit matin, tandis que l'autocuiseur siffle et crachote à la cuisine, envoyant des gouttes de *dal* sur le fourneau immaculé et que l'odeur de l'*asa foetida* s'insinue dans sa chambre.

Elle fait un effort pour marcher sans bruit. Elle se faufile discrètement hors de l'atelier pendant qu'il est encore endormi, achève ses tâches matinales, avale son petit déjeuner à une vitesse supersonique et regagne son terrier sur la pointe des pieds avant qu'il se lève à son tour pour se préparer un café, prendre une douche et partir travailler.

« Mais quand le chat n'est pas là, les souris dansent, se dit Shanti en souriant. J'ai sans doute l'air d'une femme pauvre et mal dégourdie à côté de lui, mais je ne suis pas n'importe qui. J'ai un doctorat, une volonté d'acier, et je leur montrerai de quel bois je me chauffe. Ce sera difficile, mais moi aussi je m'accroche à mes objectifs et je ne lâche pas prise aussi facilement. » Et de relever le menton d'un mouvement inconscient de défi.

Elle s'est déjà rendue deux fois en taxi au bureau d'aide juridique du VIIIe arrondissement. Marty Weinstein, un jeune homme aux cheveux carotte, est un avocat américain très engagé, qui traite des questions délicates d'immigration pour ses compatriotes désireux de vivre en France. Il n'est pas précisément au fait des lois sur la succession, mais il en sait assez sur le sujet pour l'avoir prévenue. Ce ne sera pas simple. « Bien sûr, vous pouvez contester le testament, surtout si vous pensez que votre sœur a subi des influences ou des pressions. Mais vérifiez d'abord si le testament a été enregistré chez un notaire et s'il en a été fait une lecture officielle. Il existe un précédent à ce sujet en France, une décision adoptée en 2002, si mes souvenirs sont bons, par la première chambre de la Cour de cassation. Cependant, notre association ne délivre de conseils gratuits qu'aux gens en détresse qui se retrouvent à la rue ou qui vont être expulsés, et, si j'ai bien compris, vous n'appartenez pas à cette catégorie. Je ne suis vraiment pas spécialiste de cette question, donc il vous faudra sans doute prendre un avocat et ces types-là demandent un argent fou. Mais cela vaut le coup d'essayer si vous êtes prête à y mettre le prix, et je pourrai vous aider en vous donnant quelques noms et autant d'aide qu'il m'est possible, gratuitement ou à un coût minimal », lui a-t-il assuré. Son affaire tient la route.

Depuis peu, elle appelle Raja deux fois par jour pour déverser colère et frustration à son oreille complice, lui raconter aussi ses conversations avec Marty, justifiant ainsi son séjour prolongé.

« Quand prévois-tu de rentrer ? Quand vas-tu parler des cendres à ce docteur ? Je te rappelle que c'est la raison pour laquelle tu es partie. Est-ce que la succession en vaut vraiment la peine ? lui demande Raja. Pourquoi ne reviens-tu pas simplement avec les cendres ? Après tout, elle a rédigé un testament par lequel elle lui lègue tous ses biens. Tu veux vraiment livrer une bataille dont tu n'es pas sûre de sortir gagnante ? Pense à ce que cela va coûter.

– Mais c'est trop injuste ! Et si tu le voyais ! Monsieur le grand homme, Monsieur le puissant ! Je crois qu'ils étaient parfaitement accordés, tous les deux. M. et Mme Snob.

– Rentre donc à la maison ! Cette affaire nous dépasse. Laisse tomber, lâche tout. Les filles n'ont pas besoin de cet argent. Nous non plus. Alors, après quoi cours-tu comme ça ? Abandonne, reviens. Réfléchis. Nous avons de grands risques de perdre. Et combien de temps vas-tu devoir rester ? La justice est toujours extrêmement lente. Je n'étais pas chaud pour que tu partes, mais tu ne m'écoutes jamais. Tu n'en as toujours fait qu'à ta tête… Bon, assez parlé, cette conversation nous coûte trop cher. On ne peut pas se le permettre.

– C'est lui qui paiera, pas moi ! Il s'est arrangé pour tout récupérer, alors… » dit Shanti à son mari, qui émet ses claquements de langue coutumiers comme pour apaiser un enfant qui pique une colère.

Sa réaction l'enrage.

« Tu sais quoi ? Tu ferais mieux de te taire. Tu n'as jamais le cran d'entreprendre quoi que ce soit. Monsieur le grand mou n'a même jamais pris une décision de sa vie, mais moi, figure-toi, j'ai décidé de m'accrocher !

– Shanti, écoute-moi, ne sois pas si têtue. Qu'allons-nous gagner à livrer cette bataille ? Nous perdons notre tranquillité d'esprit. Regarde l'état dans lequel tu t'es mise… Plus tu resteras, plus ce sera difficile. Règle les problèmes de fond au plus vite, ensuite tu pourras apprécier Paris l'esprit léger. Et si ça ne marche pas, lâche le morceau. Tu vas lui parler demain, n'est-ce pas ?

– Arrête de me faire la leçon, Raja. Une injustice a été commise et je veux y remédier. Je dois l'épingler d'une façon ou d'une autre, même s'il est fuyant et qu'il m'évite. Je trouverai bien un moyen. Juridique, si possible, si ça ne coûte pas trop cher.

– Oui, mais comment ?

– Je n'en sais encore rien, Raja. Arrête de rabâcher toujours la même chose. Je t'appelle pour que tu me soutiennes, pas pour que tu me décourages. »

Comment ? La question la hante. Il était relativement facile de protester, de déclarer la guerre par lettre et au téléphone. Mais depuis qu'elle a rencontré Robert-Pierre, elle est désorientée. Il n'est vraiment pas accueillant, ne montre aucune compassion pour la perte qu'elle a subie. C'est pourtant sa sœur qui est morte, et une sœur, ce n'est pas rien ! Et puis Mme Savić lui a laissé entendre qu'elle s'était suicidée d'une façon franchement macabre, et cela la tétanise.

La vieille dame est son seul vrai soutien. Elle l'accompagne en métro pour quelques stations, l'aide à changer de ligne et lui explique tant bien que mal comment fonctionnent les transports. Peter, qui a été si gentil avec elle le premier soir, a disparu, lui. « Il tourne. Film », a précisé Mme Savić en mimant une caméra à l'œuvre, ce qui a irrité Shanti. « Je suis tout de même capable de comprendre un mot qui est le même dans tous les pays du monde ! Pourquoi ces gens me traitent-ils comme une attardée mentale ? Enfin, la vieille dame est serviable, elle, au moins. »

Elle s'est aperçue qu'il n'était pas si difficile de s'orienter dans Paris. Mme Savić a encerclé sur son plan le Louvre, la tour Eiffel et certains autres monuments, lui expliquant avec force haussements d'épaules et « excusez-moi » qu'elle ne pourrait pas souvent l'accompagner car son mari très malade avait besoin de sa présence.

Ces immeubles sont d'une poésie infinie, avec leurs façades de pierre douces et leurs merveilleux balcons en fer forgé, semblables et à la fois très différents les uns des autres. « "L'unité dans la diversité", notre devise en Inde », se dit-elle en souriant, tandis qu'elle accélère le pas à l'idée du repas de *dal*, de riz et de *ghi* qui l'attend. Il y a aussi du *khir* au vermicelle préparé ce matin, parsemé de raisins dodus. Un grand bol de ce lait épais, chaud et sucré lui fera le plus grand bien. Elle expire longuement dans un souffle qui tient du soupir et du sanglot.

Des bateaux-mouches remplis de touristes parcourent le fleuve, toutes lumières allumées dans la pénombre croissante. Elle a failli en prendre un, mais le coût excessif du billet, quarante euros pour une heure de navigation, l'en a dissuadée. « Le prix comprend un verre de vin », a précisé la guichetière pour la tenter. Mais elle s'est montrée raisonnable et a refusé. « Le taxi pour le bureau de l'avocat, c'était déjà trop. La prochaine fois, je prendrai le métro, se dit-elle. L'argent me file entre les doigts. Pourtant, qu'est-ce que j'ai acheté ? Quelques aubergines énormes sans le moindre goût, des oignons, du gingembre, de l'ail et de la coriandre, un carnet de métro, dix timbres-poste, quelques cartes postales, et la majeure partie des cent euros que Peter m'a donnés s'est évaporée. L'équivalent de presque huit mille roupies ! »

Raja ne devrait pas la harceler comme cela. Elle a besoin de tous ses nerfs pour parvenir à ses fins.

L'occasion s'est présentée un soir. Robert-Pierre l'avait invitée à se joindre à lui pour dîner et lui avait apporté une chope de thé infâme, fade, noyé dans le lait, sans doute pour marquer ses bonnes intentions. Elle s'est assise à la très jolie table qu'il avait dressée, avec des couverts en argent étincelants et des serviettes propres. Elle y a même apporté le *dal* et le riz fumants en gage de paix, mais la vue du sang qui coulait de son steak l'a rendue malade. Elle s'est levée et s'est éloignée en hâte pour éviter de lui vomir dessus. Comment aurait-elle pu lui dire que le seul spectacle de sa nourriture lui donnait la nausée ? « Comment s'explique-t-on dans ce genre de circonstances ? Pourquoi n'ai-je pas pu lui dire que je n'avais aucune intention de l'insulter ? Raja a raison : quand on rate une occasion, elle ne se présente jamais plus. »

Il est devenu plus hostile encore après cet épisode et continue à fermer sa chambre à clé avant d'aller travailler. Elle ne sait presque rien de lui, ni ce qu'il fait, ni s'il est célibataire, marié ou divorcé.

Il est toujours absorbé dans des documents, dans des papiers. Il pourrait être enseignant ou professeur d'université. Écrivain, peut-être ? Non, pas assez négligé pour ça. Et il se rend « au bureau » chaque jour, son horrible mallette en cuir fatiguée au bout du bras. Avocat ? Journaliste ? Il faut qu'elle pense à demander à Peter.

Elle le fera, mais en vain. Trop pressé pour échanger quelques mots avec elle. Qu'est-ce que Kranti avait donc pour qu'on lui voue une loyauté aussi farouche ? Aucun d'entre eux n'a donc deviné quel genre de femme elle était au fond ?

Elle est certaine que Robert-Pierre cache quelque chose derrière la porte verrouillée de cette chambre. Ce n'est pas seulement qu'il tient à sa vie privée. Il y a autre chose.

Alors, chaque jour, aussitôt qu'elle entend claquer la porte d'entrée derrière lui, elle se met à fouiller l'appartement de fond en comble. Elle caresse avec envie les verres et l'argenterie, passe la main sur les reliures, sur ces épais volumes reliés en cuir contenant les dessins de mode de Kranti. Hermès, Rati, Lacroix, Tango, Cardin, Rainbow, Jeannette et Shapiro… Il y a là des croquis de robes, d'écharpes, de manteaux, de chapeaux et de robes de mariée indiennes incluant saris et *ghagra choli*.

Dans une armoire de l'atelier, elle découvre les saris de leur mère, soigneusement conservés dans du papier de soie. Kranti a dû les dérober quand elle est partie de la maison. Ayi ne les lui aurait jamais donnés de son plein gré. Donc, elle était comme Baba. Tel père, telle fille. Des voleurs, tous les deux. Shanti a pourtant l'honnêteté d'admettre que ces tissus fragiles ont survécu grâce aux soins méticuleux de sa sœur. « Entre mes mains, ils n'auraient pas duré un an. Oh, mon Dieu, pourquoi m'as-tu faite maladroite, grosse, laide et mal fagotée ? Pourquoi suis-je restée le vilain petit canard ? Qu'ai-je fait pour mériter ça ? Mais un jour, tout ceci sera à moi. Il suffit que je sois patiente et que Raja cesse de me décourager. »

Shanti furète à travers l'appartement, fouillant sans répit parmi les affaires de sa sœur. Elle tombe sur des albums de photos d'elles enfants, ouvre des armoires bourrées de porcelaine, d'argenterie, de vêtements et de bijoux, mais ne trouve pas la clé de la chambre de Robert-Pierre.

Elle est prise d'une envie de pleurer devant leurs visages de petites filles. C'était une époque de plaisir et d'innocence, surtout chez Babuji, à Poona. Fixant la porte inviolable, elle s'imagine à l'intérieur du château de Barbe-Bleue et se demande où tout cela va la mener.

17

Le cahier noir

Bürgenstock, Suisse, 20 décembre 2006

Je ne sais pas skier. Quelle idée folle j'ai eue de venir ici en plein cœur de l'hiver ! En fait, je n'ai pu supporter l'idée de passer Noël seule à Paris, sachant que R. s'y trouvait de son côté probablement en compagnie de sa femme, à déguster huîtres et truffes arrosées de champagne.

Je cherchais un endroit pas trop éloigné, où il n'y ait ni trop de vent ni trop de touristes, et je me suis dit : À la montagne, pourquoi pas ? Je me suis souvenue de ces mois passés en pension à Mussoorie, la chaîne de l'Himalaya déployée devant mes yeux. La Suisse m'a paru convenir.

Loin au-dessous de moi, je distingue les contours gelés du lac des Quatre-Cantons. Le petit funiculaire qui véhicule les visiteurs dans les deux sens le long du versant est arrêté pour l'hiver. Je passe des jours entiers assise au coin du feu dans la grande salle. Parfois je me lève pour une petite promenade sans objet afin de digérer les repas pantagruéliques que j'avale avec délices : bœuf, fromage fondu et rösti, que je fais descendre à longues gorgées d'un vin corsé d'Italie. En feignant d'écrire ou de dessiner, je m'entoure d'une aura de prestige quasi sacré. Les serveurs passent sur la pointe des pieds afin de ne pas déranger le génie au travail !

Ils me font payer, mes parents, payer et encore payer ! Je veux rompre le silence, raconter ce qui est arrivé, le clamer à la face du monde, donner une vie propre à cette histoire et me libérer du passé, mais ils m'en empêchent. Aussi longtemps que la vérité reste prisonnière de mon crâne, tout va bien. Je peux revivre les événements, m'en repasser le film aussi souvent qu'il me chante. Sitôt que j'essaie de le transcrire sur le papier, en revanche, ils me punissent. Et j'ai faim de châtiment. Je ne mérite rien de mieux.

Je les sens à l'intérieur de moi, telles deux chauves-souris agrippées tête en bas aux plus hautes branches de mon cerveau, qui attendent et observent, Ayi et Baba, Mamichatte et Aigrechat. Taï est probablement là aussi, incarnée en roussette de petite taille accrochée à une branche plus basse, perçant l'obscurité qui règne en moi et happant chaque pensée désespérée.

Cette fois-ci, cependant, j'ai sauté le pas. Par désir inconscient d'être punie, je me suis laissé dévaliser à la gare de Zurich. J'ai bel et bien vu l'homme qui rôdait autour de moi pendant que j'attendais mon train sur le quai. Il avait remarqué mon vison, mes valises coûteuses et la boîte à bijoux dans ma main. Pourtant, je n'ai rien fait pour la dissimuler. Pour lui, ça n'a été qu'un jeu d'enfant, il n'a eu qu'à me l'arracher des doigts, je n'ai opposé aucune résistance. J'ai à peine pu me rendre compte de ce qui se passait. Tous mes somptueux bijoux, mes pendants d'émeraude non taillée, le solitaire des Lorel, les perles, diamants et rubis prodigieux, tous envolés. J'ai gagné sans rien dire l'hôtel du sommet de la colline, ma retraite. Mais maintenant que j'ai payé, je n'ai pas l'intention de me laisser détourner de mon objectif. Cette fois-ci, rien ne me retiendra. Je dirai ce que j'ai à dire, même s'il s'agit de déballer un bon paquet de linge sale. C'est justement le laver dont il est question.

Notre déménagement à Poona a fait l'objet de nombreuses conversations secrètes entre mes parents, durant les rares moments où la lucidité d'Ayi le permettait. Nous savions, Taï et moi, ce qui se passait, bien sûr, car à ce stade nous maîtrisions parfaitement l'art d'écouter aux portes. Voulait-il vraiment retourner là-bas ? Pourrait-il regarder la société de Poona en face après ce qui s'était produit ? « Il y a si longtemps, les gens ont sans doute oublié », disait-il en haussant les épaules. De nouveau ce mystère tenace. Que s'était-il donc produit ? Pourquoi s'était-il enfui de Poona la première fois ? Avait-il réellement été marié auparavant ?

Or, non, les gens n'avaient pas la mémoire courte, ils se rappelaient bel et bien, je m'en suis rendu compte dès le premier jour que j'ai passé à l'université de Poona, durant un cours de philosophie.

Le professeur, un érudit gandhien plutôt âgé vêtu de khadi, gilet et pantalon (dont il maintenait les jambes éloignées de ses mollets eczémateux en les serrant sous les genoux à l'aide de pinces à vélo), m'a demandé pendant l'appel :

« Seriez-vous une parente de l'ingénieur Goray ?

– Oui, monsieur, c'était mon grand-père.

– Lequel de ses fils est votre père ? Vijay Goray ? »

Après que je lui eus répondu par un hochement de tête affirmatif, il a dit :

« J'espère que vous n'êtes pas un fauteur de troubles comme lui. Je le connaissais bien à l'époque où nous étions tous deux étudiants. C'était un vrai diable. Je ne veux pas de ce genre de conduite ici. »

Tiens donc… Un diable… Ce n'était pas pour me déplaire, mais je trouvais le mot vaguement inquiétant.

Le passé de Baba est devenu mon obsession. À partir de bribes d'informations soutirées aux cousins et à certaines connaissances, j'ai reconstitué peu à peu son histoire.

La femme qu'il avait épousée avant ma mère était une certaine Miss Abhyankar, Shakuntala de son prénom, comme la belle éconduite de la mythologie indienne. Mais dans le cas qui m'occupe, c'était elle qui avait repoussé le mari.

Elle était sa cousine au deuxième degré. Feu ma grand-mère Shanti au grand anneau de nez et aux pots de fleurs étiquetés à son nom était sa grand-tante. Shakuntala était belle – et communiste comme mon père, a suggéré quelqu'un en guise d'explication. Mais je sentais qu'il y avait autre chose derrière tout cela, quelque chose de honteux et d'inavouable qui devait rester secret.

Lorsque des événements familiaux réunissaient les Goray au sein de la vieille wada décrépite, fief de ma grand-mère et de sa tribu, Ayi était la cible de regards curieux, souvent apitoyés, accompagnés de questions teintées de sollicitude. « Tout va bien à présent ? lui demandait-on par exemple. Êtes-vous heureuse, maintenant que votre mari a un bon métier et que vos filles ont grandi ? » Pauvre créature malade, nous savons tout de ton passé et bien sûr du sien, honteux comme il est, semblaient-ils dire. En réaction à ces remarques inoffensives en apparence, Ayi se murait dans le silence, quitte à paraître passive et stupide, confirmant les pires hypothèses qui circulaient alors au sujet de la « malheureuse veuve illettrée de Kolhapur que Vijay – il est vraiment beau, non ? – a épousée en désespoir de cause ».

Je me demandais si Baba et Shakuntala avaient grandi ensemble, si tout avait commencé pour eux en jouant au docteur. Cette vieille demeure de famille, dissimulée aux yeux du monde par ses hauts murs, avec ses balcons surplombant une cour centrale plantée de quatre cocotiers d'âge vénérable et creusée d'un large bassin où l'on baignait jadis les éléphants, avait-elle jamais résonné de leurs rires enfantins ? S'était-elle jamais imprégnée de leurs souffrances d'adolescents ? Pour quelle raison s'interdisait-on de mentionner leurs deux noms ?

Les membres de la famille de Baba, imbus de leur statut de caste supérieure en dépit des turpitudes qu'il cachait, reléguaient Ayi dans une solitude et un isolement toujours plus grands, au point qu'elle devint virtuellement prisonnière dans cette maison, handicapée par sa maladie et de plus en plus dépendante de Baba.

Sa frustration et sa rage trouvaient en nous un exutoire. Elle nous injuriait, fulminait contre ma sœur et moi. Assise dans son lit, qu'elle quittait de plus en plus rarement, elle tuait le temps devant la télévision, papotait parfois avec les domestiques du moment, picorait la nourriture qu'on lui apportait, attendant chaque soir le retour de mon père.

Une nécrose des gencives donnait à son haleine une odeur fétide qui me rappelait les hôpitaux, la puanteur des maladies, les haricots remplis de pansements souillés, de sang et d'aiguilles. J'avais peine à me pencher au-dessus d'elle pour l'embrasser, de peur de recevoir cette odeur en plein nez. Ma mère était devenue une créature repoussante et putride, et il n'était que trop facile de la prendre en aversion, car elle n'avait plus rien de commun avec l'Ayi de mon enfance, la femme qui sentait le bétel aromatisé à la cardamome, le talc Pond's Dreamflower et la fleur de mogra cueillie du jour. Il n'était que trop facile de la mépriser, d'ignorer ses besoins, de la laisser à la merci des domestiques et de notre père négligent. Elle avait si peu d'occasions de se sentir heureuse. Le jour du mariage de Vasudha, en créant le désordre et en me donnant en spectacle, j'avais gâché le plaisir rare, innocent, qu'elle prenait à participer à la fête.

Depuis notre retour de la cérémonie, l'atmosphère était chargée d'une très haute toxicité. Baba clopinait de manière exagérée. Il dirigeait ses affaires depuis la maison et baignait avec délices dans la compassion que ses bandages, dont il faisait tout un monde, inspiraient à son personnel. Ayi, alitée, était un volcan au bord de l'éruption. Elle me mitraillait sans cesse du regard. Ses yeux de mouton mort m'accusaient, brûlant d'une rage démente. Ils me suivaient sans me lâcher aussitôt que j'entrais dans son champ de vision, ce qui se produisait souvent, compte tenu du fait que sa chambre ouvrait sur la cuisine et la salle à manger. Nous ne nous parlions plus normalement : elle aboyait sèchement en s'adressant à moi, et je grondais après elle.

Un jour, à bout, j'ai dit à mon père : « Baba, je veux aller vivre dans un foyer. Je ne peux plus habiter avec Ayi. J'en ai assez. Je ne supporte plus ses regards fixes et ses accusations. Rien de ce que je fais n'est bien selon elle. » Il m'a caressé la joue. « Nous en parlerons », a-t-il dit.

Quelques jours plus tard, quand il a pu de nouveau marcher normalement, il m'a emmenée faire une promenade en voiture. Il s'est arrêté sur le bord de la route, face à Saras Bagh, le grand jardin. C'était par un soir délicieux, rafraîchi par l'averse qui était tombée dans la journée, signe avant-coureur de la mousson.

« Veux-tu que nous marchions dans le parc ? » a-t-il demandé au bout d'un moment de silence. Comme j'avais déjà les yeux pleins de larmes, nous ne sommes pas sortis de la voiture. Il m'a dit d'un ton très banal : « Je ne peux pas te laisser partir. Tu es la seule personne qui me comprenne. Sans toi, la vie me serait insupportable. Comment peux-tu vouloir me quitter comme ça ? Crois-tu que je survivrais sans ta présence ? Tu es ma fille préférée – tu le sais, non ? Tu es la personne qui m'aide à continuer, qui comprend mes besoins. Ayi a besoin de toi, elle aussi. N'oublie jamais qu'elle est malade dans sa tête. »

La digue s'est rompue. Sanglotant sans retenue, j'ai laissé glisser ma tête sur son épaule pour y pleurer à mon aise. Alors une chaleur étrange, intense, est montée en moi. Les bouts de mes seins se sont tendus, avides de contact avec son bras, et j'ai senti mon visage et mon cou en feu, irrigués par le sang qui se précipitait follement à travers les vaisseaux de mon corps. Mon amour pour lui s'était mué en douleur physique aiguë.

Je pleurais si fort que les passants nous adressaient des regards interrogateurs. Peu à peu, un petit attroupement de curieux s'est formé autour de la voiture. Inquiets, ils se penchaient aux carreaux, cherchant à savoir de quoi il retournait. Baba a baissé la vitre : « Circulez, il n'y a rien à voir », leur a-t-il dit. Gênés, ils ont esquissé quelques mouvements, dansant d'un pied sur l'autre, sans pour autant quitter les lieux. Alors, dans un froncement de sourcils irrité, Baba a démarré en faisant rugir son moteur, éparpillant les spectateurs. Quelqu'un a donné un coup de poing sur la lunette arrière. Une voix a crié des obscénités.

De retour à la maison, montant les marches de la véranda, je me sentis souillée.

Je m'apprêtais à rester pour lui, et seulement parce qu'il me l'avait demandé. Mon cœur souffrait pour lui. Je comprenais qu'il n'était pas facile pour lui d'avoir une femme comme Ayi, malade de corps et d'esprit, devenue exécrable et violente.

Il m'a fallu une heure avant de pouvoir aller la trouver. Retenant mon souffle, je me suis penchée au-dessus d'elle pour poser un baiser sur sa joue. « Bonjour, Ayi », ai-je dit. Elle a levé les yeux vers moi. « Où étais-tu passée, ma Kuka ? » a-t-elle demandé, attirant ma tête vers sa poitrine, la voix tremblante de larmes rentrées.

Une seconde plus tard, nous pleurions dans les bras l'une de l'autre. Elle m'appela « Kuka », « Soni », « Babi » et de tous les petits noms qu'elle avait inventés pour moi au fil de l'enfance. J'avais laissé mon adolescence derrière moi. J'avais cinq ans et elle était la mère que j'aimais, la mère dont j'avais besoin.

Nous avons été adorables l'une envers l'autre pendant le dîner. Elle avait fait un effort exceptionnel pour se lever et venir à table avec nous. Nous étions assises tout près l'une de l'autre, nous nous tenions par la main. Puis le moment est venu pour elle de regagner son lit, de prendre ses médicaments, ses doses nocturnes de Largactil, pacitane, dopamine. Était-ce une hallucination ou ai-je bien vu Baba verser une cuillerée supplémentaire de Largactil dans sa tasse ?

J'avais installé mon matelas sur le tapis du salon parce que c'était là que mes parents avaient placé leur grand magnétophone Revox à bobines de onze pouces. La musique, que j'enregistrais à partir de vinyles empruntés à la discothèque du British Council, m'était devenue un véritable besoin. Étendue sur le dos dans l'obscurité, je laissais les notes du Quatrième Concerto de Beethoven se déverser en cascade autour de moi. Ce ruissellement somptueux m'aidait à m'endormir, tenait mes démons à distance. J'imaginais de l'eau, de la brume. Gouttelettes fragiles, chutes d'eau majestueuses, tempêtes tonitruantes, rideaux de perles de mousson, étendues éblouissantes de neige, fraîche et douce comme un duvet d'oisillon. Je n'aimais pas le pouvoir et la pompe exprimés par le Cinquième Concerto, « L'Empereur ». J'aspirais à la fluidité et à la délicatesse du Quatrième.

Je n'ai pas entendu la porte s'ouvrir. Il devait être là depuis un moment. Son pantalon de pyjama formait une flaque à côté de mon lit et sa tunique pointait comme une tente. Sans un mot, il s'est placé au-dessus de moi en soulevant ma chemise de nuit et sa kurta. Il a replié mes jambes et relevé mes genoux jusqu'à ce qu'ils touchent presque mes épaules. Je l'ai aidé, soulevant docilement le postérieur pour qu'il puisse remonter mon vêtement jusqu'aux aisselles, découvrant mes jeunes seins récemment éclos. Il n'y a eu aucun préliminaire, aucune parole échangée, ni son, ni baiser. Ses doigts frottaient distraitement mes mamelons. Beethoven m'enveloppait, occupait l'espace de ses notes vibrantes, me transportait loin de la honte qui imprégnait cette pièce aux sofas bordeaux miteux, aux petites tables écaillées que nos mouvements bousculaient à grand bruit, loin de l'aigreur repoussante de son haleine de whisky.

Qu'était devenu le héros de mes rêves, l'homme aux yeux de velours et au souffle parfumé, qui me murmurait des mots tendres ? Cette montée de désir que j'avais ressentie à mon insu un peu plus tôt s'était évanouie, me laissant froide et sans réaction. Je restais pourtant là, inerte, sans protester, sans résister. « Oh, mon Dieu, je ne suis pas dans cette pièce, je suis ailleurs, dans un monde d'élégance et d'ors peuplé de dames et de gentilshommes entourés d'œuvres d'art, de musique, de chérubins, absorbés dans un badinage raffiné. »

Je suffoquais sous le poids insolite d'un corps d'homme. Puis, soudain, j'ai éprouvé une douleur cuisante et brève, senti un contact caoutchouteux, une pause, quelques poussées vives d'un membre gonflé, dense, tendu dans son fourreau. Il étouffait des grognements.

Il s'est retiré aussi rapidement qu'il était entré. L'étui en caoutchouc contenant ses fluides pendait pitoyablement à l'extrémité de son membre flasque. Il tenait son pantalon de pyjama à la main, trop effrayé par son acte ou trop honteux pour penser à l'enfiler.

Je ne me rappelle pas si j'ai dormi. Beethoven. Rien que Beethoven. Mais le son de la pluie avait cédé la place à une musique dure, insistante, ponctuée de fracas de cymbales, de grondements de tonnerre menaçants.

Au matin, mes cuisses me faisaient mal, comme si on les avait battues au maillet. J'avais l'œil vide, le visage figé, sans expression, et du mal à parler. Mon vagin était irrité, mon corps léthargique me donnait la sensation d'être en bois. Dans ma tête régnait un vacarme assourdissant semblable à la superposition de bruits qu'on entend dans un temple à l'heure des rites de l'aube et du crépuscule. C'était une combinaison de voix babillant et hurlant, de clochettes et de cymbales, de musique et de psalmodies, et le tout se mêlait aux klaxons des voitures et aux grondements de la circulation. Cette cacophonie m'empêchait d'entendre mes pensées, et plus je tendais l'oreille, plus le volume de la résonance augmentait.

Que disaient-elles, ces voix rauques et accusatrices ? Était-ce de ma faute ? Pas de ma faute ? Y avait-il eu viol ? Pas viol ? Inceste ? N'avait-il pas envahi mes rêves ? Et ces regards rivés l'un à l'autre au mariage de Vasudha ? Avais-je voulu ce qui était arrivé tout en ne le voulant pas ? Et d'ailleurs, qu'est-ce qui était « arrivé » ? Une brève percée dans mon corps ? Un accouplement contraint ? De l'épouvante ? De la culpabilité ? De la peur ? Qu'était-ce ?

Je restais à l'écart de Baba, j'évitais de le regarder. Il a voulu prendre mon bras dans le couloir, mais je l'ai repoussé et je me suis enfermée dans ma chambre. J'ai trouvé sur la table une note dans laquelle il avait fait une liste des médicaments que je devais acheter pour Ayi chez Bhogilal, le pharmacien, accompagnée d'un billet de cinq cents roupies. Or nous avions un compte chez Bhogilal, je n'avais pas besoin d'argent pour faire des achats chez lui. C'était un petit pourboire pour Lolita, pour que je puisse me payer des colifichets. En échange de services rendus.

Ces odeurs, ce poids, la brutalité mécanique de cet acte escamoté, de cette copulation, non, ce n'était pas ce que j'avais imaginé dans mes rêves les plus fous et les plus secrets. Torturée de honte, j'allais le regard vide, tête baissée, exsudant la culpabilité. Comment aurait-on pu ne pas s'en apercevoir ? J'étais un gros roc de malheur planté en plein milieu de la route.

Deux jours de calme ont suivi, puis l'attaque est venue.

D'abord de Taï. Elle l'avait vu entrer à pas de loup dans le salon et avait deviné le reste. Ce fut un assaut frontal : « Alors, que dit ton Ambabaï, maintenant qu'elle a goûté à l'expérience vécue de la chose ? » Ambabaï, c'était le nom de la déesse de la fertilité de Kolhapur, celui par lequel notre grand-mère maternelle désignait l'organe sexuel féminin. Inutile de nier. Elle savait tout.

Ayi, elle, ne pouvait que hurler des injures. Pour lui, « maquereau », « maître à putes », « baiseur de sa propre fille » ; pour moi, « catin », « traînée », « voleuse de mari », « serpent étrangleur » qui l'étouffait dans ses anneaux.

J'ai cessé d'aller à la fac et commencé à errer par les rues de Poona, chaussée de légères sandales en cuir. Dans la chaleur moite et pénible qui précède la mousson, je marchais de Gultekdi à Camp en passant par Rasta Peth. Je remontais Main Street, descendais East Street jusqu'à Quarter Gate, me distrayais en léchant les vitrines de Sarbatwala Chowk. Je prenais l'autobus de la ligne 4 jusqu'à Deccan Gymkhana pour aller revoir la maison de Babuji, à présent vendue et en travaux. Tard le soir, en sueur, la peau brûlée par le soleil et les pieds fatigués, je revenais à la maison affronter Ayi, qui affûtait sa colère tel un couteau sur la meule et m'observait, attendant le moment de bondir sur sa proie.

Le plus souvent, la nuit, la porte s'ouvrait et je l'entendais entrer, haletant, abruti par l'alcool, dans une odeur écœurante de whisky et de cigarettes. Trois minutes de boum-boum et c'était fini. Jamais un mot, rien qui puisse exprimer ce qui s'était produit. Seul le son de sa respiration pesante ponctuait un silence terrible, tendu, couvert par les notes dansantes de Beethoven. J'ai appris à l'évacuer de mon esprit. À effacer de mes pensées sa panse pleine d'alcool claquant contre mon ventre concave. À détourner la tête, à retenir mon souffle, à compter jusqu'à vingt, à me catapulter dans un autre monde, Vienne ou Versailles, où j'aurais traversé en robe de soie des couloirs bordés de miroirs, où j'aurais passé du temps à rédiger des lettres, assise à mon écritoire, ma tête ornée d'anglaises châtain, ma gorge d'une blancheur de lys couverte de dentelle de Bruges, un nocturne de Chopin flottant dans l'air limpide et frais de ma chambre remplie de fleurs par un matin de juin ensoleillé…

Mais je ne protestais pas, ne m'enfuyais pas, ne m'exprimais pas, ne me plaignais pas auprès d'Ayi, ne faisais pas bloc avec elle.

L'argent.

Je le prenais.

Et je le mettais de côté.

Je déposais les billets froissés dans un sac en plastique que j'enfouissais dans le pot à farine contenant les cendres extraites du vieux samovar en cuivre qui avait jadis servi à chauffer l'eau de nos douches, à présent abandonné au fond du garage. Avant que le détergent Vim fasse son apparition sur le marché, on utilisait de la cendre pour récurer les pots et les plats de la cuisine.

Puis, aussitôt que mon petit magot m'a paru suffisant, je suis partie.

Pierre m'a demandé l'autre jour comment j'étais arrivée en Europe, comment j'avais rencontré puis épousé Guillaume. Que pouvais-je lui dire ? « J'ai été violée, je me suis enfuie, d'abord de la maison, puis du pays, et j'ai trouvé non pas un, mais deux abrutis d'affilée à épouser, et me voilà » ?

Je crois que ces années-là m'ont arraché mon âme, le peu qu'il en restait. Par sentiment de culpabilité et par rouerie, Baba déposait de l'argent ici et là pour que je m'en empare. Je le ramassais avec un seul objectif : partir.

Taï a quitté la maison pour aller enseigner dans une université du Nord. Ses piques et ses sarcasmes avaient cessé, certes, mais j'avais perdu la protection que m'assurait sa présence. Restait Baba, qui cherchait à faire de moi un substitut d'épouse et me disait sans se cacher des mots tendres qui me rendaient malade. Ne suffisait-il pas qu'il vienne me voir plusieurs fois par semaine dans ma chambre ? Était-il nécessaire de rendre public ce honteux secret ?

« Beta, comment te sens-tu aujourd'hui ? On dirait que tu es un peu pâle... » La première fois qu'il m'a posé cette question, je l'aurais giflé. Il voulait savoir, par une voie détournée, si j'avais mes règles et si, par voie de conséquence, il devait s'abstenir de me « rendre visite » pendant plusieurs jours. Auparavant, j'aurais vu dans ses attentions la sollicitude d'un père aimant. À présent, je savais qu'il n'en était rien.

Je suis partie cinq semaines avant mon dix-huitième anniversaire. J'avais en poche cinq mille roupies – une somme rondelette –, un diplôme de licence sans grande valeur, et une inscription à la JJ School of Art de Bombay. Je n'ai rien dit à qui que ce soit. J'avais loué une boîte postale au bureau central de Poona près de la gare, et de là, pendant près d'un an, j'ai envoyé et reçu du courrier dans la plus grande discrétion.

Il pleuvait dru le jour de mon départ, quand je suis montée dans la voiture de troisième classe du Mahalaxmi Express Poona-Bombay. Ayi dormait, Baba était au bureau lorsque je me suis faufilée dehors, portant sa plus belle valise en cuir remplie de mes rares possessions : quelques vêtements de tous les jours, pantalons, tee-shirts, et des produits de maquillage. J'y avais ajouté quelques-uns des plus beaux et des plus anciens saris de ma mère.

Si j'avais attendu cinq semaines de plus, j'aurais pu quitter la maison en toute légalité et Baba n'aurait rien pu y faire. Mais l'école avait commencé depuis déjà deux mois et j'avais été admise moyennant le versement d'une pénalité de retard. Mon travail de dessinatrice avait plu aux examinateurs et j'avais eu droit au régime spécial des étudiants venus d'ailleurs.

Cependant, j'avais dix-sept ans, j'étais mineure, et il ne fallut pas plus de deux jours à la police pour retrouver ma trace au foyer pour filles où je vivais près de Girgaum. J'avais imité la signature de Baba sur tous les formulaires destinés au gérant, le principal. J'ai vu tous mes rêves s'effondrer avant même qu'ils aient pu prendre forme.

Le principal de JJ était un brave homme. Il a appelé Baba et lui a demandé pourquoi la famille était opposée à ce que j'entreprenne une carrière artistique. Bien entendu, Baba ne pouvait lui dire la vérité.

« Oh, je n'ai rien contre le fait qu'elle passe un diplôme des Beaux-Arts, professeur Vij. Elle a déjà une licence. Mais dans une famille aussi ouverte et progressiste que la nôtre, je me demande ce qui l'a poussée à nous le cacher. Pourquoi a-t-elle imaginé que nous dirions non ? Bien sûr, sa mère est très gravement malade et nous avons un besoin considérable d'aide à la maison. Selon moi, il était égoïste de sa part de ne penser qu'à elle pendant que le reste de la famille faisait de tels efforts. J'ai dû dire que l'art n'attirait pas l'argent ou quelque chose de cet acabit, et cela lui sera resté en tête. Nous aurions accepté, bien sûr, même s'il est vrai que sans elle il est difficile de s'occuper de tout ici. Mais essayez d'imaginer le mauvais sang que nous nous sommes fait en constatant qu'elle avait disparu… »

Le professeur Vij a senti que quelque chose clochait, j'en suis sûre. Baba était trop affable, trop conciliant, trop vite disposé à se réconcilier avec sa fille, alors que, en bon père dérouté par les événements, il aurait dû être furieux. J'ai compris au froncement de sourcils perplexe du professeur qu'il se posait des questions. Il me voyait pleurer et secouer la tête tandis qu'ils s'entretenaient tous les deux sans tenir compte de ma présence, comme si j'avais été un meuble. Je crois que ma détresse l'a ému. Et, bien qu'il ait été trop formel pour enquêter ou s'impliquer, il a deviné qu'il devait à tout prix me garder dans son établissement. Cela l'intéressait aussi sincèrement de m'avoir comme étudiante, même si j'avais imité la signature de mes parents et menti sur à peu près tout.

« Bien. Si cela vous convient, monsieur Goray, nous pouvons déchirer ces formulaires, en faire remplir de nouveaux à votre fille, sur lesquels vous apposerez votre signature authentique. Les croquis qu'elle nous a envoyés ont été jugés excellents par le comité de sélection et nous lui avons même attribué une bourse. Nous aimerions que Kranti soit une de nos étudiantes, à condition qu'elle promette de se conformer au règlement et de ne pas s'enfuir. »

Le tour était joué.

Cependant, la période qui a suivi s'est révélée extrêmement difficile financièrement. Ma bourse suffisait à peine à payer les frais d'inscription de l'école et mon loyer mensuel au foyer. Pour le reste, je devais compter entièrement sur moi-même. J'ai commencé à dessiner de petits croquis pour des magazines. Le travail était mal payé – trente roupies par-ci par-là qui me maintenaient à flot un jour ou deux. Puis j'ai posé comme modèle pour des publicités dans les journaux, et j'ai gagné le concours photo « Smile India » du plus beau sourire indien…

Ce qui a eu pour effet de mettre fin aux jours de vaches maigres.

18

Le partage du butin

Shanti poursuit sa fouille dans les affaires de Kranti. La main plongée jusqu'au fond d'un tiroir du bureau à cylindre, elle touche du bout des doigts un petit paquet. Elle l'extrait de sa cachette avec une sensation croissante d'excitation. Un frisson de triomphe la traverse de part en part lorsqu'elle découvre qu'il s'agit d'un trousseau de clés maintenues ensemble par du ruban adhésif.

Il est dix heures du matin et elle est seule à la maison.

Elle verrouille la porte d'entrée à double tour et court ouvrir la chambre de Robert-Pierre. Elle engage une clé dans la serrure, puis une autre, et encore une autre. Au troisième essai, le déclic a lieu, la lourde porte de bois pivote sous la poussée et elle s'arrête sur le seuil, hésitant presque à entrer.

En comparaison de la vision chaotique qu'offre l'atelier, avec ses bagages ouverts débordants de saris et de sous-vêtements froissés, cet espace est un modèle d'ordre, aussi dépouillé qu'une cellule de moine. Elle balaie la chambre d'un regard circulaire. Le lit, superbe spécimen d'Art déco en acajou verni, est couvert d'un jeté en damas austère et surplombé à sa tête par trois icônes russes aux auréoles scintillantes représentant la Sainte Famille, disposées en arc de cercle. Le mur d'en face est tendu d'un *duree* brodé du Cachemire et des bûches entassées dans la cheminée attendent l'allumette. Au fond de la pièce, une porte ouvre sur une garde-robe où des vêtements de Kranti et les costumes de Robert-Pierre sont pendus côte à côte.

Près d'elle, sur une des tables de chevet, un verre et une carafe d'eau sont posés sur un plateau laqué flanqué d'une pile de feuillets dactylographiés en français. Shanti, qui y voit très mal sans lunettes, déchiffre en plissant les yeux plusieurs termes médicaux. L'article a été corrigé à l'encre rouge. Il est donc médecin, comme elle le supposait, et ce sont des études de cas.

Contournant le lit, elle aperçoit près d'une lampe dorée deux épais cahiers posés l'un à côté de l'autre dans un alignement parfait qui semble indiquer qu'on leur porte du respect. Ce sont des carnets d'artiste. Dans l'un des deux, le rouge, sont insérés des photos, des coupures de presse et des dessins qui le rendent très volumineux. L'autre, noir et plat, contient des pages et des pages d'écriture ; on dirait un journal. « Voilà pourquoi la porte était verrouillée, se dit Shanti. Le respect de sa vie privée n'était pas seul en cause. Il y avait bien quelque chose qu'il voulait m'empêcher de voir. »

Elle se saisit des cahiers, se rue hors de la pièce pour les déposer au salon, sur la table basse à plateau de verre. Les mains la démangent. Dans le « flip-flop » précipité de ses nu-pieds, elle fonce à la cuisine faire bouillir des feuilles de thé avec de la cardamome pour se préparer un breuvage bien fort auquel elle ajoutera de généreuses cuillerées de lait et de sucre brun. Elle éjecte ses sandales d'une secousse et s'assied confortablement en tailleur sur le sofa, les pieds bien au chaud sur ses cuisses. La première gorgée, brûlante, lui descend jusqu'aux orteils.

Shanti pousse un « Aah ! » de satisfaction en chaussant ses lunettes de lecture, car soudain les lignes serrées, gribouillées à l'encre sépia épaisse, sont devenues parfaitement nettes.

Elle lit jusqu'à la fin de l'après-midi, plongée dans un cahier, puis dans l'autre. Elle en oublie de manger et de boire. De temps à autre, elle se penche pour extraire un mouchoir en papier de la boîte qui est posée par terre à côté d'elle. Le point qui orne son front n'est plus qu'une traînée vermillon, ses yeux sont rouges, bouffis, réduits à des fentes. Elle pleure copieusement, parfois fort, parfois la tête enfouie dans le pan de son sari et renversée sur le dossier du sofa, inerte, les lunettes serrées entre ses doigts au bout d'un bras pendant.

Il y a longtemps, se rappelle-t-elle, Kranti avait tenu à ce qu'elle lise *Les Enfants de Sánchez*, un récit au sujet d'une famille mexicaine qui vivait dans un bidonville. « Les différences culturelles entre les Latinos et les Indiens mises à part, les Sánchez nous ressemblent beaucoup, je trouve. Cette famille a les mêmes problèmes que la nôtre. Les parents ne sont pas à l'écoute de leurs quatre enfants, qui les haïssent, se haïssent entre eux et se battent continuellement. Ils sont très malheureux et ne s'entendent jamais sur quoi que ce soit. Le meilleur moment du livre, c'est quand il décrit la façon qu'a chacun de se rappeler les expériences vécues en commun. Lis-le, Taï, il te plaira sûrement. Il te fera penser à nous, à nos défauts, à nos œillères. » Shanti n'en a rien fait, versant le conseil de Kranti au compte de ses lubies récurrentes, et à présent elle le regrette. Car elle ne se rappelle pas les choses de la manière dont sa sœur les décrit.

Elle a à peine bougé du sofa. Outre le chagrin et les larmes qu'il provoque chez elle, le cahier rouge l'émeut. Il semble exercer sur elle un pouvoir magique. Les images la captivent et la précipitent dans son passé. Elle est redevenue la Shanti de son enfance.

« À d'autres, se dit-elle, ces écrits pourraient sembler ternes et sans relief. Pourtant ils possèdent une qualité poétique certaine dans la façon dont notre histoire est écrite, même si j'y tiens le rôle de l'aînée méchante et fourbe. Mais ça m'est un peu égal. Je sais bien, moi, combien j'étais sensible à ce qui lui arrivait et comment je m'occupais d'elle, quand nous étions jeunes. C'est un conte de fées, notre conte de fées… Mais, tout de même, franchement, quel conte de fées abominable ! Elle le fait baigner dans une atmosphère hors du temps, même si le chagrin vécu transparaît. Le bébé de Tante Cou-ii, je me demande si elle l'a inventé ou non. Le malheur d'Ayi, c'est du vrai, ça oui, nos déménagements continuels aussi, de ville en ville, d'école en école. Quoi qu'il en soit, il y a quelque chose d'apaisant et de beau dans la manière dont elle a écrit cette histoire. Dans son journal, par contre, quel besoin avait-elle de manifester une telle cruauté ? Qui cherchait-elle à impressionner ? Son psychanalyste, l'homme avec qui elle voulait avoir une liaison ? Elle a toujours accommodé la réalité à sa sauce, répandant du poison partout. Toutes ces horreurs sur Ram Singh et moi, sur ce comportement sexuel dégoûtant que j'aurais eu avec elle… Mensonges, tissu de mensonges ! Quant à l'idée que j'aie pu me défiler quand Ayi était à l'hôpital ! C'est vraiment mesquin, à bien y regarder. Où était-elle, plus tard, quand Ayi s'est retrouvée paralysée ? Elle nous a tous taillés en pièces. Peut-être est-ce compréhensible, quand on pense à ce qui s'est passé avec Baba et tout ça, mais elle a joué le jeu, non ? Pourquoi n'a-t-elle pas déclenché un scandale ? C'est ce que j'aurais fait s'il avait essayé avec moi. Et dire qu'en plus elle a pris tout cet argent. Déjà, avec son propre père, elle se conduisait en prostituée ! Elle a suivi son chemin, j'ai suivi le mien. Je n'approuvais pas sa façon de vivre, et j'ai eu le cran de le lui dire. Elle a cru que cela l'autorisait à me traîner dans la boue en disant des horreurs sur moi ? Quelle manipulatrice ! Elle laisse derrière elle cet horrible fatras de mensonges pour damner toute sa famille. Ayi et Baba n'en ont cure, ils ne sont plus que cendres, mais moi, contre qui elle porte les pires accusations, je ne peux même pas me défendre, puisqu'elle n'est plus là. Je comprends maintenant pourquoi Robert-Pierre m'évite. Son opinion est influencée par les élucubrations d'une morte. »

Shanti a perdu la notion du temps. Elle sursaute au bruit strident de la sonnette. Elle avait l'intention de reposer les cahiers là où elle les avait trouvés, mais trop tard, Robert-Pierre se tient maintenant dans l'encadrement de la porte. Elle est prise la main dans le sac. En un quart de seconde, elle décide de faire front.

Robert-Pierre la regarde, sa mallette à ses pieds, les clés de la maison dans la main.

– Bonsoir, qu'est-ce que vous faites avec ça ? demande-t-il froidement.

Il désigne le cahier qu'elle tient. C'est alors qu'il remarque sa mine défaite, les mouchoirs en papier utilisés froissés en boule sur le tapis. Ils échangent un regard méfiant, puis il se dirige vers un fauteuil sur lequel il jette sa mallette.

– Si vous m'aviez demandé, dit-il dans son anglais basique, je vous aurais montré tout cela. Ce n'est pas une façon correcte de procéder.

– Vous m'auriez montré les cahiers si je ne les avais pas découverts ? Alors que vous les enfermez à clé dans votre chambre depuis mon arrivée ? Je savais bien qu'il y avait quelque chose de bizarre. Je suis chez ma sœur, tout de même, je ne suis pas une voleuse. Comment osez-vous me traiter de la sorte ?

– Je ne vous prends pas pour une voleuse. C'est votre intrusion dans ma chambre, dans ma vie privée, que je refuse. Je ne vous ai pas demandé de venir. Vous seule avez pris la décision d'habiter chez moi. Pourquoi ? Qu'est-ce que vous voulez ?... Au fond, je le sais. Ce ne sont pas les cendres qui vous intéressent mais tout ce qui est ici, l'argent, l'appartement, les objets d'art. Vous n'avez pas d'amour pour Kranti. Vous détestez votre sœur et votre sœur vous détestait. Pourquoi pensez-vous qu'elle m'a légué tous ses biens et pas à vous ?

Shanti lui jette un regard furieux sans répondre.

– Et aujourd'hui, je reçois cette lettre, dit-il en tirant un feuillet plié de sa poche.

Tandis qu'il le déplie, Shanti constate qu'il s'agit d'une notification juridique envoyée par Louis Michel, son nouvel avocat.

– Pourquoi vous m'envoyez ça ? On peut parler, c'est plus simple, non ?

– Pas plus simple du tout, non. Ces dix derniers jours, c'est précisément ce que j'ai essayé de faire, de vous parler. Mais vous partez tôt le matin et vous vous enfermez dans votre chambre quand vous rentrez. Oui, vous m'avez demandé de venir dîner à votre table, mais je ne supporte pas la vue de votre viande saignante. Alors quand aurais-je pu en trouver l'occasion ? Je suis une personne civilisée, pas la sauvage sous-développée pour qui vous me prenez ! hurle-t-elle pour finir.

– Gardez votre calme, s'il vous plaît. Votre sœur était une personne merveilleuse. Elle ne criait jamais comme ça. Ne se donnait jamais en spectacle. Pas de crises, pas de caprices. Vous êtes comme une enfant.

– Ma sœur vous aimait et elle est morte à cause de ça. Vous la traitiez froidement, avec indifférence. Tout son journal le dit. Ne croyez pas qu'elle n'avait pas envie de crier, elle aussi. Elle était désespérée.

– Qu'est-ce que vous savez de notre relation, hein ? Vous avez vu comment elle parle de vous dans son journal ? Je ne comprends pas pourquoi vous êtes ici. Vous m'écrivez que vous arrivez. Sans parler de rien. Vous voulez voir les chéquiers, les relevés bancaires ? Pourquoi ? Et pourquoi devrais-je vous les montrer ? Pourquoi êtes-vous en colère contre moi ? Je n'ai rien demandé, moi. Votre sœur m'a tout légué, son argent, son appartement, ses tableaux, c'est vrai. Mais quel tort vous ai-je fait ? Okay, vous voulez récupérer ses biens, okay, votre avocat m'envoie une notification. Mais ce n'est pas bien de crier comme ça. Et vous n'avez pas le droit d'ouvrir ma chambre quand je ne suis pas là.

Il couvre en quelques enjambées la distance qui le sépare de la table basse. Shanti a un mouvement de recul et se protège instinctivement le visage de ses bras.

– N'ayez crainte, je ne suis pas violent, pas comme votre père.

Il ramasse les cahiers d'un geste délibérément posé et les place sous son bras.

– Ceci m'appartient. Et maintenant, vous n'y touchez plus, dit-il avec fermeté.

– Attendez, je n'ai pas fini de lire !

Ignorant ses protestations, il ouvre sa mallette, y range les cahiers et sort de la pièce pour appeler Alain, l'avocat de la famille de Sophie.

Les deux hommes se retrouvent peu après autour d'un verre dans un café proche.

– Écoute, tu te trouves dans une position délicate. Il faut d'abord que tu décides ce que tu veux faire. Sophie m'a dit que tu l'appelais un jour sur deux, que tu voulais revenir et te réconcilier avec elle. Très bien, mais comment pourrais-tu garder en même temps cet héritage ? Y as-tu pensé ? C'est l'un ou l'autre : soit tu gardes tout et tu quittes Sophie et la maison définitivement, soit tu reconstruis votre relation. Mais bon, ce n'est pas mon affaire. Tu as une copie du testament ? Et la notification ?

Tout en caressant sa barbe clairsemée, Alain examine soigneusement le cachet du notaire, le sceau, les signatures de l'avocat et de son greffier.

– Manifestement, elle avait tous ses esprits quand elle a rédigé son testament. L'enregistrement a eu lieu dans les règles, elle a effectué seule la démarche et personne ne l'accompagnait. On peut donc plaider qu'elle n'a subi aucune pression déplacée. Les termes sont clairs. Elle te nomme sans la moindre ambiguïté son exécuteur testamentaire, détenteur du droit moral sur son œuvre. Si tu veux contester la revendication de la sœur, c'est un bon argument. Toutefois, elle était liée par le sang à la défunte, et selon la loi française, en tant que collatéral privilégié, elle a certainement des droits. Et rappelle-toi, il y a eu une enquête de police. Louis Michel peut toujours exhumer ce point-là. C'est ce que je ferais à sa place. Je connais bien Michel, lui aussi est un vieux de la vieille. Ce n'est pas un personnage très sympathique. Il pourrait se montrer dangereux. Il connaît les lois de succession sur le bout des doigts et il a gagné plus d'un procès compliqué. Il menace de geler les actifs et de faire passer l'affaire en référé afin qu'elle puisse être jugée immédiatement, au motif que sa cliente vit loin de Paris et n'a pas les moyens d'y demeurer plus longtemps.

– Alors qu'elle vit chez moi aux frais de la princesse ! ricane Robert-Pierre. Elle ne mange que des cochonneries végétariennes, elle n'arrête pas de dire qu'elle n'a pas d'argent et de se plaindre du prix de tout.

– C'est peut-être vrai qu'elle n'a pas d'argent. Imagine un peu ce que ça veut dire, pour elle, un héritage de plus de trois millions d'euros – si j'en crois la liste des biens qui figurent au testament. Tu les laisserais filer sous ton nez sans rien tenter, toi ? Michel ne lui facture probablement pas ses services. Il travaille à l'américaine, sur commission, et il a sûrement demandé cinquante pour cent. S'ils perdent, en revanche, elle n'aura à régler que les dépens.

– Cinquante pour cent ! Mais c'est exorbitant !

– Je sais, mais pour quelqu'un qui se trouve dans sa situation, c'est un contrat assez correct, compte tenu du fait qu'elle n'a pas d'honoraires à verser. Et de toute façon elle y gagne, partant de zéro. Si elle perd, les coûts seront minimes. De son point de vue, c'est une bonne opération.

– Qu'est-ce que tu me conseilles de faire ?

– Je te l'ai dit, cela dépend de ce que tu veux, mon cher. C'est ton avenir qui est en jeu. Je suis devenu l'avocat des Taquet quand j'ai repris le cabinet de mon père et je connais Sophie depuis qu'on est hauts comme trois pommes. N'essaie pas de l'embobiner, ça ne marchera pas. Quand elle a décidé que c'est fini, c'est bien fini. Alors, réfléchis et, quelle que soit ta décision, maintenant que tu as reçu cette notification, je te conseille de déménager à l'hôtel tout le temps du séjour de cette dame.

– On pourrait croire que je m'enfuis, que j'abandonne la place, non ?

– Selon moi, c'est quand même la meilleure solution. Rappelle-toi, elle est prête à t'attaquer en justice, et ça, c'est un geste d'hostilité. Personnellement, je ne crois pas que je pourrais habiter au même endroit que quelqu'un qui m'en veut de cette façon. Reste si tu y tiens, mais je t'aurai prévenu. Il y aura des tensions. Et n'espère pas que ta femme comprenne, si elle découvre que tu es à présent en ménage avec la sœur !

– Comment peux-tu imaginer une chose pareille ? Tu ne l'as pas vue ! Elle s'asperge d'un de ces parfums capiteux et fleuris qui collent à tout ce qu'elle touche. L'autre jour, elle a trouvé un double de la clé, elle a ouvert ma chambre et elle a carrément emporté les cahiers de Kranti pour les lire. Elle fait intrusion dans ma sphère privée sans le moindre scrupule. Jamais « est-ce que je peux ? », jamais « s'il vous plaît », une vraie Mme Sans-Gêne ! Elle a touché à tout, retourné les tiroirs, les malles et les armoires de la maison. Et maintenant tout est imprégné de son parfum, surtout les cahiers, qu'elle a tachés de sueur par-dessus le marché. Tu n'as pas idée de l'enfer que je vis.

– C'est pourquoi, je te le répète, va-t'en. Quel obstiné tu fais, Pierre ! Tu as toujours été têtu, et d'ordinaire tu finis par obtenir ce que tu veux. Je me rappelle quand tu cherchais à séduire Sophie. Tu n'étais qu'un étudiant sans le sou comme beaucoup d'autres, mais tu ne reculais devant rien, tu louais une voiture, un costume, tu payais à crédit… Tout ce qui pouvait impressionner, tu le faisais… Bon, il faut que j'y aille. J'examinerai la jurisprudence pour toi, mais je suis sûr que cette femme peut contester le testament et j'ai comme une petite idée qu'elle pourrait gagner. J'écrirai à son avocat. Attention, à partir d'aujourd'hui, tu n'es plus censé parler avec elle de quoi que ce soit concernant cette affaire. Dorénavant, ce sont les avocats qui communiquent entre eux.

– Mais si Kranti m'a tout laissé, elle avait ses raisons. Si tu lisais son journal et ses histoires, tu verrais la description épouvantable qu'elle fait de sa famille. Elle détestait sa sœur. Alors pourquoi faudrait-il que celle-ci hérite de quoi que ce soit ?

– Ah, parce que selon toi, les successions se transmettent au mérite ? Et tu crois la mériter, peut-être ? Allons, ne sois pas naïf. Ton amie était peut-être saine de corps et d'esprit quand elle a rédigé son testament, mais cela n'invalide pas la légitimité des revendications de sa sœur.

– Tu n'as jamais vu Kranti. Tu ne savais même pas qu'elle existait. Elle était extraordinaire, très singulière. Elle possédait beauté et talent, elle aimait s'amuser et elle en avait vu de toutes les couleurs, encaissé un maximum. Dans ses cahiers, j'ai découvert l'enfance terrible qu'elle a eue. Je peux te dire, sans entrer dans les détails sordides, qu'elle ne manquait pas de raisons de vomir sa famille. Pourtant, elle a tout surmonté, elle est venue ici et elle a fait de sa vie quelque chose de bien.

– Alors, pourquoi avoir mis fin à ses jours ?

– Je n'ai pas encore bien compris, mais je pense que, parfois, nous atteignons un point de bascule où tout nous paraît futile, où nous n'avons plus la force de nous battre. Son passé l'a rattrapée, sans doute. Tout ce qu'elle avait réussi à réprimer a resurgi d'un coup dans un gigantesque tsunami. C'est la seule explication que j'aie pu trouver jusqu'ici. Je creuse la question, mais je crois que je ne comprendrai jamais tout à fait.

– Bon, c'est ton affaire. Dis-moi au plus tôt ce que tu souhaites que je fasse : aller en justice, abandonner le legs ou rechercher un compromis, ce qui est toujours possible. Maintenant, je file, je suis déjà en retard.

Ce soir-là, en écoutant la voix extraordinaire de Pavarotti dans *Le Barbier de Séville*, Robert-Pierre repasse dans sa tête la conversation qu'il a eue avec Alain. « Peut-être y a-t-il une issue. Je pourrais lui abandonner l'appartement et garder le reste, les tableaux et l'argent. Fonder un prix qui donnerait à la revue un élan dont elle a bien besoin, peut-être même lui donner son nom. Et si sa sœur voulait tout récupérer ? Qui saura lui imposer un compromis ? Ce Louis Michel n'a pas l'air d'être un imbécile. En cas d'accord à l'amiable, il gagnera un peu moins, mais il n'aura eu aucun travail à fournir. Il faut tenter le coup, c'est dans l'intérêt de tout le monde, et le plus tôt sera le mieux. Michel devrait accepter, car il sait que dans le cas contraire je peux faire traîner les choses aussi longtemps que je veux, or il aura hâte de toucher sa commission. Soit environ cinq cent mille euros, puisque l'appartement en vaut plus de un million à lui tout seul. Elle empochera la même somme, moins les taxes. Mais saura-t-elle s'en contenter ? Alain doit à tout prix persuader ce Louis Michel de régler prestement l'affaire. Lui dire que nous irons en appel si la décision nous est contraire. Où ira-t-elle si le juge décide à ce moment-là de geler les actifs dans l'attente du jugement ? Combien de temps pourra-t-elle vivre à Paris comme une réfugiée sans le sou ? »

19

Le cahier noir

Poona, 14 juillet 2007

Aujourd'hui c'est le 14 Juillet, l'anniversaire de la prise de la Bastille, le jour où j'ai vu Guillaume pour la première fois, il y a exactement trente ans. C'était dans la salle de bal de l'hôtel Taj à Bombay.

J'ai reçu un carton de l'ambassade de France à Delhi me conviant à participer aux festivités, mais j'ai décliné l'offre, prétextant des affaires familiales urgentes à Poona. C'est probablement par précaution qu'on m'a invitée. Je suppose que je ne compte pas encore tout à fait pour rien. Les ex-épouses ont leur utilité et Guillaume est député au Parlement, une étoile montante chez les centristes, promis à de hautes charges ministérielles. Je n'ai aucune envie de me remémorer mes 14 Juillet passés au milieu des mondains bavards de Delhi, leurs tenues clinquantes et toute cette hypocrisie. Je sais qu'ils continuent de distiller des ragots à mon sujet. « Savez-vous qu'elle a divorcé deux fois ? Mariée pour l'argent la première fois, et pour un titre la seconde ! Elle les a plaqués tous les deux pour vivre la grande vie. » Pour ces gens-là, je suis une séductrice, une femme de mauvaise vie. Au point que même mes cousins souhaitent mettre leur progéniture à l'abri de mon influence corruptrice. Comme je ne peux faire confiance à personne, mes relations sociales restent terriblement superficielles. Oh, que n'y a-t-il ici des semblables d'Olga Savić, inconditionnelle, affectueuse, servile comme un chiot en mal d'affection ! Un roc, cette drôle de petite vieille avec son terrible goût vestimentaire et ses cheveux gras. Mais je l'aime bien, vraiment.

J'ai donc royalement boudé les cérémonies de la prise de la Bastille. Je suis venue m'exiler ici, dans le quartier de Deccan Gymkhana où la caste règne toujours en maître, où des professionnels en pleine ascension (informaticiens de pointe, ingénieurs, entrepreneurs, universitaires et banquiers), brahmanes pour la plupart, prononcent encore « atmosphere » comme le faisait Ayi, en expulsant l'air de la bouche dans une explosion de moteur d'avion. De quelle caste vient-il ou vient-elle, telle est la question que personne ne pose directement, mais que tout le monde (tous les Maharashtriens, du moins) a en tête et qui sous-tend toutes les conversations. Une fois que l'on sait à quelle caste vous appartenez, qu'on s'est assuré de la solidité de vos références et du terrain où l'on met les pieds, viennent les premières allusions, bientôt de plus en plus directes, au fait que X ou Y est un « shed ». « Shed » pour « scheduled caste », autrement dit intouchable, Mahar, Bhangi, Chamar…

Pourtant je ne dis rien, je fais comme si j'approuvais, je dissimule mon malaise. Pourquoi ? Il est d'ailleurs bien ténu, ce malaise. Je n'éprouve pas le sentiment d'indignation qui me prend quand la laïcité est attaquée. En outre, en entendant le même genre de choses sur les musulmans ou d'autres minorités religieuses, je protesterais, j'en suis sûre. Alors pourquoi suis-je aussi indulgente quand il est question de castes ?

Où est R. ? À Rome ? À Orvieto ? À Florence ? Je pense à lui parce que, d'une certaine façon, c'est aussi sa fête aujourd'hui, puisqu'il a été nommé d'après Robespierre.

Mais passons. Je n'ai pas envie de l'imaginer parcourant ces villes magnifiques, main dans la main avec sa femme.

D'accord, je ne devrais pas être jalouse, j'ai droit au luxe du Palazzo Gritti une fois par an. Tout de même, quel contraste avec mon hôtel de brahmanes miteux ! L'endroit est tenu par des Chitpavan du clan de mon père, âpres au gain, aux yeux clairs, à l'esprit calculateur. Chez eux, chaque paisa doit être réglée à l'avance et l'on se moque complètement de l'approximative propreté des chambres, des rideaux minables, des cercles laissés par les verres sur la table de nuit, de la crasse accumulée autour des prises électriques.

Alors, qu'est-ce que je fais ici ? Pourquoi ne suis-je pas descendue dans un cinq-étoiles climatisé de Koregaon Park ? Ce n'est pas une question d'argent, j'ai fait un tabac avec mon dernier portfolio de bijoux et de vêtements de mariées. Depuis quelque temps, je joue à ce jeu : je dessine des vêtements hideux, je leur attribue un prix exorbitant et je les mélange avec mes créations artistiques que je propose à des montants beaucoup plus raisonnables. Eh bien ce sont toujours les plus chers qui partent les premiers !

Non, je suis ici en mission, une mission Ayi-Baba. Il faut absolument que je remplisse les vides. C'est un voyage pénible, mais qui porte ses fruits. J'ai fait quelques découvertes stupéfiantes.

Je tiens en main le secret de Baba et de Shakuntala sous la forme d'une petite coupure de journal jaunissante que l'une de mes grand-tantes, la sœur cadette de ma grand-mère, m'a donnée hier en manière d'explication. Il m'a fallu beaucoup la cajoler pour lui tirer les vers du nez. « Pourquoi veux-tu revenir là-dessus ? Ce qui est fait est fait, et tes parents sont morts tous les deux, aujourd'hui. Alors quelle importance ? » a-t-elle commencé par dire. Mais je ne serais pas partie sans qu'elle cède, et elle a fini par extirper ce bout de papier d'un dossier plein de photos de famille du clan au grand complet – Taï et moi incluses –, de cartons d'invitation à des mariages et de vieux articles.

L'entrefilet, daté du 2 décembre 1944, occupe une colonne. Corps 10,5, Times Roman, retrait d'une espace à la première ligne :

Vijay Goray, fils de l'ingénieur S.G. Goray, a été condamné à un an de prison ferme pour avoir volé l'arme de service de son beau-père, le Major S.K. Abhyankar, du régiment des Maharashtra Rifles, ainsi que des bijoux et de l'argent qui avaient disparu de la maison du Major. En délivrant la sentence, le juge P.R. Scott a souligné que le crime de ce jeune homme très bien éduqué, issu d'une famille en vue de Poona, était d'autant plus grave qu'il avait trahi la confiance de son beau-père et dérobé l'arme d'un officier de l'armée impériale de Sa Majesté. Les objets volés ont été retrouvés par la police. Il purgera sa peine à la prison de Yeravda, Poona.

Baba, né en 1923, venait d'avoir vingt et un ans et il était déjà marié à Shakuntala, sa cousine. C'est donc ça, ce qu'ils se murmurent entre eux. Mon père n'était donc pas un combattant de la liberté emprisonné par les méchants Britanniques, comme on me l'a fait croire, pas davantage un communiste traqué, un héros téméraire de la Révolution, un étudiant fauteur de troubles, mais un vulgaire voleur sans envergure, un détenu de droit commun, un criminel, assez vil et lâche pour voler sa propre famille ?

Ils ont vécu ensemble dans le péché avant le mariage, m'a fait comprendre ma grand-tante. C'était dans la maison en construction de mon grand-père à Deccan Gymkhana, là où Taï et moi devions voir le jour plus d'une décennie plus tard. Là où le montant du portail, affaissé sur ses gonds comme un ourlet qui pend, creusait un sillon profond dans le sol, où les cosmos seraient un jour décapités sous mes yeux stupéfaits.

Shakuntala était belle et intelligente, a ajouté ma grand-tante, mais c'était une égoïste, et après le procès elle l'a lâché. « Il voulait s'approprier le pistolet pour ses activités terroristes. Mais les bijoux, c'était le plan de Shakuntala. Elle lui a donné la clé de la maison de son père afin qu'il s'empare de ses biens. Car le Major avait rompu avec sa fille lorsqu'elle avait épousé Vijay, et Shakuntala avait peur que la maîtresse de son père ne mette la main sur le magot. Vijay a payé et elle n'a pas été inquiétée. C'est pour ça que j'ai de la peine pour lui. C'était un idéaliste, un bon garçon, au fond, et très généreux. Ça l'a marqué à vie », a-t-elle soupiré.

Un choc encore plus grand m'attendait dans la maison de Babuji. Les Gokhale, ses nouveaux propriétaires, sont des gens assez sympathiques, parents lointains des nôtres, mais ils manquent du goût le plus élémentaire.

La demeure a perdu tout son charme désuet et son caractère colonial. La véranda ronde où nous jouions enfants a été fermée par un mur rose très laid percé de fenêtres. Les rosiers qui l'entouraient ont été déracinés – « trop de moustiques », a précisé M. Gokhale avec regret – et le salon ne pointe plus son nez dans les buissons de jasmins odorant. Reste le jardin, le grand fouillis végétal somnolent que j'ai toujours connu.

« Saviez-vous que la police venait de temps à autre demander si nous avions des nouvelles de votre père ? Ils passaient encore régulièrement il y a quelques années, ils l'ont fait presque jusqu'à sa mort. Je ne comprenais pas pourquoi. Il était déjà vieux. C'est la bureaucratie qui veut ça, je suppose. Une fois qu'on entre dans les dossiers de la police, on ne vous laisse plus jamais en sortir. J'avais entendu parler de l'affaire, bien entendu, a ajouté M. Gokhale d'un air

contrit, presque affligé. Votre père était un véritable héros à l'époque. Tomber en disgrâce subitement comme ça, c'était terrible pour lui. Quelle tristesse… Nous étions de la même génération, j'avais deux ans de moins que lui, et nous avions fréquenté le Fergusson College ensemble. Quelle personnalité fantastique ! De quelle audace il faisait preuve ! Je ne sais pas ce qui est arrivé, comment il a sombré dans le crime ou dans le terrorisme. Nous n'avons jamais bien compris de quoi il s'agissait, mais il s'est ainsi coupé l'accès à une brillante carrière d'avocat, voire, plus tard, de politicien. Venez, je veux vous montrer quelque chose. Attendez-vous à une surprise », a-t-il dit en me précédant à l'intérieur de l'affreux salon aux murs roses.

Les lieux ont à ce point changé que je n'ai pas reconnu l'endroit où je jouais à cache-cache avec Taï.

« Vous souvenez-vous, m'a-t-il demandé, me sortant de mes pensées, de la cloison à mi-hauteur qui séparait ici le salon de la salle à manger ? Quand nous avons redessiné la maison, nous l'avons détruite. Et devinez ce que nous avons trouvé. Regardez, les traces sont encore visibles par terre. Nous ferons ragréer le sol l'an prochain, vous avez de la chance qu'on puisse encore les voir. »

La tête me tournait. Ce que j'ai vu était le contour d'un rectangle de forme allongée. Le mur encerclait une petite cachette juste assez spacieuse pour une personne assise, debout ou couchée. Semblable aux « trous » où l'on cachait les prêtres catholiques à l'époque de leur persécution en Angleterre.

« Ce mur avait plus de six pieds de haut. Quand la police frappait à la porte pour venir le chercher, votre père escaladait une échelle et sautait à l'intérieur. Votre grand-père l'aidait pour entrer dans son trou et en sortir. C'est Haribhau, le vieux jardinier qui travaillait encore ici quand nous avons acheté la maison, qui nous l'a raconté. »

J'imaginais Baba, jeune et beau, insouciant, téméraire jusqu'à l'absurde, chassé comme un animal. Tapi dans ce réduit, il attendait, suant à grosses gouttes, que ses poursuivants quittent les lieux.

« J'espère que vous ne m'en voudrez pas de dire ça, a repris M. Gokhale, mais personne ne savait exactement s'il était terroriste ou combattant de la liberté, héros ou brigand. Alors les gens, comme d'habitude, ont choisi de croire le pire. Je pense que c'est à cause de ça que vos parents ont quitté Poona, pour échapper à tous les ragots. Mais c'était une personnalité brillante. Là-dessus, personne n'avait aucun doute. »

La découverte de cette cachette m'a secouée. Je ne me rappelle pas si j'ai dit au revoir à M. Gokhale. Je sais qu'il aurait voulu continuer à parler avec moi, à « discuter de l'affaire », comme il disait, et je regrette d'être sortie en courant. J'aurais dû lui poser des questions plus pointues, obtenir des détails, faire effraction dans sa tête et piller tous ses souvenirs.

Je pleure pour Baba. Pour le jeune homme brillant recherché par la police, abandonné par une femme déloyale, exclu par la bonne société, sa carrière en miettes. Il n'avait d'autre choix que d'épouser ma mère, une veuve presque illettrée, rejetée comme lui. Deux bois flottés errant sur le fleuve.

Je me sens déchirée entre amour et pitié, haine et colère. La visite à la maison de Poona m'a fait comprendre qu'étant petite je ne connaissais de Baba que sa facette de père bienveillant, aimant, ne punissant qu'à juste titre. Le prédateur lubrique, corrompu, soucieux de ses seuls intérêts, a fait son apparition bien plus tard.

À présent je pleure également pour Ayi. C'est elle qui, de nous quatre, a payé le plus lourd tribut. Malmenée à toutes les étapes de sa vie, orpheline de père, elle a été trahie par son frère qui l'a mariée à un homosexuel, puis son mari est décédé. Voulant échapper au statut de morte-vivante des veuves, elle est tombée de Charybde en Scylla en épousant en secondes noces un homme à femmes qui, plus tard, a violé sa fille. Sans éducation, incapable de vivre de façon autonome, elle est devenue objet de mépris et de ridicule au sein de sa propre famille – Baba, Taï et moi.

20

Le bon docteur Perrin

Robert-Pierre sifflote tout en nouant son nœud papillon blanc, puis se tapote les joues d'*Eau Sauvage*. Il a l'air, il se sent, merveilleusement élégant dans sa chemise à col cassé et à boutons de manchettes en nacre, un cadeau de mariage de son beau-père. Il caresse doucement la broderie à motifs de mangues du gilet de satin blanc qu'il porte sous sa veste. Kranti le lui avait fait confectionner sur mesure chez Burlington, à Bombay. « Il est normal qu'une petite partie d'elle m'accompagne ce soir », pense-t-il.

Il s'est préparé pour cette soirée, a écrit, réécrit son discours, puis l'a répété devant le miroir. Une légère tension lui serre l'estomac, mais il a confiance, la soirée se déroulera dans les meilleures conditions. Il possède une maîtrise complète de son sujet, et ses études de cas contiennent une richesse de détails qui étayent parfaitement sa théorie.

Après des mois de douleur et d'incertitude, il entrevoit enfin une petite lueur au bout du tunnel. Le coup de téléphone d'Alain il y a un instant a eu sur lui l'effet d'un remontant, même s'il reste encore beaucoup à faire.

« Tu me dois une fière chandelle, mon cochon. Ça n'a pas été facile, il a fallu que je mette toute la gomme. Mais Louis Michel a été assez coopératif. Apparemment, il ne peut pas encadrer sa cliente et trouve qu'il vaut mieux pour tout le monde trouve rapidement un compromis.

– Et sur quoi vous êtes-vous mis d'accord ?

– Elle prend l'appartement. Michel dit qu'elle discute d'arrache-pied et qu'elle est âpre au gain. Elle voulait tout. Mais il a réussi à la convaincre qu'elle ne pourrait pas obtenir plus. Ce sera un accord à l'amiable entre vous deux, comme ça on évite aussi les frais de justice. D'abord, elle préférait l'argent. Mais quand on lui a dit que l'appartement lui rapporterait davantage, elle a promptement changé d'avis. Je pense qu'elle le mettra entre les mains d'une agence et qu'elle fera transférer les fonds en Inde, à moins, si elle est maligne, qu'elle ne les dépose au frais dans une banque suisse. L'appartement, pour elle, c'est aussi l'option la plus confortable. Elle s'épargne le tracas de devoir tout bazarder. Elle a bien essayé de récupérer les bijoux en prime, mais j'ai été très ferme avec Michel, j'ai dit : "C'est l'appartement contre tout le reste." Elle devra payer des droits de succession et Michel s'en occupera. Il va gagner un gros paquet d'un coup, il est tout content. N'oublie pas, le rendez-vous chez le notaire, c'est demain à onze heures.

– J'y serai. Y a-t-il autre chose que je dois faire ?

– Tu as un sacré boulot devant toi. Il faut que tu décides de ce que tu vas garder. En sus de l'argent, le contenu de l'appartement te revient, alors tu ferais bien de contacter Drouot ou un autre hôtel des ventes pour inventorier et vendre le tout. J'ai envoyé un expert l'autre jour procéder à une estimation et il est clair que, de vous deux, c'est vraiment toi le gagnant. Ça te donnera beaucoup de travail, mais tu n'auras pas beaucoup d'impôts à payer. Devine pour combien il y en a… Attends-toi à un choc.

– Combien ?

– Un peu plus de un million deux, je dirais, moins quinze pour cent pour moi. »

Robert-Pierre a émis un sifflement.

« Tu parles du montant net, après toutes les déductions ?

– Oui. Le legs total avoisine les trois millions. Tu hérites d'un peu plus de la moitié, dont l'État retire sa part en droits de succession et en impôts.

– Une part énorme ! Pas étonnant que les gens aillent planquer leur argent à l'étranger.

– Et moi qui te prenais pour un révolutionnaire pur et dur ! On croirait entendre un bourgeois.

– C'est Sophie qui est riche, pas moi. Tout ce que nous avons lui appartient en propre. Moi, je travaille pour pas tant que ça. Et de toute façon, l'argent ira à la fondation que j'ai l'intention de créer. Je resterai aussi pauvre que je l'ai toujours été.

– Arrête, Pierre, tu vas me faire pleurer ! Si tu crées une fondation, tu paieras moins d'impôts. Beaucoup moins.

– Écoute, c'est juste un projet et je n'en ai encore parlé à personne. Pas un mot à Sophie, s'il te plaît, en tout cas pas tout de suite.

– Allons, mon pote, tu me prends pour un idiot ? »

C'étaient les meilleures nouvelles qu'il pouvait espérer. Jamais deux sans trois, la soirée qui se profilait serait la cerise sur le gâteau. Même la présence irritante de Shanti, ses manies et ses lubies, les odeurs envahissantes qui émanaient de la cuisine ne pesaient plus sur sa conscience.

Cependant, les récentes manières conciliantes de la sœur de Kranti ne lui inspiraient pas confiance. Il garderait ses distances. Avant de sortir, il s'autorisa un ultime geste de revanche et laissa les cahiers de Kranti bien en vue sur la table basse, où Shanti les trouverait à coup sûr. Elle voulait connaître toute la vérité ? Eh bien elle était là, servie sur un plateau. Qu'elle lise les pages dévastatrices de la fin et qu'elle dégage enfin ! La nouvelle ébranlerait sa grosse carcasse stupide, anéantirait ses grands airs.

Il a le cœur en fête en passant chez lui prendre Sophie. Il espère qu'elle portera la robe de cocktail bleu roi qui lui va si bien, et le rang de perles assorti qu'il lui a offert. Dépense exorbitante qu'il n'a jamais regrettée. Chaque fois qu'elle les met, les perles s'animent d'une lueur chaude contre sa peau crémeuse.

Il avait une voix inquiète au téléphone quand il l'a appelée pour lui confirmer le programme de la soirée. Elle a eu l'air vexée qu'il ait pu douter de sa venue. « Je t'avais promis d'être là. On en a décidé ensemble, quand ils t'ont invité il y a plusieurs mois. C'est un honneur qu'ils te font, je ne vais pas me dédire maintenant. Tu sais bien que ce n'est pas mon genre et que, si j'avais changé d'avis, je t'aurais prévenu. »

« Cher petit soldat », s'attendrit Robert-Pierre. Parole d'honneur et tout le toutim. Quelle famille élégante ils forment ! Quel contraste entre les proches bizarres de Kranti et la simplicité des siens ! Quelle chance il a, et quelle folie de ne pas s'en rendre compte ! Pourquoi n'arrive-t-il pas à être un bon mari alors qu'il a une femme aussi merveilleuse, aussi intègre ? « C'est le sexe, sans doute. J'en ai trop grand besoin, or, de ce point de vue, avec Sophie, c'est zéro. Si seulement je pouvais ne pas tomber amoureux de toutes les femmes que je rencontre ! Mais je n'en ai jamais assez. Je devrais peut-être aller consulter Pierre Keller », se dit-il en riant sous cape.

Sophie est semblable à elle-même, allure sobre, cheveux coupés bien droit, un soupçon de brillant à lèvres, et pour seul ornement le rang de perles. Elle exhibe une beauté intérieure tranquille et rayonnante dans sa petite robe de cocktail noire manifestement achetée pour l'occasion. Le vêtement est doté d'un col montant et d'une longue fente dans le dos qui s'ouvre comme un gouffre de tentation chaque fois que Sophie se penche. Robert-Pierre n'avait jamais vu sa femme oser le style sexy auparavant. Pas de soutien-gorge. « Je pourrais glisser les mains par-derrière pour prendre ses seins entre mes paumes », songe-t-il.

Ses bras restent pourtant pendants le long de son corps et ils s'embrassent chastement sur les deux joues.

– Tu as l'air en forme. Et tu es très beau, dit-elle dans un sourire fugitif.

Lorsqu'ils arrivent à l'hôtel, il jette un coup d'œil à son reflet dans le rétroviseur avant de tendre ses clés au voiturier. Dans le hall abondamment fleuri du Grand Hôtel, une pancarte discrète annonce le dîner annuel de l'Association française de psychiatrie au premier étage. Robert-Pierre tâte sa poche pour vérifier que son discours s'y trouve bien. Il a envoyé ses PowerPoint par courriel la veille.

La salle de bal est magnifiquement arrangée et sent divinement bon. Les miroirs aux cadres dorés reflètent la vingtaine de tables dressées pour le banquet. Le cristal étincelle, l'argenterie brille. Sophie et lui seront placés à la table d'honneur.

Il se fraie un chemin pour rejoindre sa femme dans l'antichambre où un cocktail apéritif rassemblant le gotha du monde fermé et discret des praticiens du psychisme bat son plein. Il y a là les meilleurs neurochirurgiens, psychiatres, psychanalystes, psychothérapeutes et universitaires du pays. « Et je les connais presque tous », se dit Robert-Pierre en se dirigeant vers Sophie qui converse avec plusieurs membres de l'assemblée. Pierre Keller est l'un d'eux. Un silence tendu suspend les conversations lorsqu'ils le voient approcher. Pas un « bonsoir » gai et léger, s'étonne-t-il. Seules une ou deux têtes s'inclinent, comme contraintes, pour le saluer.

Sans doute la jalousie, pense-t-il. Et Keller ? Peut-être a-t-il compris, après déduction, qu'il était l'amant de Kranti ? En tout cas, le regard qu'il lui adresse a quelque chose d'étrange.

Un verre de champagne lui remonte le moral. Il sourit à Éric Moulin, le président de l'association, qui l'invite d'un signe à venir le rejoindre à l'autre bout de la salle. C'est un homme taciturne, à l'esprit terre à terre et qui manque singulièrement d'humour. Sec comme la poussière, un peu voûté, il porte une moustache rare à longs poils filiformes et des lunettes cerclées d'or. « Il a beau se donner du mal pour faire professionnel, il n'y parvient qu'à moitié », se dit Robert-Pierre dans un sourire radieux. Les deux hommes sont ennemis depuis toujours, mais ils s'affrontent à la régulière. Moulin souffre d'une absence de charisme, ce dont Robert-Pierre est si bien pourvu ; il a vu son jeune collègue le remplacer à la tête du service de psychiatrie de l'hôpital Sainte-Anne. Depuis quelque temps, on l'invite plus rarement aux congrès internationaux, alors que Robert-Pierre multiplie les présentations d'articles à l'étranger sur les adolescents anorexiques, sujet de ses recherches et de son intervention du jour.

Moulin le conduit hors de la salle. Il émet une petite toux gênée.

– Il faut que je vous parle d'urgence, mon cher. Vous avez l'air complètement insouciant… Quelle est votre explication ?

– Vous le découvrirez en m'entendant parler. L'anorexie de l'adolescent est un sujet extrêmement complexe qui peut avoir de nombreuses causes, mais les pulsions qui la gouvernent semblent être la volonté de pouvoir et le sentiment de culpabilité.

Robert-Pierre se rappelle comment il a débuté dans son domaine. Sa première patiente était une jeune fille décharnée, une certaine Sophie Taquet, ébranlée par la mort de son frère jumeau, qui punissait son corps en se laissant mourir de faim. Le sentiment de culpabilité et l'obsession du contrôle de soi étaient à l'œuvre, chez elle aussi. Il se souvient du squelette de trente-quatre kilos qu'il a traité de longues années, et une tendre fierté l'envahit lorsqu'il lui compare son épouse en pleine santé, cette femme à la beauté discrète.

– De quoi parlez-vous donc, Perrin ? Ce n'est pas de votre travail dont je veux parler. Je n'ai pas de doute là-dessus. Avez-vous lu les articles parus ce matin dans *Closer* et dans *Le Canard enchaîné* ?

Robert-Pierre le fixe en fronçant les sourcils ?

– Vous n'êtes donc pas au courant ? Oh, mon Dieu ! C'est au centre de toutes les conversations, et vous ne savez rien ! Alors c'est bien vrai, le cocu est toujours le dernier averti ! dit-il dans un rire sec.

Robert-Pierre ouvre la bouche, puis la referme quand Moulin tire de sa poche des coupures de journaux qu'il lui agite sous le nez avant de les lui fourrer dans la main.

– Je pensais que quelqu'un vous aurait téléphoné. Nous avons essayé de vous joindre toute la journée, mais votre secrétaire répondait que votre portable était éteint et qu'elle ne savait pas comment entrer en contact avec vous. Je vous croyais en planque pour éviter la presse, et vous voilà déambulant ici, en toute ignorance de ce qui vous arrive. C'est absurde !

Robert-Pierre n'écoute que d'une oreille. Il lit en diagonale l'article à sensation de *Closer*. « Le bon docteur l'a-t-il aidée à mourir ? » suggère grossièrement le titre. Le texte s'accompagne d'une photo très dénudée de Kranti et d'une autre de lui, lunettes noires, prise aux obsèques. Retranché dans l'ombre, il a l'air lugubre et semble vouloir éviter l'appareil. C'est une attaque meurtrière, lourde de sous-entendus, qui identifie Kranti en tant qu'ex-femme de Guillaume de Lorel et habituée du demi-monde parisien. Le papier du *Canard enchaîné* s'en tient aux faits, mais n'en est pas moins ravageur. Citant des sources anonymes « proches de la police », il sous-entend que le « célèbre docteur Perrin » pourrait être coupable d'avoir séduit une patiente et de l'avoir conduite au suicide, et souligne que l'enquête policière diligentée après le décès a été abandonnée. Les articles paraissent au moment idéal pour lui infliger la plus grande humiliation et la blessure la plus cruelle.

Ça vient sûrement de Laporte. Qui d'autre est au courant de l'enquête et de ses détails ? A-t-il vendu l'histoire à la presse ? C'est clair, on l'aura payé. Le *Canard* est généreux, mais ce torchon de *Closer* l'est sans doute encore plus, pense-t-il.

Robert-Pierre tremble de rage, l'estomac brusquement noué, au bord de la crise de panique. Il a une envie folle de faire volte-face et de quitter les lieux, mais il reste figé sur place et seules ses joues teintées de rouge trahissent son émotion.

– Je pense qu'il vaut mieux sauter les questions du public en fin de discours, reprend Moulin, ce serait trop embarrassant. On nous ferait passer pour des imbéciles. La presse a été invitée et il y a des caméras de télévision dans la salle. Je tiens à éviter tout désagrément, aussi bien à vous qu'à l'association.

Robert-Pierre a pâli. Il lutte pour conserver son calme et se concentrer sur ce que dit son collègue.

– C'est pourquoi, voyez-vous, il nous faut décider sur-le-champ de l'agencement du programme de la soirée et de ce que nous allons faire. Bien entendu, nous mènerons notre propre enquête, cela va de soi, et j'ai convoqué le comité d'éthique pour lundi prochain. Ce n'est pas la première fois qu'un analyste est accusé d'avoir une relation avec une patiente.

– J'ai reçu plusieurs coups de téléphone de journalistes aujourd'hui, mais je n'y ai pas répondu. Je les soupçonnais de vouloir me soutirer des infos sur le discours de ce soir et je tenais à l'effet de surprise. Je ne pouvais pas imaginer que c'était au sujet de cette attaque calomnieuse et perfide.

– Nous avons déjà reçu par le passé des plaintes de cette nature. Le rapport patient-analyste est délicat, et il arrive qu'il bascule dans une autre forme de relation. C'est même assez fréquent. Mais le plus grave, ce sont les soupçons qui vous associent au suicide. La question des médicaments absorbés revêt une importance d'autant plus grande dans votre cas que vous êtes aussi un psychiatre qualifié. Il va nous falloir tenir compte de votre statut professionnel.

– Mais oui, Éric, je comprends. J'ai compris, claque Robert-Pierre.

– Vous êtes, bien entendu, innocent aussi longtemps que la preuve de votre culpabilité n'est pas établie, poursuit Moulin. Donc, le programme de ce soir va se dérouler comme prévu, à l'exception des questions de la salle, contrairement à l'usage. Pouvez-vous parler un petit peu plus longtemps que les quarante minutes qui vous étaient imparties ? Je demanderai qu'on serve l'entrée avant que vous commenciez. Et il vaudrait peut-être mieux que vous partiez sitôt votre discours terminé.

Malgré les formes employées, il est clair qu'il ne s'agit pas d'une suggestion, mais d'un ordre.

– Courage, Perrin. Nous devons tous faire la vérité pour en finir avec cette affaire. En attendant, évitez la presse au moins jusqu'à la fin de cette soirée. Je compte sur vous.

Robert-Pierre a froissé les coupures de journaux et les a fourrées avec son discours dans sa poche, déformant sa veste de smoking. Bien sûr, il va faire ce que Moulin recommande, mais sa première pensée va à Sophie. Il faut qu'il la mette au courant avant que quelqu'un d'autre s'en charge.

Il se dirige vers la foule des invités quand sa femme l'arrête et lui murmure d'un ton pressant :

– Où étais-tu passé, Pierre ? Je te cherchais partout. Quelque chose de terrible s'est produit. Des articles ont paru sur le suicide, et il n'y est question que de toi. Ils n'y vont pas de main morte.

– Je sais. Éric Moulin vient de me les montrer. Ils sont vicieux et complètement faux. Il veut supprimer les questions. Valérie, pour *Libé*, et le type de *Psychologies Magazine* ont appelé plusieurs fois aujourd'hui. J'ignorais que c'était de ça qu'ils voulaient parler.

Donc, elle sait. Il n'a pas à lui apprendre la nouvelle. Mais que lui a-t-on dit exactement ? Qu'en pense-t-elle ? Lèvres pincées, désorienté, il oscille entre le soulagement et la peur.

– C'est Anne qui me l'a appris. Il faut que tu fasses front. On en discutera plus tard. Va t'enfermer dans les toilettes et je viendrai te chercher le moment venu. Tu entreras dans la salle par le côté opposé, par la porte la plus proche de la table d'honneur. Je leur raconterai quelque chose. Allez, vas-y.

Elle le pousse presque vers la sortie et s'avance gracieusement à la rencontre d'un journaliste qui se dirigeait vers lui d'un pas résolu.

Bientôt il aura tout oublié du déroulement de la soirée. Pour l'heure, il trouve difficile de se concentrer sur son discours, mais, en vertu d'une longue pratique, son pilote automatique prend le relais. Lorsqu'il a terminé, des applaudissements ténus s'élèvent. Puis, au lieu de discuter de ses découvertes avec ses pairs, de leur expliquer sa méthode de traitement ou de remettre les journalistes à leur place en quelques mots bien sentis, selon son habitude, il se lève juste avant qu'on serve le dessert, accompagné de Sophie, et ils s'éclipsent dans la nuit comme deux voleurs.

Il est cuit, il court le risque d'être rayé de l'association et de l'ordre des médecins, ni plus ni moins. Pour les besoins de leur enquête, Moulin et les autres s'adresseront à la police. Toute l'histoire sera exhumée et l'hôpital le congédiera pour faute professionnelle grave, sans indemnités.

L'entendre expliquer que sa longue liaison avec Kranti a réellement commencé bien après leur première rencontre et l'interruption de l'analyse ne leur fera ni chaud ni froid. Dieu merci, il touchera l'argent de la succession. Mais finis la fondation et le prix, il lui faudra garder ce magot pour faire face aux jours de vaches maigres qui le guettent. L'héritage restera secret, il ne pourra jamais en parler à Sophie.

Tel un homme qui agrippe une brindille pour éviter de se noyer, il s'enroule bras et jambes autour de sa femme. Ce sont de bien tristes retrouvailles. Nu, enlacé à elle dans son lit enfin recouvré, ce grand lit confortable assez long pour sa taille, il se met à parler. Elle écoute, ponctuant ses propos d'un murmure de temps à autre.

Elle commence à se mouvoir au-dessous de lui, d'abord doucement, puis avec une plus grande vivacité. Les lobes de ses oreilles, échauffés, exhalent son parfum. C'est aussi le parfum de Kranti, mais sur la peau de Sophie il est légèrement différent. C'est sûrement la chimie du corps qui crée ces nuances.

Sophie gémit, les mains posées sur son dos, la bouche collée à la sienne, cherchant sa langue. Il y a plusieurs années qu'ils n'ont pas fait l'amour. Il ferme les yeux et se laisse emporter, guidé par elle. Cependant, malgré ses efforts pour répondre à son désir, il est incapable de maintenir une érection. Jusqu'au moment où le visage de Kranti lui apparaît, les perles de ses dents, son grand sourire épanoui, ses boucles d'oreilles étincelant sous le soleil. Son pénis passe en un clin d'œil de la flaccidité à la raideur, mais avant d'avoir pu pénétrer Sophie il éjacule sur son ventre, mortifié. Cela ne lui est jamais arrivé.

– Je suis désolé, chérie, pardonne-moi, dit-il en enfouissant sa tête dans l'épaule de sa femme. Il y a si longtemps, je n'ai pas pu me contrôler.

– Ce n'est rien, Pierre, dit-elle en souriant dans l'obscurité, glissant les doigts dans ses cheveux. Nous nous sommes donné une seconde chance, nous avons le temps. Détends-toi et dors. Tu as eu une journée épouvantable, et ce ne sera pas la dernière. Mais je suis avec toi, et nous nous en sortirons. Laisse-toi aller.

Le pied de Sophie va et vient contre sa jambe, une caresse. Il a la vision d'un chat qui se frotterait contre lui en ronronnant et s'abandonne entre ses bras, submergé par un intense soulagement. Pourtant, il ne trouve pas le sommeil.

Il ne s'endormira qu'au lever du jour.

21

Le cahier noir

10 août 2007

Mon cher Pierre,

Peut-être n'aurez-vous jamais l'occasion de lire ces lignes et de m'offrir à leur sujet les précieux commentaires dont vous êtes coutumier. Il se peut que nous ne nous revoyions pas pour nous dire adieu, ni pour parler de ce que je suis sur le point de vous écrire.

J'ai envers vous une dette inépuisable de gratitude. Vous m'avez tenu la main tout le long du chemin. Je suis enfin prête à déposer mon fardeau, à lâcher ce poids que je transporte partout avec moi. Je tiens à vous adresser du fond du cœur mes remerciements les plus sincères pour avoir rendu ce geste possible.

Je dois prendre une grande inspiration avant de me lancer.

J'habitais encore Bombay, mariée depuis peu à celui qui allait bientôt devenir mon premier ex-époux, un homme riche abruti par l'alcool. Ma carrière de mannequin et de styliste décollait, mais j'étais très dépressive. Terrifiée, aussi, par la violente colère qui m'habitait. Je voulais à toute force exhiber mon opulence nouvellement acquise devant ma famille pour lui faire comprendre que j'étais capable de toucher le gros lot sans aide de sa part. Mais ni mes parents ni Taï n'avaient eu le cœur d'assister à mon mariage.

Le déroulement de ce que je m'apprêtais à faire m'avait occupé l'esprit à plusieurs reprises. Ce qui suit fut bel et bien prémédité.

J'ai pris un train tôt le matin pour Poona, où je suis arrivée un peu avant dix heures. Il fallait attendre que Baba soit parti travailler. Pour ne pas être en avance, j'ai traîné un peu avant de monter dans un rickshaw, puis j'ai demandé au conducteur de m'arrêter à deux rues de chez nous. Le soleil était déjà chaud. Je suis entrée dans le jardin par la porte latérale, puis dans la cuisine, dont la grille donnant sur l'extérieur était toujours ouverte.

J'avais calculé précisément le moment idéal. La domestique qui venait faire la lessive et le ménage serait déjà partie. Le cuisinier, lui, viendrait à midi préparer le repas de chapati, de dal et de légumes.

Elle était seule. Étendue sur son lit, les yeux clos, elle paraissait endormie.

J'ai fait le moins de bruit possible, mais quelque chose l'a fait sursauter. Elle a brusquement ouvert les yeux et tenté de s'asseoir. En me voyant, elle a été surprise et m'a adressé un sourire heureux de bienvenue. « Depuis quand es-tu là ? Comment vas-tu, Kuka ? » Et comme je continuais d'avancer sans répondre, elle a repris : « Est-ce qu'il y a un problème ? » La pauvre, elle était à mille lieues d'imaginer ce qui l'attendait. « Pourquoi me regardes-tu comme ça ? Qu'est-ce que tu veux, Kuka ? Attends, je vais appeler ton père. »

Le petit nom de mon enfance a failli briser ma volonté, mais j'ai tenu bon. Au moment où elle se tournait vers le téléphone posé près d'elle, j'ai ramassé un coussin. D'un bond, je l'ai renversée sur le lit, j'ai posé le coussin sur son visage et pressé de toutes mes forces. Elle a agrippé ma main en émettant des sons étouffés. Elle a voulu donner des coups avec ses jambes, mais celles-ci, prisonnières du drap, s'agitaient latéralement telle une paire de ciseaux impuissants.

J'ai insisté, maintenu la pression pendant plusieurs minutes qui m'ont paru durer une éternité. Enfin, ses mains ont lâché mes poignets, sa tête a cessé de bouger, son corps s'est immobilisé. C'était fini.

De profondes égratignures sillonnaient mes mains et mes avant-bras. Elle avait enfoncé ses ongles dans ma chair avec une force surprenante, tenté de me pincer. Je me sentais la tête légère. Le poids qui m'oppressait la poitrine avait disparu !

Sans regarder à droite ni à gauche, je suis sortie sur la pointe des pieds par le même chemin et je me suis éloignée rapidement pour reprendre le bus n° 6 vers la gare. Je n'ai rencontré personne, vu personne, personne ne m'a vue qui eût pu me reconnaître.

Les jours suivants, j'ai attendu qu'on m'annonce la nouvelle de la mort de ma mère. Rien. Un jour, par une cousine rencontrée par hasard, j'ai appris qu'elle avait survécu, paralysée et privée – Dieu merci ! – de l'usage de la parole.

Je n'ai jamais revu mes parents. Ayi est morte l'année de mon divorce. Taï m'a téléphoné pour me dire de venir aux obsèques – j'ai eu le bon goût de n'en rien faire. Baba est parti paisiblement dans son sommeil dix ans plus tard. Gris et ratatiné, il avait perdu presque toutes ses dents et son charme irrésistible l'avait quitté.

Je vois ma sœur de temps en temps. Je sais que je continue à l'embarrasser, et la dernière fois elle m'a signifié clairement que je n'étais à ses yeux qu'une putain manipulatrice : « Tu t'es servie du sexe pour te faire une place au soleil ! Ouvrir les cuisses, c'est le seul moyen que tu connaisses. »

Je me demande ce qui a provoqué l'émergence de cette tendance puritaine chez elle, alors qu'elle a eu un magnifique parcours universitaire, ponctué de recherches sur T.S. Eliot et d'une thèse de doctorat sur les poètes anglais de la Première Guerre mondiale.

Elle est jalouse, je le sais. La petite sœur stupide est devenue ce cygne élégant dont on parle dans les pages people *des magazines, alors qu'elle n'est plus qu'une bobonne embourgeoisée, une mère de famille ennuyeuse qui cache ses accomplissements intellectuels entre les plis adipeux de son double menton.*

Oui, je suis amère. Aucun homme ne m'a jamais porté d'amour véritable, et je ne me crois pas capable d'en prodiguer. Mais il faut recevoir pour pouvoir donner, dit-on. Mes parents m'ont aimée au début, quand j'étais toute petite, mais cette affection a été balayée comme sable au vent. Je crois que, tel Baba, je suis devenue un monstre. S'il a tué, ou du moins tenté de tuer, Ayi en l'empoisonnant, je me suis rendue coupable du même crime. Je m'y suis seulement prise d'une autre façon.

Maintenant que j'aspire à être aimée par R. et que je suis follement jalouse de Sophie, je commence à comprendre ce qu'Ayi a dû subir. Sa beauté détruite, son corps épuisé, le cerveau en proie aux pires soupçons, il était inévitable qu'elle perde la raison.

Matricide. J'ai commis un meurtre, Pierre, peu importe qu'elle n'en soit pas vraiment morte. Mon intention était de tuer. Où que j'aille, il me semble que tout le monde est au courant et j'ai l'impression d'être la cible de regards accusateurs. « Criminelle ! » me lance celui, foudroyant, d'une anonyme que j'ai croisée hier au supermarché.

N'est-il pas étrange que les femmes se retournent toujours contre les femmes, jamais contre les hommes ? C'est mon père qui m'a violée, et c'est pourtant ma mère que j'ai haïe. Elle me faisait me sentir sale et honteuse.

Elle me traitait comme une rivale, comme une étrangère, la maîtresse de son mari, et non comme une fille – sa fille – qui avait tant besoin d'attention et d'amour. Elle ne m'a offert ni protection ni assistance. Pourtant, avec le recul, je me demande bien comment elle aurait pu me protéger, faible et vulnérable comme elle l'était.

À présent, je suis capable d'analyser mon acte. Sur le moment, j'ai répondu à une rage aveugle et à un sentiment d'injustice terrible. Je crois que je ne lui ai jamais pardonné d'être tombée malade, d'avoir eu ces réactions autodestructrices face aux infidélités de son mari. Si elle n'avait pas perdu la santé, la tête, sa beauté et son maintien, le regard prédateur de mon père ne serait pas tombé sur moi. Que de « si » ! Elle a failli à ses devoirs conjugaux envers lui, à ses devoirs maternels envers moi, et surtout au premier des devoirs parentaux, le plus sacré d'entre tous : protéger ses enfants.

Après que je vous aurai envoyé cette lettre, que va-t-il se passer pour moi ? Mon secret est révélé, le génie est sorti de la bouteille. Devrai-je vous affronter ? Parler à R. ? On dit que tous les meurtriers, les violeurs, les pédophiles atteignent un point où ils ont besoin que leur crime soit découvert. C'est un soulagement, paraît-il. Et, certes, on a l'impression de se décharger de quelque chose, de s'alléger, mais avec quelles conséquences ? Comment vais-je pouvoir continuer à vivre ? De quelle façon vais-je pouvoir continuer à m'adresser à moi-même ? Je suppose que je peux vous demander de garder tout ceci pour vous, comme à un confesseur.

Je sais que vous comprendrez. Vous êtes la seule personne vivante qui se soucie de ce qui m'arrive. En tant que thérapeute du psychisme. C'est tout. Quelle existence solitaire et lugubre ! J'ai bien Olga, cette pauvre Olga, sincère, généreuse, et qui se donne tellement de mal pour moi, mais sa médiocrité me tue. Pas autant que celle de Taï, toutefois. Olga, au moins, est gentille et elle ne me juge pas, alors qu'elle travaille comme une bête de somme. À qui d'autre pourrais-je dire un dernier adieu ?

J'espère seulement que je ne vais pas me rater. Je ne veux pas rester infirme, devenir un légume. Je ne veux pas finir comme ma mère. Je dois y veiller avec le plus grand soin. Pas question de commettre deux fois la même erreur. Ce serait impardonnable.

J'écoute Margaret Price chanter l'« Ave Maria » de Schubert. Émue par la pureté de sa voix, par la qualité élégiaque extraordinaire du lied, ode à Marie, la mère protectrice de tout ce qui est brisé, j'éclate en sanglots comme un bébé. J'aspire désespérément à redevenir cette enfant, la petite fille qui se blottissait sur les genoux d'Ayi en lui tenant la main.

Je regarde la Sainte Famille au-dessus de mon lit. L'amour que Marie porte à Jésus rayonne de mille points de lumière dans son regard. Avec quelle délicatesse elle tient son nouveau-né dans les bras ! C'est ainsi qu'Ayi m'aimait jadis. Taï ne l'admettrait sans doute pas, mais je comprends la peine que lui a causée la perte de son petit Girish. Il existe un mot en sanskrit pour désigner l'océan d'amour qu'une mère voue à son enfant : vatsalya. C'est le sentiment que Yashoda éprouve envers Krishna, et qu'Ayi, je le sais, éprouvait pour moi. Une tendresse infinie. Je veux ma mère. J'ai besoin qu'elle me console, qu'elle souffle sur mes bobos pour chasser la douleur. Je la sens qui me fait signe, qui m'appelle. Ma mère, jeune et belle, qui embaume le supari et le talc Dreamflower. Elle est le seul refuge que je connaîtrai jamais.

22

Adieu, Paris

Pâle et fourbu, de grands cernes mauves sous les yeux, Robert-Pierre arrive en retard chez le notaire. Il a éteint son téléphone, demandé à sa secrétaire de prendre tous les appels et averti Shanti de ne pas ouvrir la bouche si la presse venait sonner à la porte. Une nuée de journalistes avides font le siège de l'appartement, il en est certain. Il sait que sa disgrâce a fait la une de France Info ce matin.

Tout se passe de manière très professionnelle, et en une heure l'affaire est réglée. Louis Michel, un homme maigre aux dents espacées et aux cheveux séparés par une raie très nette, traduit à voix basse les propos du notaire à Shanti. Alain est assis à côté de Robert-Pierre, sa chaise touchant la sienne comme s'il voulait le protéger de toute attaque imprévue.

– Apposez vos initiales sur chaque page et signez au bas de la dernière après avoir écrit « lu et approuvé », dit le notaire.

Shanti part ce soir et ses bagages sont déjà prêts. À croire qu'elle ne peut plus attendre.

– Il ne reste plus que la question des cendres, lui dit Robert-Pierre. Je les ai déposées dans ma sculpture en ivoire. Il m'est facile de les transférer dans une petite boîte ou dans une enveloppe, je peux vous les donner cet après-midi.

Shanti se redresse sur sa chaise, très raide, et le regarde droit dans les yeux pour la première fois.

– Cette mauvaise femme, cette meurtrière qui a tenté de tuer ma mère ? Je ne veux pas polluer le Gange de ses restes. Ses cendres, je n'en veux pas, dit-elle tandis qu'un frisson la traverse de part en part. Gardez-les donc, puisque vous l'aimez tous tant.

– Une mauvaise femme dont vous êtes pourtant ravie de récupérer l'argent ! Comment savez-vous si ce qu'elle écrit est vrai ? Le psychisme humain est d'une grande complexité, vous savez. Certains patients éprouvent un sentiment de culpabilité qui n'a aucun fondement dans la réalité. Ils croient et racontent des choses qui n'ont jamais eu lieu, mais ils sont sûrs que ces choses se sont passées de la manière dont ils les décrivent. C'est une illusion courante, née précisément du sentiment de culpabilité. Comment pouvez-vous être sûre que Kranti ne relate que des événements réels dans son cahier ? Je la connaissais, ce n'était pas une criminelle.

– Alors pourquoi s'est-elle tuée ? Dites-moi un peu. J'ai lu son journal. Je la connais depuis l'enfance. Depuis sa naissance. Elle était froide et calculatrice. Elle avait l'air d'un ange, mais c'était une enfant démoniaque, une manipulatrice-née. Pourquoi devrais-je avoir honte de prendre son argent ? J'ai payé toute ma vie pour son existence.

– S'il vous plaît, interrompt le notaire, vous poursuivrez vos querelles plus tard. J'ai terminé mon travail. Madame, vous recevrez les papiers par l'intermédiaire de votre avocat. Les chèques vous seront directement adressés par mon greffier. Monsieur, vos affaires seront traitées par votre conseil et nous resterons en contact. Bonne journée à tous.

Sur le palier, Robert-Pierre a brusquement une vision de Shanti dégringolant l'escalier jusqu'en bas. « J'aimerais la voir tomber », se dit-il, et il imagine son corps démantelé au pied des marches, le sari formant comme une flaque autour d'elle.

Shanti serre son sac contre sa poitrine et entame la descente en tenant la rampe. Robert-Pierre se retourne pour remercier Alain qui se propose d'aider l'Indienne à trouver un taxi, puis il les laisse partir devant lui et descend les marches lentement.

Dehors, le soleil lui fait lever les yeux. Il contemple le ciel sans nuages, les immeubles en pierre aux angles doux, comme s'il voyait Paris pour la première fois. Puis il presse le pas en direction du café le plus proche. Il commande un double espresso dans une tasse minuscule.

– Bien serré, s'il vous plaît.

Épilogue

– J'ai vérifié les éphémérides, dit Peter. Il faut connaître la position des planètes et l'heure exacte du coucher de soleil, c'est le plus important.

Peter, Robert-Pierre et Olga se tiennent tous trois debout sur la rive, au bas des marches du pont d'Iéna.

– C'est drôle, commente Olga. À chaque étape, le soleil aura été là : le jour de sa mort, le jour de ses obsèques et aujourd'hui qu'on lui donne congé. Quel beau couchant ! C'est comme si elle avait voulu partir dans une flambée de lumière.

Peter a acheté un galion, une maquette ancienne d'un mètre de long, tout en bois, avec ses mâts, ses voiles et ses gréements. La figure de proue représente une femme à la poitrine plantureuse, aux joues roses, aux cheveux blonds tombant en mèches et aux jupes bouillonnantes. Soigneusement verni, le vaisseau a des moulures bleu et or. Peter a hissé des pavillons en papier, français et indien, au mât le plus haut. Les cendres de Kranti ont été déposées dans une boîte japonaise légère en papier mâché, soigneusement arrimée au pont. Le jeune homme a festonné la coque de guirlandes de soucis, ce qui donne au navire un petit air festif très indien. Le soleil descend tandis qu'ils communient calmement dans leur contemplation. Des curieux s'arrêtent pour regarder.

– Quel beau bateau ! Vous allez vraiment le mettre à l'eau ? demande quelqu'un.

– Oh, ils ont sûrement une télécommande pour le ramener. C'est un objet qui coûte cher, ça se voit, dit une autre voix.

Peter dépose précautionneusement le navire sur les vaguelettes de la Seine, et Olga se met aussitôt à pleurer, discrètement d'abord, puis de plus en plus fort, sa retenue parisienne cédant sous l'émotivité longtemps réprimée. Robert-Pierre la serre contre lui dans un geste de réconfort. Cette fois, ce n'est pas une accolade distante comme le jour des obsèques. Il l'étreint ainsi qu'on le fait d'un parent proche anéanti.

– Regarde, maman, le bateau s'en va ! s'écrie un petit garçon en battant des mains d'excitation.

Le courant s'empare rapidement de la fringante embarcation, l'entraîne vers l'ouest, puis vers le nord, au gré des ondulations du fleuve. Le couchant métamorphose les rides de l'eau en coulées d'or liquide. Le vaisseau, ses voiles blanches reflétant la lumière, donne l'impression de danser sur les vagues.

– Il va chavirer ! Il va sombrer ! s'alarme Robert-Pierre en agrippant le bras de Peter.

– Non, il a été conçu par un maître artisan pour naviguer. Sauf tempête ou collision, il atteindra la mer.

Ils suivent des yeux en silence le bateau miniature qui poursuit sa route et rapetisse à mesure que les minutes passent, presque un point à présent. Puis, tandis que les derniers rayons du soleil s'abîment derrière l'horizon, il prend un virage gracieux plein ouest, sa voilure orange vif envoie un dernier signal complice, un ultime clin d'œil de lumière, et il disparaît à leur vue.

Remerciements

Le prologue de ce livre m'a été servi comme une tasse de thé indien tout préparé alors que j'étais alitée à l'hôpital il y a plusieurs années. J'ai compris plus tard que c'était ma façon à moi d'aborder la question de la mort : il me fallait tuer métaphoriquement mon *alter ego* pour survivre.

Une fois guérie, j'ai laissé le manuscrit traîner et prendre la poussière. Cependant, Olga Savić ainsi que Robert-Pierre et Sophie avaient déjà fait leur apparition et il eût été dommage de les abandonner. Sans mes amis qui m'ont pressée de continuer à écrire, ce roman n'existerait pas. Je leur en suis infiniment reconnaissante. La liste des personnes qui ont lu les premiers brouillons et m'ont fait des suggestions pertinentes est longue. Si l'une d'entre elles ne figure pas ici, qu'elle veuille bien attribuer cette absence aux seules défaillances de ma mémoire.

Olivier Bétourné, indéfectible ami qui fut un temps mon patron, m'a rédigé un chèque sur son compte personnel en me disant : « Une avance vous obligera à travailler au livre. » Je suis enfin en mesure de rembourser cette dette, avec toute ma gratitude.

Indrani Vidyarthi et Ayesha Kagal m'ont aidée à conserver le moral tout le temps qu'a duré l'écriture du roman et jamais ne se sont plaintes de devoir lire à plusieurs reprises le même texte.

D'autres ont apporté d'inestimables contributions et commentaires : Mariam Ram, Catherine Bernard, Rakesh Sood, Moira Dineen, Erin Mella, Urvashi Butalia (plus d'un écrivain aux prises avec son matériau a été hébergé dans la chambrette située au-dessus de son appartement), Jayapriya Vasudevan, Janine Krause, Sudhir Kakar, Lola Barroso, Anne Michel, Lorenz Bollinger, Roma Tearne, Gillian Slovo et Curtis Sittenfeld.

Mes remerciements tout particuliers à Anita Roy, « éditrice personnelle » et amie, qui m'a beaucoup encouragée et soutenue en coulisse.

Et bien sûr à V.K. Karthika. Sans l'amour, la confiance, la patience et l'amitié de celle-ci, ce livre n'aurait pu voir le jour.

Pour finir, où serions-nous sans nos animaux, qui, en sollicitant constamment notre attention, provoquent parfois en nous une irritation passagère masquant l'amour qu'ils nous inspirent ? Ppons, Zoz, Caillou et la famille Touris, les Kas, Apu-Papu, Grand-mère, Caperon, le Loup, la Fouine, Canard et la Grosse Citrouille, je vous serre tous dans mes bras et je vous dis merci.

Table

RÉALISATION : IGS-CP À L'ISLE-D'ESPAGNAC
IMPRESSION : NORMANDIE ROTO IMPRESSION S.A.S. À LONRAI
DÉPÔT LÉGAL : AVRIL 2015. N° 117346 (1501205)
IMPRIMÉ EN FRANCE